사물 판독기

반이정

사물 판독기

미술평론가가 본
사물과 예술 사이

세미콜론

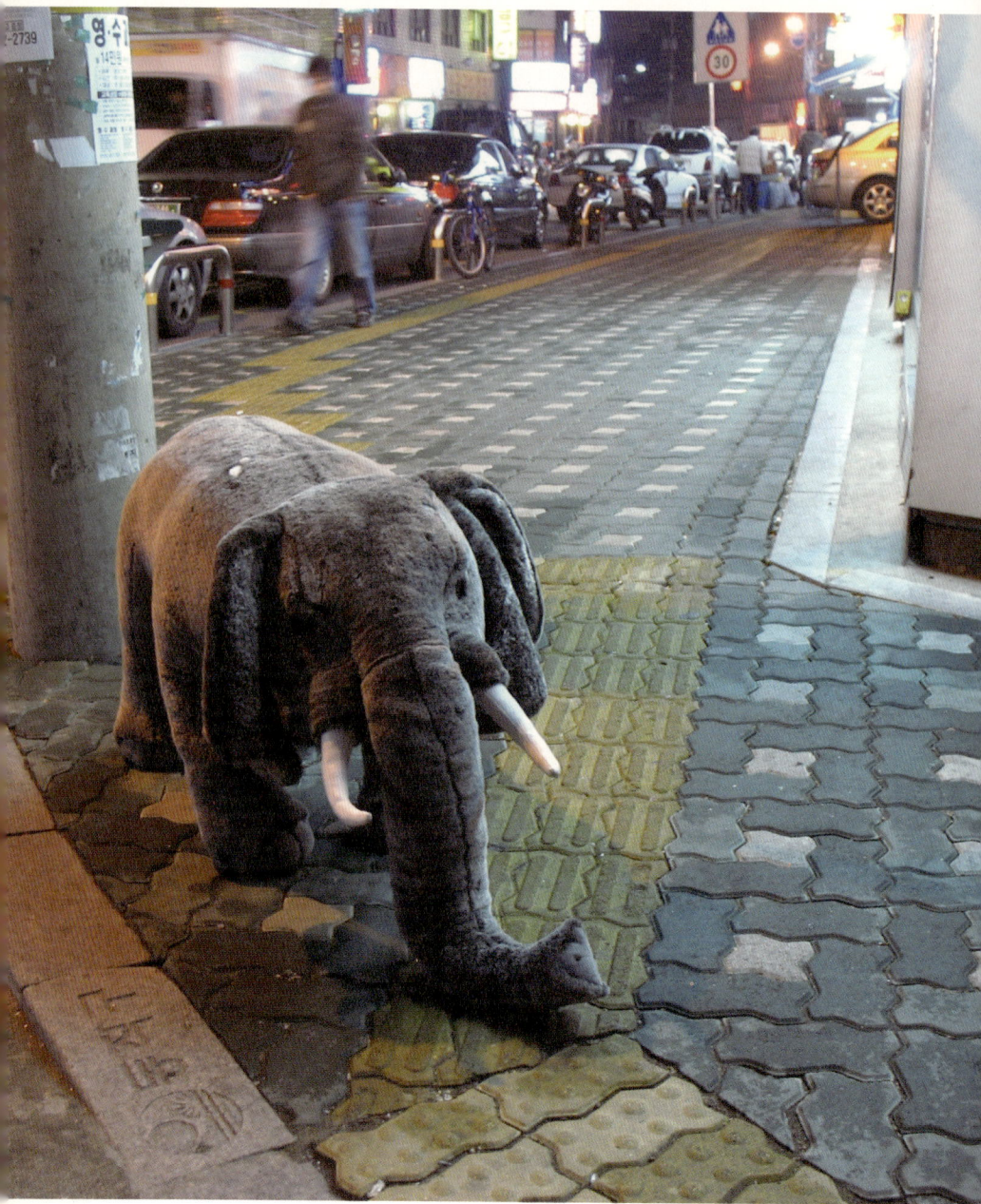

신대방동 길가에 버려져 있던 코끼리 인형

평범한 사물의 비범한 사연

노변에 버려진 코끼리 인형과 마주친 어느 겨울날, 다만 솜뭉치인 인형에게서 유기동물의 애처로움을 느꼈습니다. 행인 중에도 가던 길을 멈추고 인형 주변을 서성대면서 가여운 시선을 던지는 이들이 여럿 보였습니다. 인형을 찍은 사진을 블로그에 올리자 때가 꾀죄죄하게 앉은 코끼리 인형을 향한 연민이 온라인으로도 이어졌습니다. 방문자들은 대동소이한 연민의 감정이 담긴 댓글을 남겼으니까요. 한 손에 쥐어지는 여느 인형과 달리 큰 부피에 회색 피부까지 따라한 코끼리의 형체 때문인지, 인형에게서 버림받은 진짜 동물의 애처로움을 체감한 이들이 제법 되는 것 같았습니다.

사물과의 교감에서 얻는 첫인상이란 게 있지요. 코끼리 봉제인형과의 우발적인 만남이 짧은 인상으로 정리되듯 '불특정 사물에 관해 500자 이내의 압축된 인상을 정리하기.' 이 책의 원점인《한겨레21》'반이정의 사물보기' 연재의 실체입니다. 글쓰기의 대상은 각별하거나 희소한 것이 아닌, 평소 눈여겨보지 않았던 주변에 널린 사물과 현상으로 정했습니다.

미술 평론가가 공식 예술품 너머의 흔해 빠진 사물에 주의를 돌려 글의 소재로 삼는 일은 흔치 않을 겁니다. 그러나 생산자와 소비자 사이의 관계의 산물인 사물은, 창작자와 관람자의 관계로 묶이는 예술품처럼 대등한 논평 대상일 수 있습니다. 해서 이 글쓰기는 평범한 사물을 예술품과 대등하게 바라보면서 던진 자문자답의 결과입니다.

글을 쓸 때마다 소재로 정한 사물을 두고 약 1시간여 명상하면서 짧은 지면을 채우는 일이 반복되었습니다. 덕분에 예기치 않은 애로사항까지 생겼는데요. 제가 주로 쓰는 평론은 흔히 짧으면 원고지 7매에서 길면 40매 내외의 지면에 담깁니다. 하지만 이 원고는 정확히 2.5매였죠. 협소한 지면에 메시지를 압축하는 훈련이 반복되자 장문의 여백을 메울 엄두가 생기지 않더군요. 아마 이처럼 초단문의 글을 쓸 기회는 한동안 없을 겁니다.

SNS가 시대의 플랫폼이 된 오늘날, 이미지 하나에 짧은 텍스트를 한 세트로 묶은 타임라인과 포스팅이 의사소통의 시대정신이 되었지요. 이 책에 실린 글들을 구상한 원점은 오만 사물에 대한 진중한 명상과 순발력 있는 농담의 중간 어딘가에 있었습니다. 해석의 심오함에 빠지진 않되, 상식적 해석보단 한 발짝 앞지르자는 심정이랄까요. 흡사 버려진 코끼리 봉제인형에게 대중이 느끼는 일반적인 측은지심보다 한 발짝만 더 사유하는 것과 같습니다. 딱 한 발짝 정도만 더.

전에 없이 사물에 대한 짧은 논평들을 모아 한 권으로 묶은 이 책은 전업 필자의 이력에서 어떤 분기점을 정리하는 것처럼 느껴집니다. 이 글들은 좀 더 일찍 선보일 예정이었지만 출간이 몇 차례 지연되어 이제야 책으로 묶습니다. 출간 지연의 가장 큰 이유는 필자의 불성실 탓이지요. 또 다른 핑계를 대자면 두 차례 대형 자전거 사고를 당해 출간에 차질이 생긴 것도 한 이유입니다. 이 책에서 자전거와 이륜 바퀴가 각별한 선택

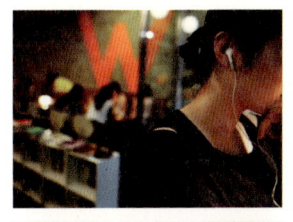

을 받은 이유는 저의 자전거 집착 때문입
니다. 자전거는 위험지수, 유능지수, 매력
지수가 모두 높은 사물이거든요.

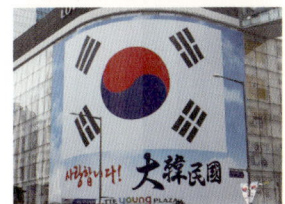

이 책 『사물 판독기』는 기존 원고에
몇 개의 사물을 더해 총 100개의 사물에
대한 백과사전으로 구성했습니다. 원고
를 붙잡고 있는 사이에 사물들의 위상에
작은 변화가 생겼더군요. 심지어 개중에

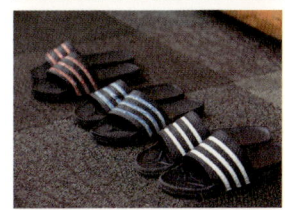

는 구시대 유물처럼 분류되는 사물도 있
습니다. 사물의 연대기로 시대정신의 흐
름이 감지되기도 했고 한편으론 신속한
사물의 위상 변화는 새로운 걸 다뤄야 하

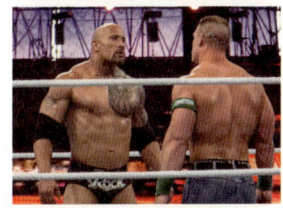

는 필자 입장에서 조바심을 느끼게도 했
습니다. 미국 정보기술 전문지 《컴퓨터월
드》가 발표한 '2010년부터 세상에서 퇴
장할 10개의 품목'에는 이 책에서 다룬 사

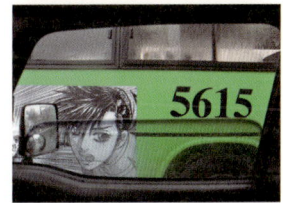

물이 3개(명함, CD, 리모컨)나 포함되기도 했
으니까요. 형편이 실추된 사물을 보며 격
세지감도 느꼈지요. 그래서 원고 전체를
수정해서 다시 썼습니다.

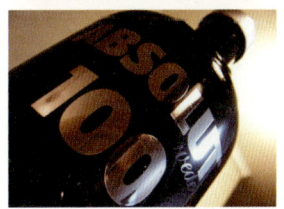

서문

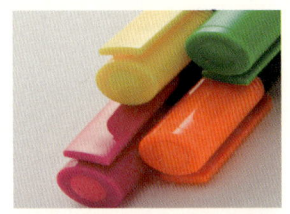

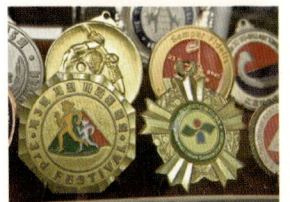

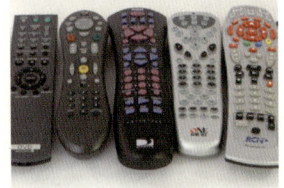

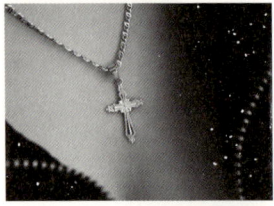

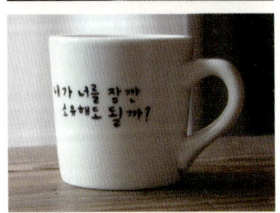

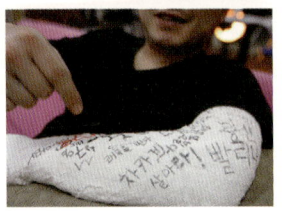

　　당초에는 해당 사물을 즉물적으로 촬영한 사진을 도판으로 쓰는 게 계획이었습니다. 그러나 글이 다룬 사물들을 작품으로 다룬 아티스트가 제법 많다는 걸 알게 되었죠. 기왕이면 작품 사진도 나란히 신기로 계획을 바꿨습니다. 해서 어떤 사물은 그저 즉물적으로 찍은 사진을 실었지만, 절반 이상의 사물은 그 사물을 예술 작품으로 다룬 도판을 실어 각별한 즐거움을 배가했습니다. 예술 작품을 도판으로 썼을 경우에는 짧게 작가와 작품명, 제작연도를 밝혔고, 경우에 따라 짧은 해설을 삽입했습니다. 이 예술 작품들은 같은 사물을 공유하고 있을지언정, 사실상 제 글과 무관합니다. 그 점 유의하시리라 믿습니다.

　　작품 도판을 협조해 준 여러 아티스트들에 대한 감사의 마음은 도판에 적은 크레디트로 대신합니다. 방대한 자신의 사진 아카이브에서 제 글의 사물들과 일치하는 사진을 일일이 골라서 보내 준 노순택과, 도판용 사진을 촬영해 준 차주용, 그리고 책 표지에 작품 사용을 허락해 준 윤정미에게는 각별한 감사 인사를 덧붙입니다. 연재 당시 담당 기자였으나 현재 청와대에서 일하는 김수병 공보관과 당시 편집장이셨던 《한겨레》의 고경태 기자께도 우정 어린 감사를 보냅니다. 글과 사진들로 뒤엉킨 자료더미를 반듯한 책으로 재구성한 세미콜론 편집부와 책 출간을 독려해 주고 막바지 원고 교열을 봐 준 친구 이민재의 우정에도 감사합니다.

ps. 총 100개의 사물 글은 여섯 꼭지로 분류했고 각 장 끝에 (상대적으로) 긴 해설(댓글)도 달았습니다. 그렇지만 100개의 사물 글부터 먼저 읽으시길 당부합니다. 긴 해설은 구미가 당길 때 살펴도 되는 부록입니다.

2013년 가을
반이정

차례

1

미물 예찬

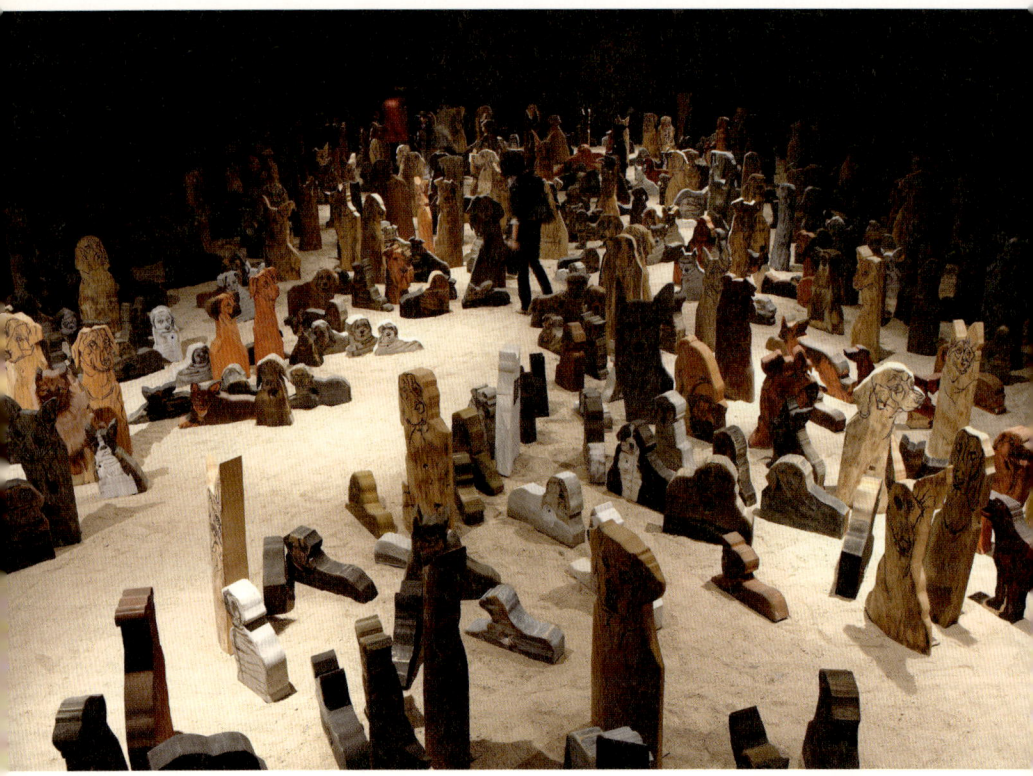

윤석남, 「1025」, 2008

윤석남 선생의 작품 제목은 보호소에 수용된 유기동물의 수 1025마리를 그대로 따온 것
입니다. 투박한 나무에 버려진 개들을 손수 새겨 넣은 이 설치 작품은 한국의 미성숙한 반
려동물 문화를 증언합니다.

개 찾습니다

애처로운 전단지가 있습니다. 한 장 혹은 여러 장이 도열하기도 하지요. 주택가 기둥, 버스 정류소 통유리 부스 위로 잊힐 법하면 부착되는 '개(또는 고양이)를 찾습니다.' 간절한 제목을 단 A4 용지에는 실내에서 찍힌 단란한 모습, 종자와 특징, '열린 문틈으로 나간 것 같다'는 추정 따위가 적혀 있고 찾는 이의 다급함은 사례금으로 제시됩니다. 잃어버린 동물을 찾는 전단의 보편적 애절함은 전단 표면에 담지 못한, 통통 부은 주인의 눈과 무너진 가슴을 제3자가 공감할 때 찾아옵니다. 한 해 유기동물 집계가 10만을 넘어선 부끄러운 나라. 유기동물의 실제 수를 전단으로 붙인다면 전국의 기둥과 정류소가 전단으로 뒤덮여야 맞을 겁니다. 애완보다 반려의 대상으로 인식하려는 자세의 변화도 중요하지만, 고의로 동물 유기를 장난처럼 일삼는 철없는 주인이 압도적 다수인 한국 사회가 진짜 문제겠지요. "한 나라의 위대성과 도덕성은 동물을 다루는 태도로 판단할 수 있다." 마하트마 간디의 말이라는군요.

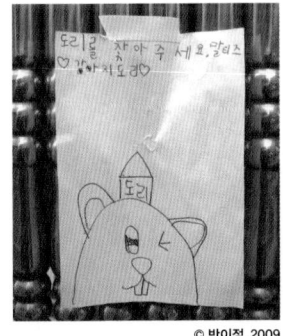

© 반이정, 2009

집 나간 개의 모습을 손으로 그린, 흔치 않은 전단지

집 대문에 작은 쪽지가 붙은 걸 발견했습니다. 집나간 개를 찾는다는 사연이 요약된 쪽지들이 동네 이곳저곳에 붙어 있었지만, 연락처를 적는 걸 깜박 잊었더군요. 개를 잃은 아이가 다급한 마음에 손수 만든 결과여서 일 겁니다. 매우 딱한 사정이었음에도 한편 정감이 느껴지는 전단지였습니다.

미물 예찬

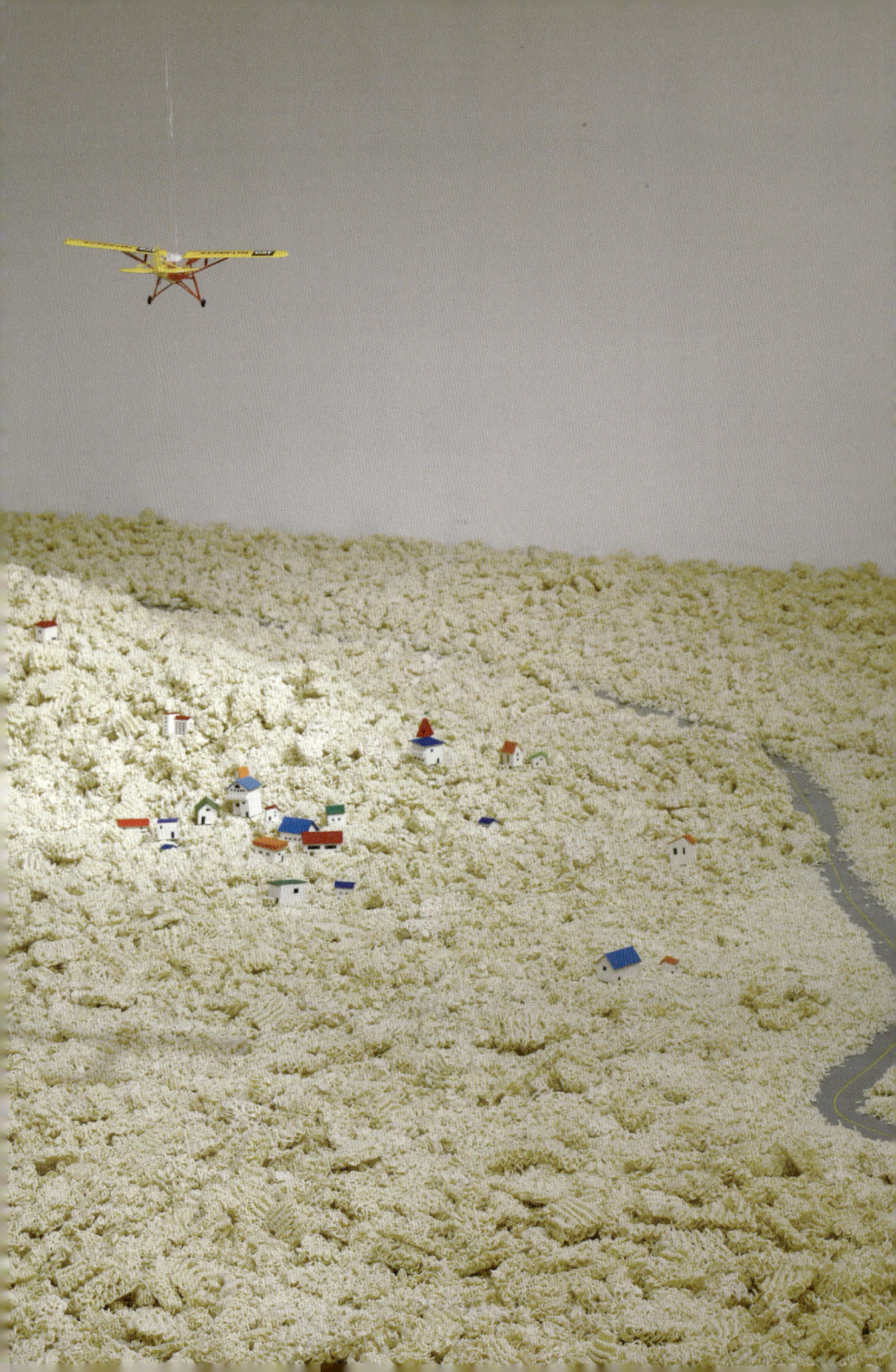

라면

토종깨나 밝히는 민족이지만 곰곰이 따지면 상당수 기호식품의 원산지
는, 자장과 라면이 웅변하듯 '안' 토종입니다. 오늘은 라면 얘기 좀 하죠.
라면의 주성분은 일견 튀긴 면과 화학조미료일 뿐이며 라면의 철학은 신
속·저렴·편리입니다. 하지만 스포츠 영웅의 신화가 덧씌워진 라면은 역
경과 고난의 십자가를 짊어지기도 합니다. 1986년 아시안 게임에서 육상
3관왕을 거머쥔 10대 선수가 "라면만 먹고 뛰었다"는 가슴 저린 수상 소
감을 토해 낸 후 그 영광의 주인공 임춘애와 라면이 동시에 연상되던 시
절이 있었을 만큼. 이 같은 경이로운 연상 작용에도 '임춘애 라면'이 출시
안 된 이유는 라면이 금메달의 영광보다는 비루한 한 끼니와 훨씬 가까운
사이여서일 겁니다. 그러니 잘못 울린 공습경보에 사재기하는 품목 순위
부터 가공식품 선호도까지 죄다 석권한 우리의 영원한 친구 라면군은 끽
해야 퉁퉁 불은 명예만을 위안 삼습니다. 한때 연말 불우이웃 돕기 기념
사진의 정형성은 부피가 큰 선물 상자를 정중앙에 두고 기증자들이 그 뒤
에 도열한 장면으로 요약되었죠. 세상에서 제일 '뽀대'나는 선행의 증표
앞에서 노련한 양로원 노인들은 나직이 읊조렸다네요. "또 라면이네."

◀ 박병춘, 「라면 풍경」, 2007

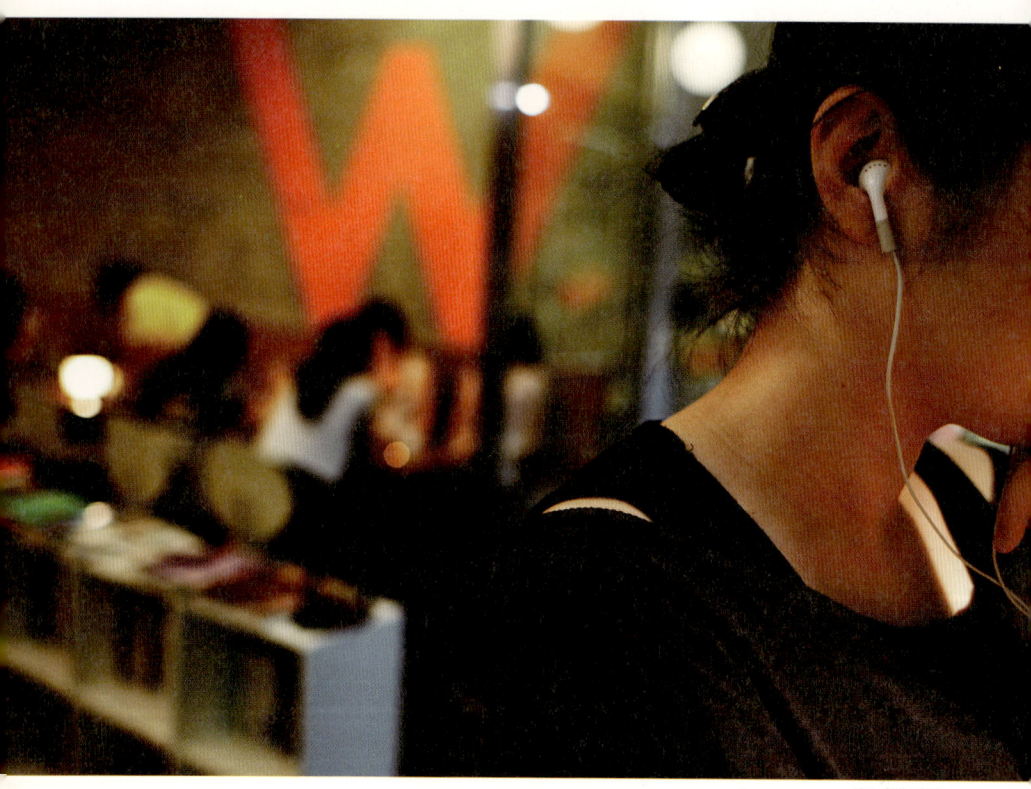

이어폰

픽션과 논픽션을 혼돈해선 안 될 일이나 목 뒤에 케이블을 꽂아 가상세계에 빠져드는 픽션(영화 「매트릭스」)의 장면은 논픽션의 세계에서조차 부분적으로 구현되는 기분입니다. 부피는 왜소해도 청각을 장악하는 이어폰은 현실 탈출을 갈구하는 현대인에겐 저렴한 비상구죠. 이해 부득의 물리 수업 시간, 따분한 예비군 정신 교육 시간, 육신을 고스란히 현 세계에 보존시킨 채 정신만 딴 세계로 격리 조치하는 친절한 위장술. 이어폰이 번들 제품인 것도 흔해 빠진 존재감 때문이라기보단, 없어서는 안 될 이어폰의 가치 때문이 아닐까요? 우연히도 정자를 닮은 이어폰이 귓구멍에 정확히 도킹하면서 신세계가 열리는 이치도 생명 탄생의 원초적 절차와 흡사하다고 우길 수 있죠. 그러나 현실도피의 신비감은 항상 위험 부담이 따릅니다. 딴 세상에 팔린 정신은 자신에게 돌진하는 차를 인식하지 못할 만큼 현실을 등지곤 하거든요. 그 결과는? 완벽하게 '저' 세상과 연결되는 거죠. 처음에 말했지만 픽션과 논픽션을 어떻게 하면 안 된다?

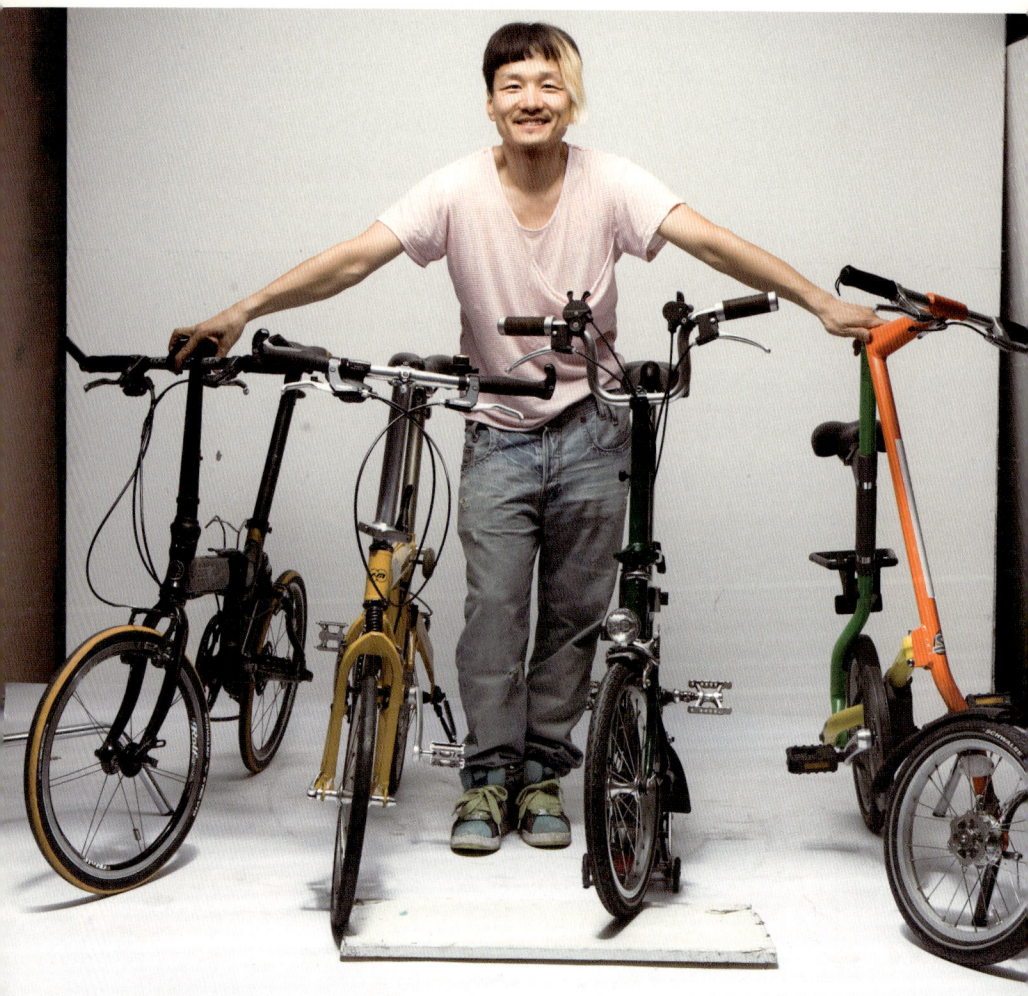

필자의 자전거 가족사진.

자전거

도로교통에 관한 국제조약은 1968년 자전거를 엄연한 자동차의 반열에 올렸고 그걸 타는 사람은 운전자로 규정했습니다. 그도 그럴 것이 오늘날 도로와 항로를 점령한 자동차와 항공기는 자전거 제조 기술이 진화하여 얻어 낸 금자탑이거든요. 운송수단의 원조 자전거에 대한 대접이 늦었고 또한 소홀했습니다. 하지만 자전거는 그런 우대를 마다합니다. 차도, 보도 구분 없이 주행하고 신호등 무시하고 역주행까지 불사하는 우리의 천하무적 자전거! 자전거의 빈번한 법규 위반이 쉽게 묵인되는 까닭은 사람과 기계 간 구분이 모호한 지점에 자전거가 있기 때문입니다. 외형을 보세요. 사람이 탈것 안에 갇혀 있는 여느 운송 수단의 차디찬 금속성에 비하면 탈것과 인체가 나란히 노출된 준準인간성! 자전거는 어딜 가든 권장사항입니다. 연비/교통비 절감 효과 + 체력 증진 + 용인되는(?) 무법 주행과 스릴감 등 거리낄 게 하나 없습니다. 근데 왜들 안 탈까요? 전용도로가 미비해서? (아닐걸요.) 자전거 구매가가 부담돼서? (안 비싸요.) 본디 세상에서 제일 값진 일은 수행의 어려움 때문이 아니라 '귀찮아서' 성사되지 않는 법이지요.

◀ 2009년 라이프 스타일 매거진《뮤인》에서 예술계 종사자 가운데 자전거 마니아 5명을 선정해서 소개한 적이 있습니다. 애착을 갖는 자전거 한 대와 당사자의 사진을 나란히 싣는 콘셉트였는데, 당시 타고 다니던 자전거를 모두 들고 가서 '자전거 가족사진'을 찍었습니다. 어렵게 싸들고 가서 촬영한 이 자전거 가족사진은 애석하게 잡지에는 수록되지 못했기에 이 책에 공개합니다.

미물 예찬

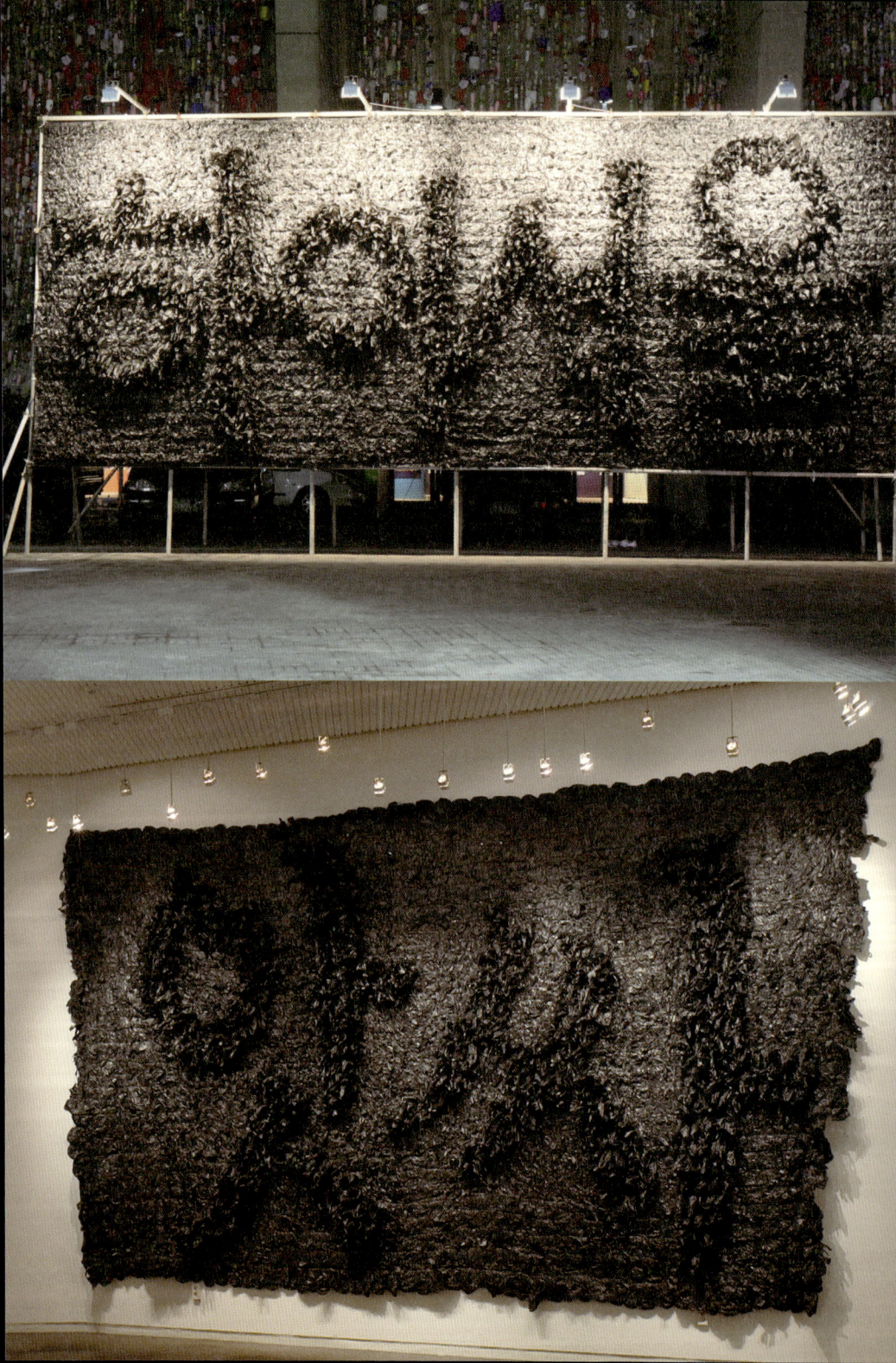

검정 비닐봉지

현대 소비생활의 부산물 검정 비닐봉지는 그 색이 상징하듯 죽음의 그림자를 연상시킵니다. 매장에서 집어든 유채색 상품의 광택을 집어삼키는 무채색의 은폐술이 일단 그렇지요. 도로, 가로수, 가옥, 거리 등에 전방위적으로 출몰하는 검정 비닐봉지는 자력이 아닌 바람에 실려 이동합니다. 방향 감각 없이 공중 부양하는 비닐봉지에서 유령 이미지를 떠올리는 건 자연스럽습니다. 낮의 활기와 열광이 쓸고 간 새벽녘 도심은 음식물 찌꺼기를 담은 검정 비닐 더미와 그걸 찾아 헤매는 배회 고양이가 접수합니다. 소비문화의 끝자락에 남는 건 처치 곤란 상태로 수북이 쌓인 검정 비닐이기 십상입니다. 설혹 이들에게 제공되는 재기의 발판이래야 고작 '비공식' 쓰레기봉투이며 때론 소화 못 한 토사물을 받아 내는 성가신 역할이지요. 이 정도는 그나마 나은 축이고요. 토막 살해의 증거물은 여지없이 검정 비닐봉지와 함께 발견됩니다. 구멍가게에서 선심으로 살포되기 때문에 검정 비닐봉지의 실존감은 더 실추됩니다. '있는 듯 없는' 그야말로 유령이지요. 혹은 도시의 신종 검은 고양이인지도.

◀ **고승욱, 「하이서울」, 2008**(위) / 「**앗싸**」, **2004**(아래)

고승욱의 이 거대한 입체 조형물의 재료가 뭔지 단번에 알아맞히긴 어렵습니다. 이 설치 작품은 너무 흔해 빠져서 평가절하된 검정비닐이 집단 시위라도 벌이는 것처럼 보입니다.

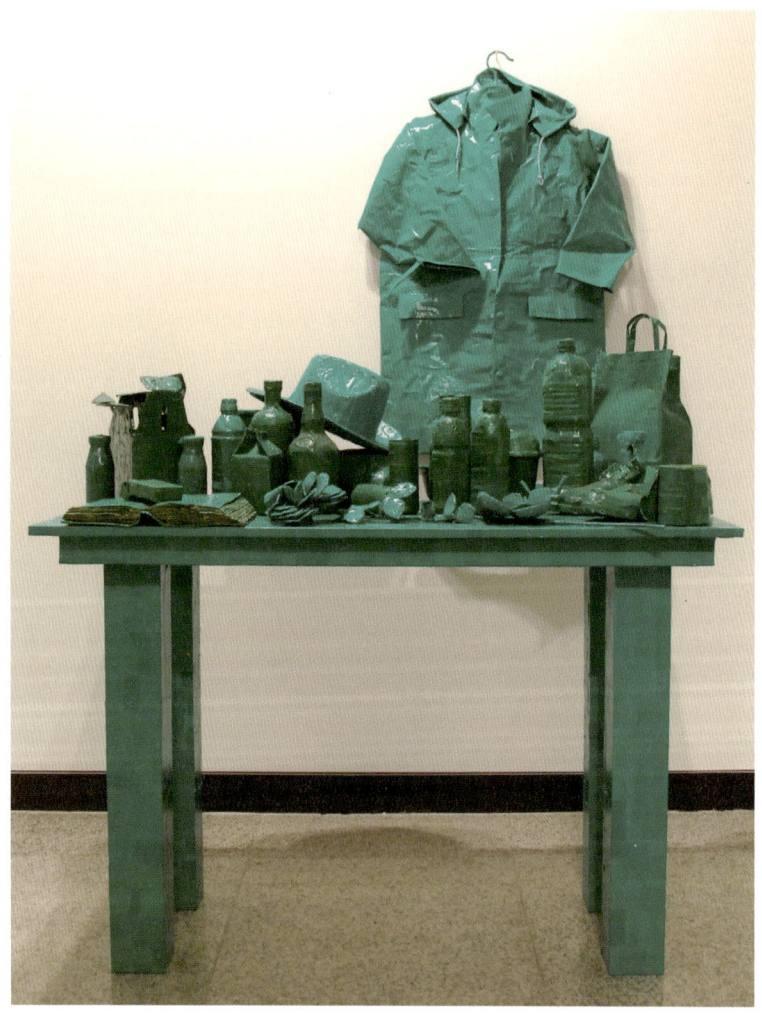

박병춘, 「눈먼 정물」, 2009

청테이프

청테이프의 기능을 한낱 대자보 부착에 한정 짓는 건 이들의 관록을 모욕하는 처사입니다. 푸른 제복이 웅변하듯 청테이프는 본디 2차 대전 때 군수품 방수와 임시방편적 보수를 위해 투입된 특수부대 용사입니다. 참전용사의 본명은 덕트 테이프duct tape. 해서 청테이프의 국제적 컬러는 녹색보다 은색이나 검정색이 많지요. 다용도를 자랑이나 하듯 '장난 삼아' 사람을 통째로 벽에 붙이기도 합니다! 기체 고장으로 우주 미아가 될 뻔했던 아폴로 13호 우주 비행사는 우연히 덕트 테이프를 발견하고는 이렇게 외쳤다지요. "이제 귀환할 수 있다!" 천하에 붙이지 못할 게 없는 접착력은, 뒤집어 말하면 떼지 못할 것도 없다는 얘기지요. 때문에 다리털 제거를 위한 민간 처방전에 전도유망한 대안으로 추천되기도 한다지요. 단순 접착 이상의 전지전능한 과업 수행의 본질은 결국 붙임성으로 수렴될 겁니다. 최후의 생존자에게 붙임성만 한 미덕은 없으니까요. 바야흐로 덕트 테이프에게 남겨진 마지막 과제는 갈라선 연인의 관계를 다시 부착하는 거겠네요.

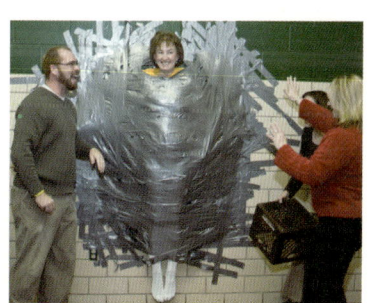

미물 예찬

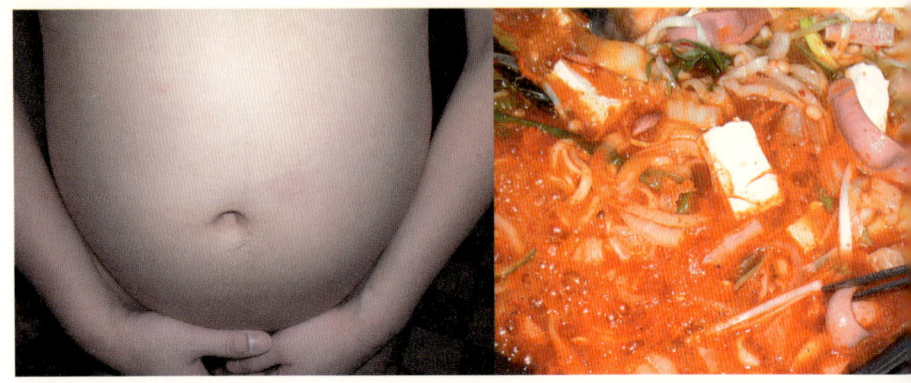

염중호, 「수정할까요? #12」, 2003

비만으로 부푼 배는 면사리가 곧잘 포함되는 한국 외식문화가 초래한 결과 같습니다. 수정할까요?

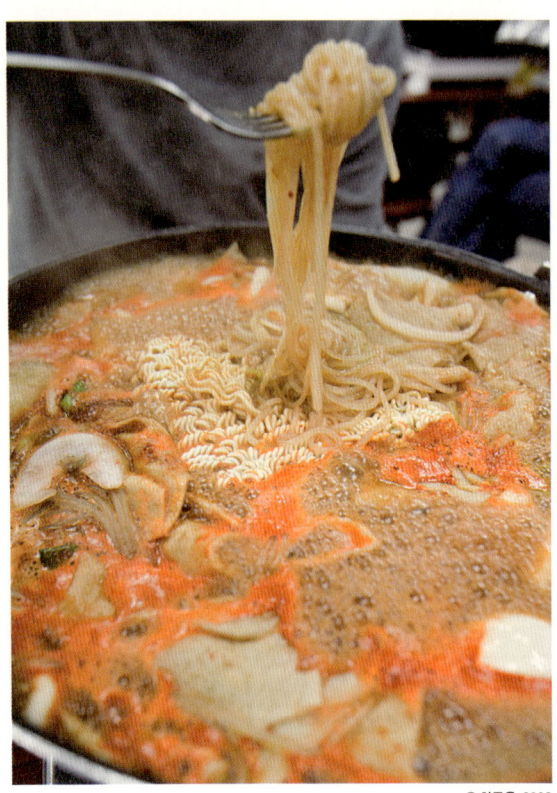

면 사리

면 사리는 기본 메뉴가 아닌 선택 메뉴지만 떡볶이, 닭갈비, 낙지볶음 같은 양념이 센 음식 맛을 완화시키고 담백함을 보태 주는 '필수 같은 선택'입니다. 결코 강매되진 않지만 높은 수요가 뒤따릅니다. 밋밋한 민짜 면발에 불과한 면 사리는 그 자체로 완결된 메뉴랄 순 없지만 기본 메뉴가 충족 못 시키는 단 몇 프로의 부족분에 불을 댕기는 기폭제입니다. 저렴한 가격 대비 풍족한 양. 면 사리의 뿌리칠 수 없는 전략입니다. 존재감은 있는 듯 없는 듯 미미해도 사리의 판매 실적은 십시일반 식당 매상에 기여합니다. 사리가 빠지면 도대체 따로 먹을 엄두가 안 나는 요리도 존재하는데, 이럴 바엔 왜 양념과 면을 둘로 갈랐는지 모르겠습니다. 마치 잘 나가는 책을 두 권으로 쪼개 파는 상술 같기도 하고요. 냉면 사리는 양념 육수와 함께 제공되는 경우가 많아서 얼핏 면 사리는 유아용 메뉴를 닮았습니다. 그러니 양 적고 주머니 가벼운 분들은 식당 가서서 사리만 1인분 주문해 보시죠. 항간에서 나도는 '손님은 왕이다'라는 구호가 허구임을 몸소 체험하는 귀한 시간을 갖게 될 겁니다.

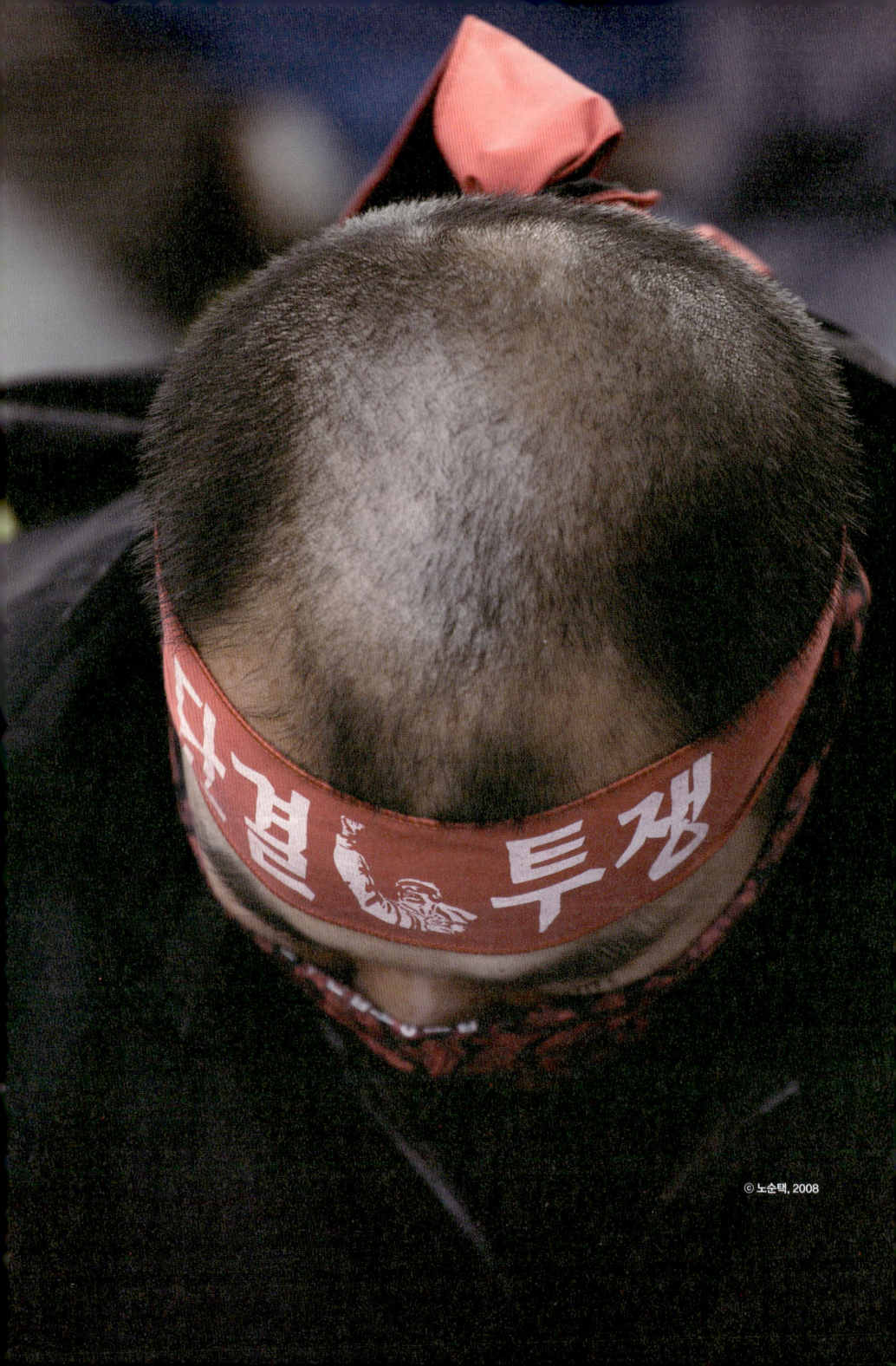

머리띠

신분은 직접적 구두 진술보다 간접적 약호로 확인되는 예가 많습니다. 의원급 고위 공직자는 양복 깃에 콩알처럼 부착한 금속 배지로 알량한 지위를 보장받습니다. 인지하기 곤란한 배지의 작은 크기는 남부러울 게 없는 소수정예의 여유를 포괄하는 거겠지요. 배지는 그저 반짝이는 금 빛만으로 족합니다. 그 이상 노출은 '오버'로 간주됩니다. 왼팔의 완장도 착용자의 입장 대변용입니다. 완장은 배지보다 가독성이 높고 은근한 압박 행사에도 요긴합니다. 주차 단속원, 군 지휘관, 홍위병과 파시스트가 완장을 찼습니다. 이것은 연장된 권력욕입니다. 한편 이마에 띠를 동여 매는 경우도 살펴볼까요. 이건 얼굴에 간판을 올린 격이니 품위는 구겨 져도 호소력은 배지나 완장에 비할 게 아닙니다. 머리띠는 궁지에 몰린 늙은 촌부와 가녀린 여사원을 죄다 '투사'로 통일시키고 분산된 개인을 응집된 집단으로 인식시킵니다. 절박함이 묻어 있는 머리띠와 이들의 일 치된 목청은 위험 신호로 읽어야 합니다. 머리띠의 주장이 억지이거나 머 리띠를 유도한 시대가 부조리하거나, 둘 중 하나니까요. 우리는 언제나 머리띠를 묶어야 하는 세상에 던져집니다.

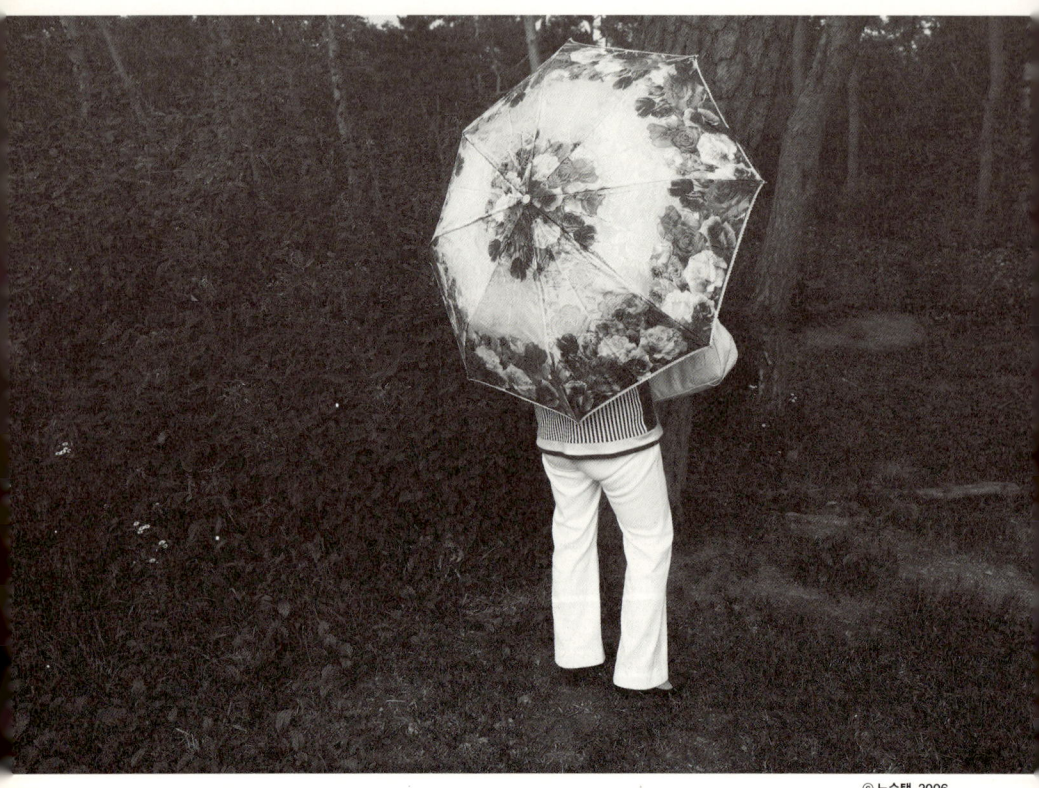

우산

양립 불능의 상태를 창과 방패에 빗댄 고사성어 '모순矛盾'을 한 몸으로 형상화한 오브제가 우산입니다. 말아 접으면 '지팡이형' 창입니다. 장난 삼아 우산 창으로 상대를 찌르는 모습은 철부지들 사이에서 흔히 볼 수 있죠. 반면 날개를 팽팽히 펼친 우산은 방패와 같아서 비바람과 타인의 불편한 응시를 차단합니다. 빗나가기 일쑤인 일기예보로 인해 빈손으로 외출했다가 천공의 물 샤워를 피하지 못하는 불상사가 자주 발생하죠? 이때 우산은 요긴하고 휴대 가능한 임시 가옥 같습니다. 이 같은 우산의 고안 목적과는 상반되게 비가 그치는 순간부터 은인 같던 우산에 쏟아지는 천대가 이만저만이 아니에요. 방금까지 우산의 경이로운 기여도는 구름 사이로 내리쬐는 햇살과 함께 망각되며 그저 부담스러운 물걸레 신세로 급반전됩니다. 잦은 건망증은 우산 분실로 표상되기에 우산은 숙명적으로 분실물의 다른 이름이 되었지요. 우산이 내포하고 있는 모순입니다. 인간관계도 우산을 닮아 우방이 적으로 돌변하는 건 비가 멎고 볕이 드는 과정만큼 빈번한 일입니다. 이 점이 인간관계의 본질을 창과 방패(우산)에 빗댄 속 깊은 사연인지도.

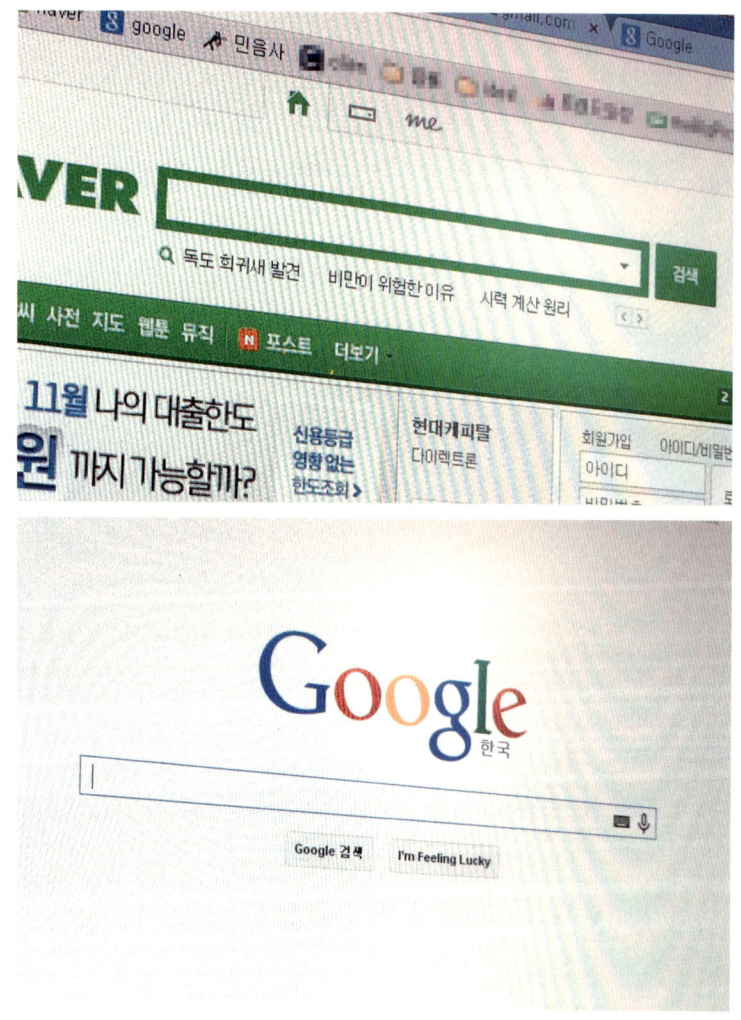

검색창

물리학의 빅뱅 이론은 양성자보다 작은 특이점이 한순간 급격히 팽창한 결과 지금의 시간과 공간이 형성되었다고 주장합니다. 작은 점에서 드넓은 우주가 탄생했다는 거죠. 현장에 없던 우리로선 실감할 수 없지만 학계에선 정설로 통하는 모양이네요. 규모와 유형 면에서 비교하긴 무리이나 네티즌의 일과는 특이점 대신 특이 상자의 연쇄 폭발로 시작합니다. 컴퓨터 사용자의 첫 화면 설정은 보통 각종 포털 사이트의 홈페이지입니다. 이들 화면의 중앙 상단에는 길쭉한 직사각형의 여백이 차지합니다. 규격과 모양도 대동소이합니다. 별 볼품없는 백색 빈칸이지요. 그러나 이 백색 상자에 무언가를 기입하는 순간 미세한 진동이 시작되며, 엔터키를 때리는 순간 오만 정보의 팽창으로 소리 없는 폭발음(!)이 동반됩니다. 인터넷의 시공간은 이렇게 창조되었습니다. 시작은 미미한 특이 상자였으나 그 나중은 대단히 창대합니다. 검색창 속에서 깜빡대는 커서의 점멸은 빅뱅 직전의 카운트다운에 견줄 만합니다. "나 준비 다 됐거든. 뭐건 입력해 봐." 폭탄 가진 자의 여유랄지. 꽝!

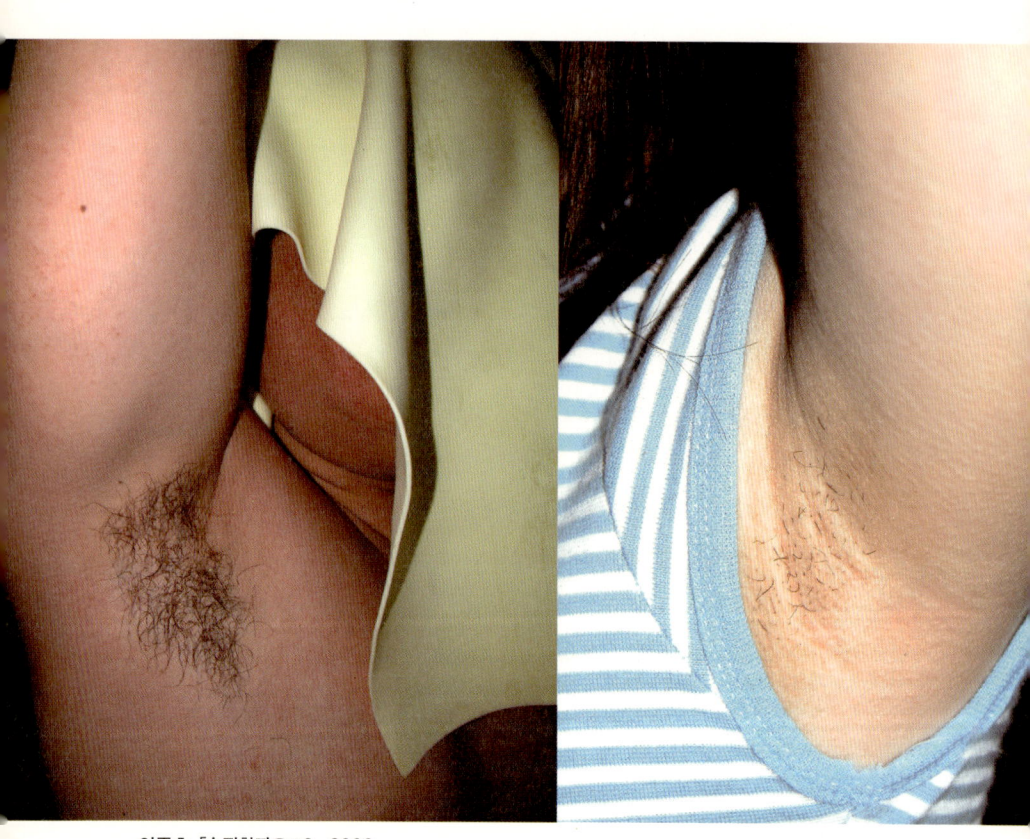

염중호, 「수정할까요 #9」, 2002

겨드랑이 털

'겨털'(겨드랑이 털)의 제모 수난사는 불과 100년이 안 됩니다. 본디 페로몬 분비와 피부가 마찰할 때 생기는 손상을 경감시키는 게 겨털의 생물학적 존재 이유였죠. 그러나 20세기 초 미적 기준이라는 정언명령 앞에 속수 무책으로 그 존재 이유는 잘려 나갔습니다. 수북이 자란 겨털은 코미디 소재로 전락했고 상대를 놀릴 때 옷가지로 삐져나온 겨털 포착에 박장대 소합니다. 흡사 콜럼부스의 신대륙 발견에 버금가는 환호랄까요. 문명의 진전에 생물학적 진화가 발맞추지 못하는 '눈에 잘 안 띄는' 사례로 기억 될 만합니다. 동일한 체모면서 머리털은 짧게 잘리면 웃음거리가 되고, 생식기 털 또한 노출해선 안 될 19금의 치부로 관리되지만 그렇다고 아 예 밀어 버리기라도 한다면 당연히 '엽기' 소릴 듣습니다. 그런데 유독 겨 털만 제모의 굴욕을 당합니다. 제모 열풍에 맞선 겨털 군단의 반격도 만 만치 않습니다. 쉴 틈 없이 면도해도 겨털의 발육 속도전이 까만 점들을 남기곤 합니다. 이내 자란 까만 점(털)은 '때'로 쉽게 오인받으니 여간 난 처한 게 아닙니다. 그러게 있는 그대로 방치하면 오죽 좋습니까. 제모 금 지령이라도 발의할깝쇼?

미물 예찬

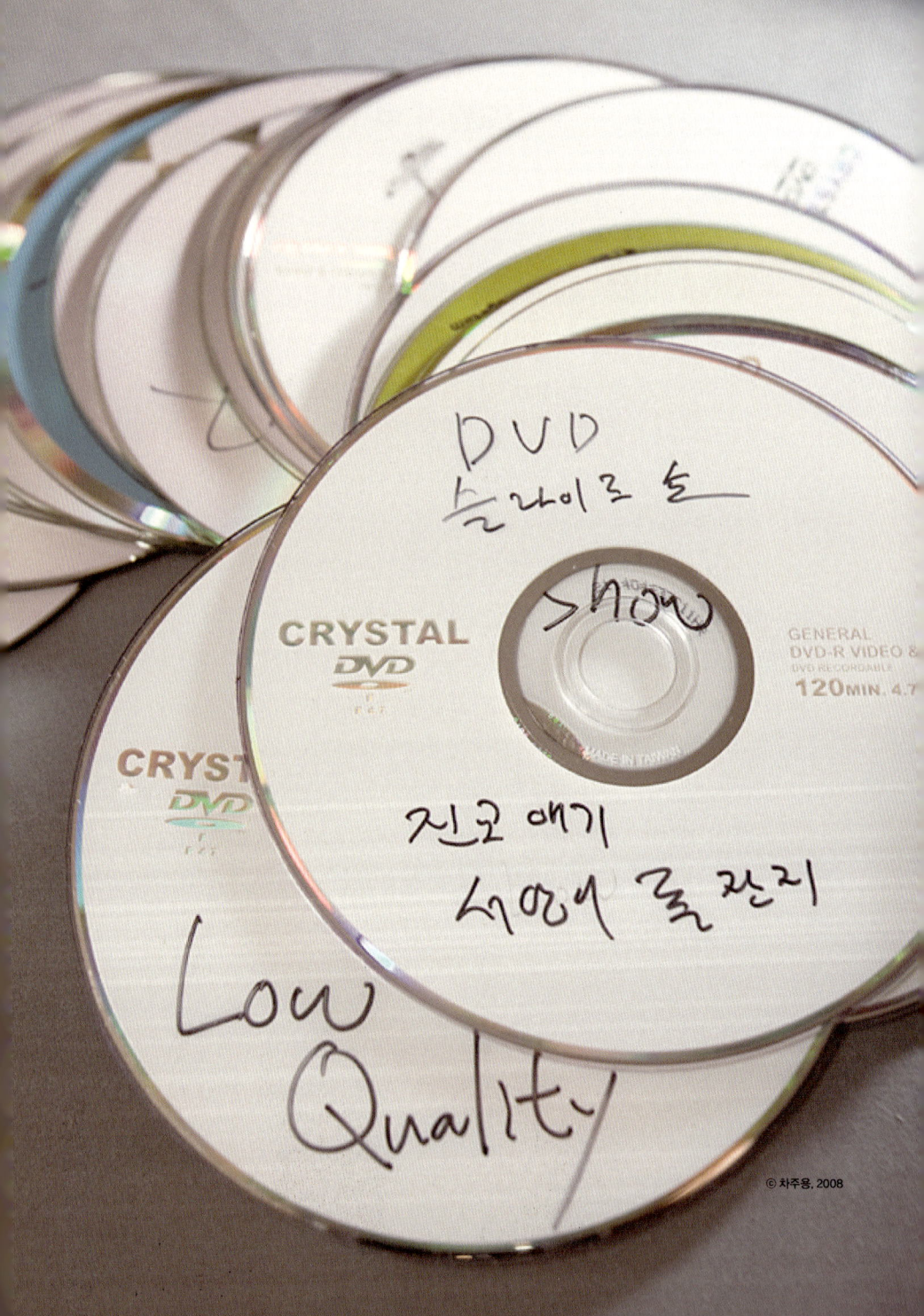

공CD

웹하드나 대용량 메일함 같은 가상 데이터 저장이 선호되기 전 그리고 휴대용 저장 장치 USB가 보급되기 전, 공CD는 퍽이나 고마운 벗이었습니다. 뭐든 담아 낼 여백의 미美야말로 이 은빛 동그랑땡을 IT계의 백지수표에 버금가게 했지요. 원본을 감쪽같이 훔쳐오는 재주 때문에 영화며 음악이며 천일밤낮 가리지 않고 얼마나 구워댔습니까! 트랙 표면이 반사하는 은은한 무지갯빛은 공CD의 무한능력의 부산물 같았습니다. 그러나 원본에 비해 공CD는 여전히 서자입니다. 유성펜으로 디스크 표면에 건성으로 기재한 타이틀과 저장 목록은 공CD의 타고난 '야매성'의 낙인처럼 보였으니까요. 이들의 애처로움은 한 번 저장된 그 어떤 데이터도 대체로 다시 열어 보지 않는다는 진실 속에서 찾을 수 있지요. 저장이 곧 매장이랄까요? 정보량의 과적으로 은빛 동그랑땡의 영광은 빛이 바랬습니다. 뭐건 필요 이상 쌓이면 버림받기 마련인 법. 그래서인지 현란한 인테리어 장식에는 쓰다 수거된 공CD가 딱입니다. 하긴 후미진 서랍장에서 최후를 맞느니 표면 고유의 반사광으로 사이키 분위기에 일조하는 편이 훨씬 낫지요. 용도 변경이란 마지못한 상황에서 생존하기 위한 변신술이니 말입니다.

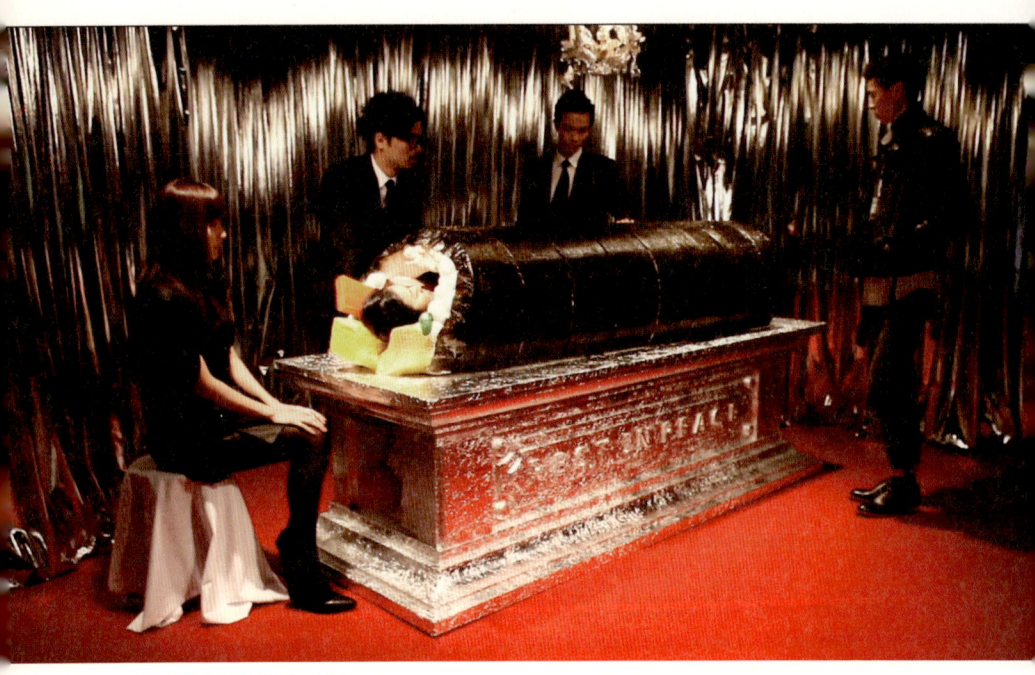

구혜영, 「김밥의 천국」, 2013

김밥

한 줄에 단돈 천 원하는 초저가의 김밥도 소풍과 만찬장에서나 맛보던 귀한 메뉴였던 왕년이 있었지요. 비록 값싼 분식으로 전락했다곤 하나 김밥의 위세는 전국에 24시간 전문점이 뿌리내릴 만큼 성장했고 '입맥口脈'도 탄탄히 구축했습니다. 김밥의 고도성장과 대중화의 비결은 따로 놀던 밥과 찬을 검은 원통 안에 강제로 연대시킨 데 있지 않을까요. 검정 원주 속에 백색 속살과 다채로운 찬의 조합은 김밥의 유니폼입니다. 통일, 용이, 신속의 세 가지 가치를 죄다 갖췄으니 한민족의 성품과도 통하는 바 크고요. 때문인지 군대는 형태만 모방하여 '김밥말이'라는 고약한 얼차려를 고안해 계승 중입니다. 전우애를 독려하려는 고참의 배려지만 밥과 찬을 연대시킨 김밥 제조 원리를 고약하게 승계했죠? 세월이 하 수상한지라 '니뽄필' 도는 삼각 김밥이 편의점을 장악하거나, 취식보다 감상이 목적인 듯한 캐릭터 김밥마저 등장했습니다. 식중독 사태마다 상한 김밥이 주범으로 지목되는 수난사도 겪지만 장학금 쾌척의 장본인은 김밥 행상 할머니로 보도되곤 합니다. 돌돌 말린 요 놈! 형태만큼 속사연도 깊지요.

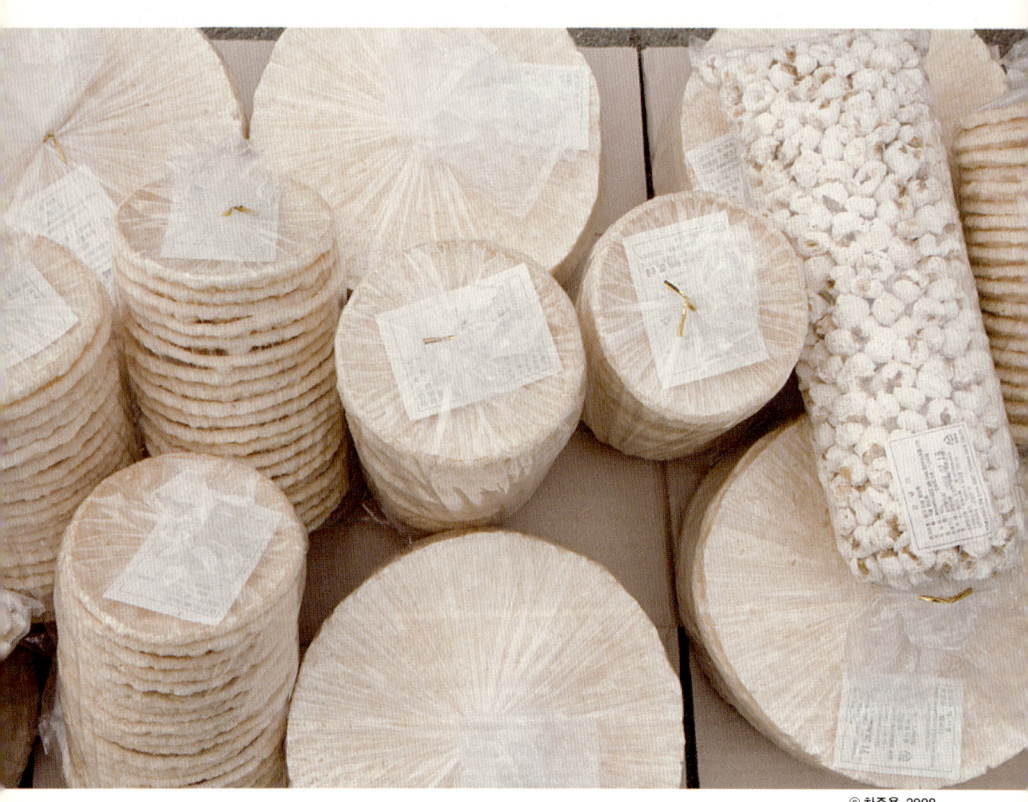

뻥튀기

빈자貧者의 간식 뻥튀기는 실제 크기의 수배로 팽창시키는 제조 공정과 마감을 알리는 요란한 폭음이 붙여 준 이름입니다. 뻥튀기의 본질은 실체를 부풀린다는 점에 있으며, 때문에 과장 광고나 입 발린 거짓말도 흔히 뻥튀기로 비유됩니다. 허우대만 컸지 실속이 부실하단 얘기지요. 그러나 저칼로리 식품으로 분류되는 통에 다이어트 식품으로 각광받는 여유를 누리기도 합니다. 우리에게 뻥튀기가 있다면 바다 건너엔 팝콘이 있습니다. 야구장과 극장 관객의 아이덴티티는 한 손에 쥔 팝콘 봉지로 표상될 만큼 부풀린 대중성은 팝콘의 자랑입니다. 왜소한 몸집을 부풀리는 변신술, 담백함과 달콤함이 혼재된 맛, 그리고 저렴한 가격대. 뻥튀기와 팝콘의 장수 비결은 여기에 있습니다. 하지만 속 빈 녀석치고 치명적인 약점 없는 경우가 있던가요. 뻥튀기의 천적은 습기인데 약간의 눅눅함에도 상황 종료지요. 이런 취약성에도 뻥튀기는 꽤 팔립니다. 항시 뻥을 까며 살아가는 인간에게 뻥튀기만큼 자신을 빼닮은 간식이 또 어디 있겠어요. 모종의 감정이입의 결과인지도.

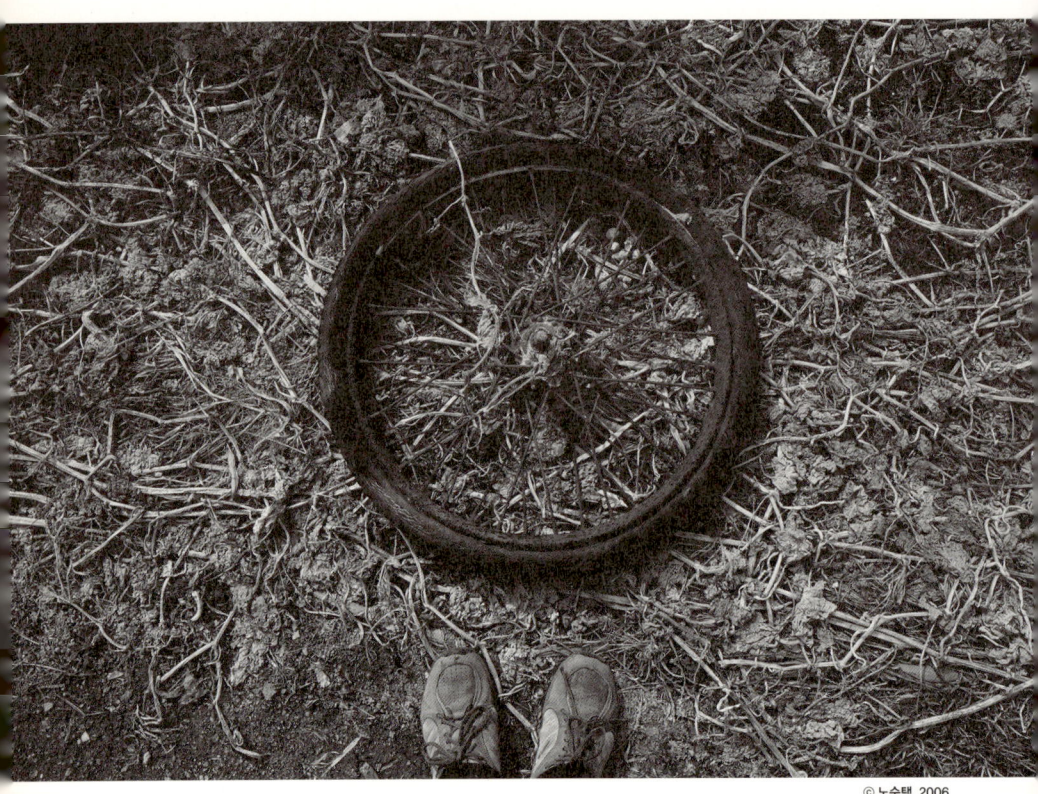

015

바퀴

기하학의 여러 도형과 비교할 때 원형圓形은 완벽성이라는 관념적 가치까지 담보해 왔습니다. 행성의 모양, 수면의 동심원, 과녁 등 주변에 산재한 원형들도 있지만 얼굴 뒤에서 높은 신분을 상징하는 둥근 광배도 있으니 격조 높은 도형인 건 틀림없지요. 이 가운데서 '낮은 곳에 임한' 겸손한 원형의 사례가 있으니 바퀴입니다. 지면과 밀착한 바퀴wheel의 존재감은 일반 원형과는 용도부터 달라, 어원이 말해 주는 바 구르는 것roll이야말로 이들의 본분입니다. 굴러야만 하는 숙명은 정교한 원주 디자인과 함께 정중앙의 축에게 중대한 역할을 부여합니다. 지상의 운송수단은 대개 둘 혹은 네 개의 바퀴에 의존해서 이동합니다. 현기증 나게 페달을 돌려야만 목적지에 당도합니다. 그러나 바퀴 지름이 속도와 정비례한다는 믿음은 스케일 중심주의가 만든 대표적인 오해입니다. 자전거 속도는 바퀴 사이즈는 물론이고 기어 비율에 좌우되거든요. 민첩성과 스피드를 겸비한 미니 자전거가 큰 자전거보다 도착지에 먼저 당도하는 일은 많습니다. 한 시절 미니벨로mini velo가 인기 품목인 적이 있었습니다. 그렇지만 신문 구독 경품으로 자전거를 받지는 맙시다.

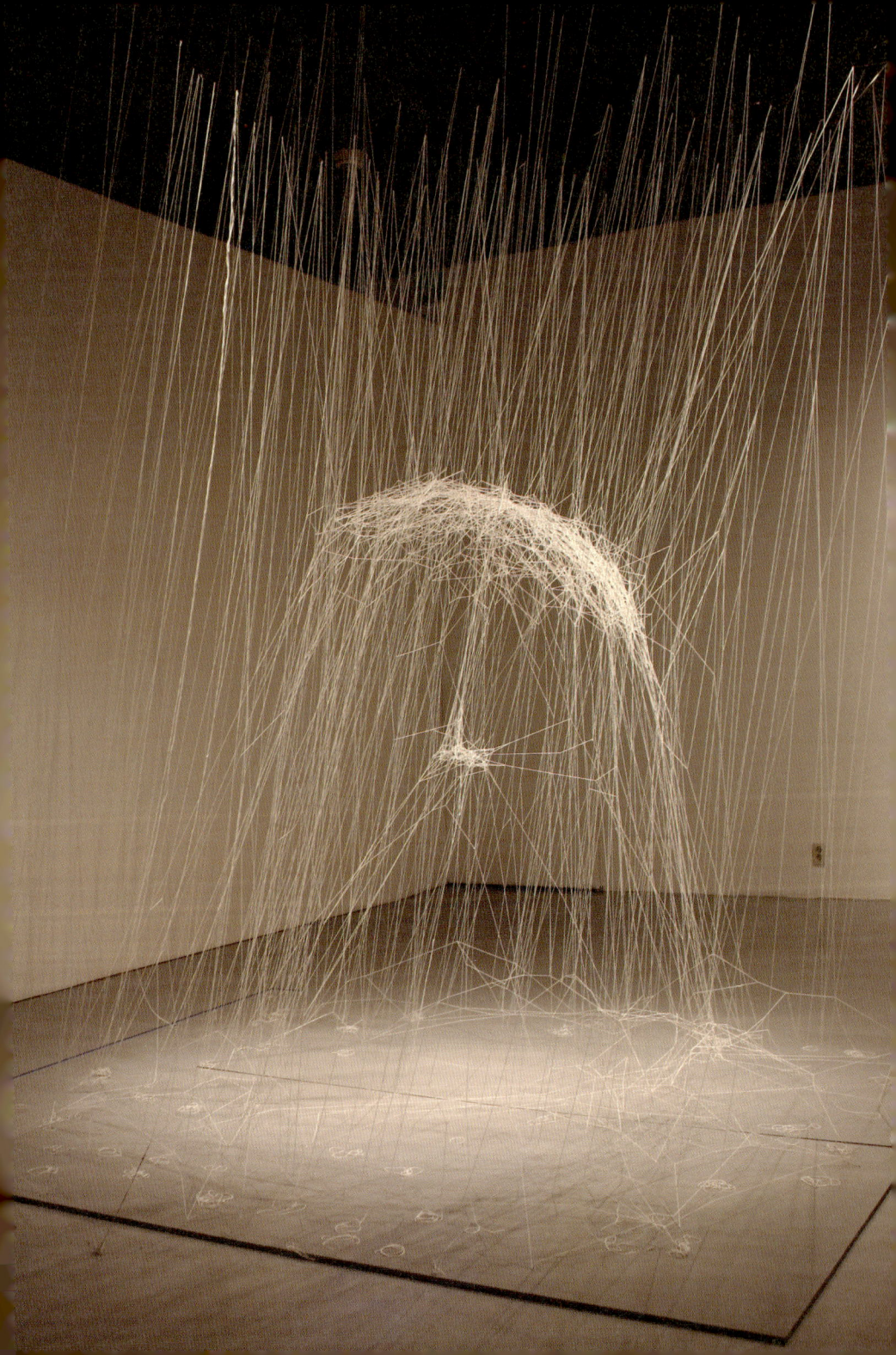

016

실

2차원 회화의 조형 단위는 점·선·면이라고 믿어집니다. 그러나 3차원 환경에 친숙한 삶에서 점이란 단지 추상적 개념일 뿐이라 선·면·체(덩어리)가 타당한 해설이지요. 수학적 개념인 선은 일상에서 실로 구현되며 이는 다시 직조를 통해 피륙, 이불, 우산 등 실제 우리 앞에 놓인 모든 종류의 사물을 구성하는 최소 단위가 됩니다. 수억 가닥이 모여야 고작 원단 일부를 구성할 따름인 '일개' 실은 그 때문에 하대받기 일쑤입니다. 의복 위로 튀어나온 실밥은 목격되는 즉시 뽑혀 나갑니다. 완성품인 의복에 비해 가느다란 실의 품새가 체통을 구긴다고 믿는 거지요. 실에 대한 폄하는 '인생은 굵고 짧게'라는 인류사의 구호에서도 엿볼 수 있습니다. 가늘고 길어야 용도를 충족시키는 실의 본질은 이런 구호와 정면으로 대치되니까요. 그러나 실의 '실태'를 헐겁게 드러내고도 실의 아름다운 자태를 뽐내는 건 가능합니다. 망사를 통해 여러 실오라기의 존재감을 살린 거미줄을 보세요. 거미줄은 거미의 거주와 먹이의 포획을 책임지면서 실용과 미관을 동시에 만족시킨 아름다운 실이잖아요.

◀ 김윤아, 「비 Rains」, 2010~2013

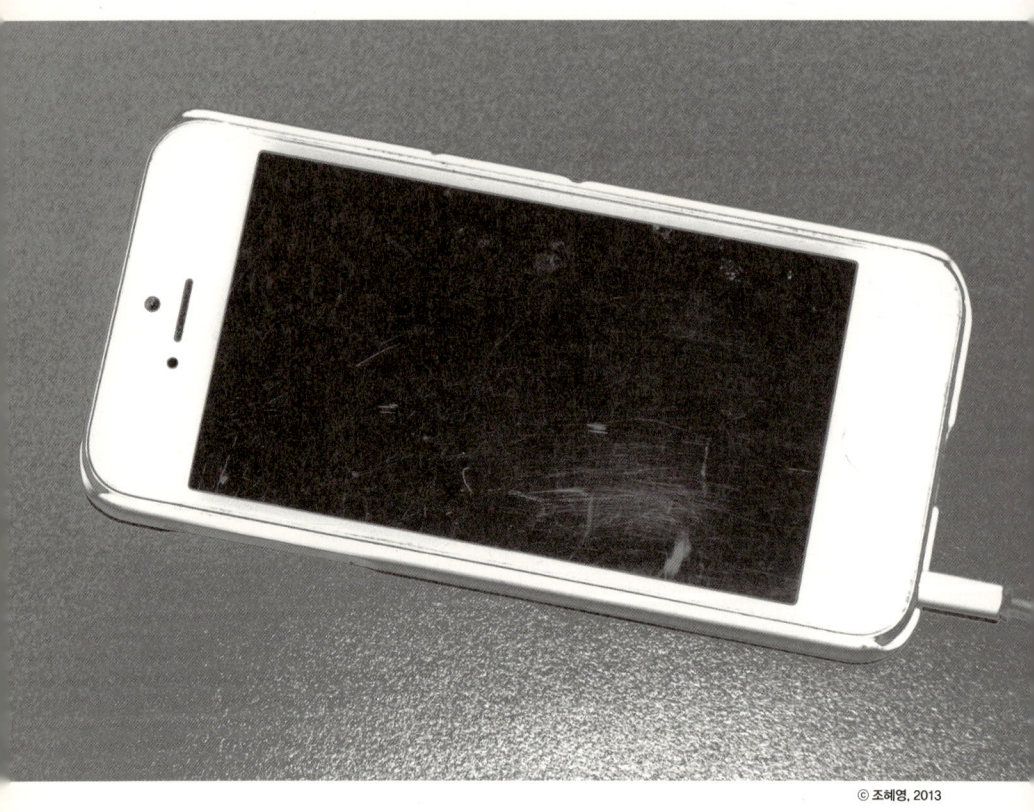

017

흠집

얼굴 위 한 줄기 가는 흉터는 당사자의 체면과 미관을 크게 실추시킵니다. 이에 필적하는 것이 기물에 생긴 흠집입니다. 세간에서는 '기스'라는 일본어로 통용되지요. 흠집의 발생은 사용 기간에 정비례한다는 점에서 피부의 잔주름에 비교될 법하지만 부주의한 관리와 고의적 외상이 만든 갑작스러운 상처인 점에선 주름보다는 흉터에 가깝습니다. 따라서 사물이 세월 따라 먹은 연륜이기보다는 관리 불량의 증거 자료로 이해됩니다. 요컨대 음반 표면의 잔 흠집은 음질 훼손의 1차 원인일 뿐 골동 가치의 증거가 되진 못합니다. 중고 장터에서 보일 듯 말 듯한 '생활 기스'는 거래 가격 하락의 피할 수 없는 빌미입니다. 단지 미세한 상처일 뿐인 흠집을 둘러싼 집단 노이로제는 결국 투명 재질의 보호 테이프를 생산, 소비케 했습니다. 그러나 흠집으로 뿌옇게 된 투명 테이프와 보호 케이스는 그들이 방어하려 했던 제품의 미관을 도리어 망쳐 놓는 결과를 초래하지요. 흠집이 골동품의 품위와 전통을 인정하는 증거인 경우도 있고 주름살과 흉터가 특정 인물의 연륜과 품위의 흔적처럼 느껴지는 경우도 있지만, 그건 극히 희소한 경우입니다.

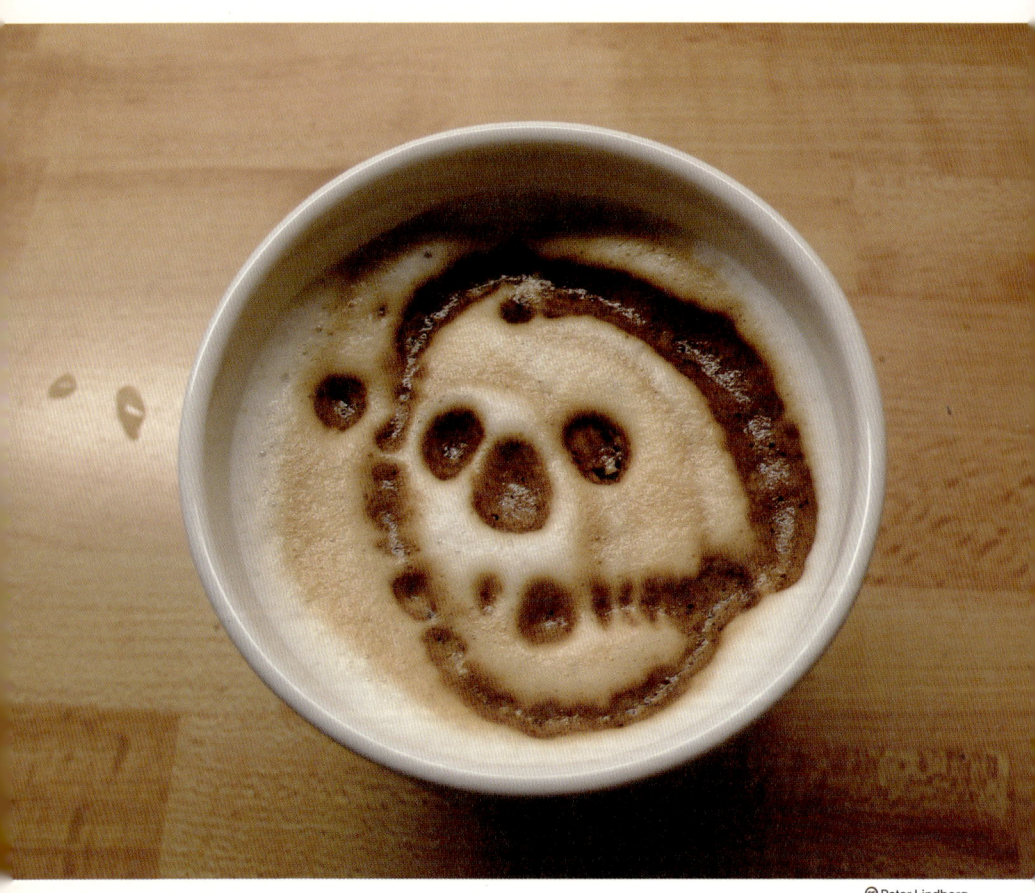

018

거품

표면장력에 의존해 글라스 상단에 아슬아슬 얹힌 거품의 풍성함이야말로 여느 주류와 맥주를 구분 짓는 차별성이 아닐까 합니다. 본래의 강한 맛을 일단 한 번 걸러 주는 효과와 거품이 만들어 낸 남다른 미관 때문에 거품 있는 음료는 시중에 꽤 됩니다. 카푸치노는 개중 으뜸으로 잔 가득 부풀린 눈송이 같은 거품은 그 자체로도 음미할 가치가 충분합니다. 더욱이 입 언저리에 '고의로' 묻힌 포말은 마신 이를 또 얼마나 앙증맞게 만듭니까? 미세한 공기 방울의 총합인지라 부드럽고 불투명한 거품은 그 속내를 투시할 재간이 없습니다. 거품이 거두어질 때 비로소 모든 실체가 드러납니다. 비누 거품에 가린 지저분한 인체는 이내 때 빼고 광낸 모습으로 탈바꿈하며, 거품으로 덮인 음료수는 곧 원액의 즐거움을 노출합니다. 그러나 거품의 숙명은 터지는 것으로 귀결될 운명이죠. 본질보다 부풀려진, 때문에 허황된 전모가 낱낱이 드러나는 현상을 통틀어 거품에 비유합니다. 버블 경제, 부동산 거품, 몸값 거품 따위가 있지요. 넉넉한 외관, 감미로운 입맛에 속아 그 빈속까지 믿진 말기!

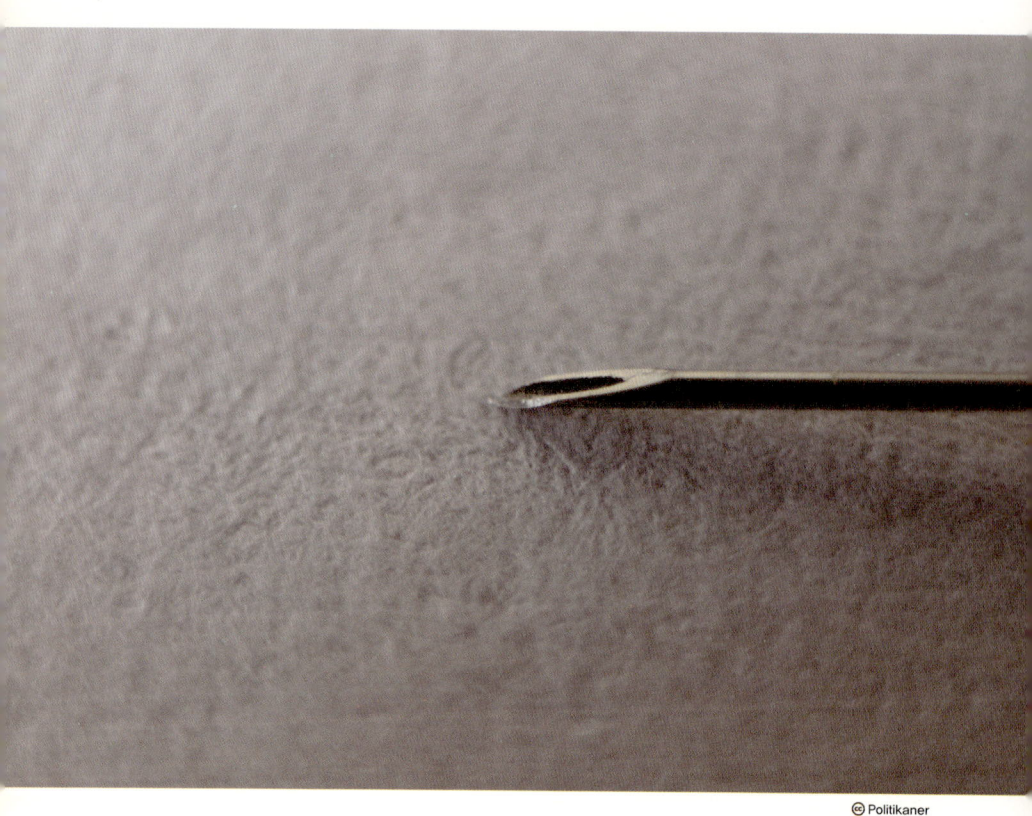

© Politikaner

019

바늘

인류의 고약스러운 발명품으로 창이 있습니다. 뾰족한 꼬챙이가 휩쓴 살육의 기록이 쌓여 세계사를 구성했다는 사실이 유감이지만 곱씹어 볼 문제도 남깁니다. 목표물을 관통해 치명타를 남기는 점 때문에 외관상 바늘은 창의 축소판입니다. 꿰매고 여미는 봉재용 바늘마저 실용과 동반되는 '찔림의' 아픔이 따른다는 점에서 피의 역사를 기술했던 창의 서자 격입니다. 동일한 이치로 선의의 목적으로 제작되었으나 더 큰 아픔과 공포를 수반하는 바늘도 있으니 의료 기구로 분류되는 주사바늘이 그것입니다. 검사와 치료의 일환으로 일련의 내용물을 반입 내지 반출하기 위해 이 따끔한 철침의 가느다란 몸통에는 0.5밀리 내외의 터널이 뚫려 있지요. 이 구멍을 통해 바늘은 신체와 '통'합니다. 주사는 별 의심 없이 특단의 처방전으로 숭배됩니다. 그러나 전지전능한 존재란 추종자에게 자비와 잔인이라는 양가감정을 유발하지요. 만병통치라는 투철한 신앙심조차 주사바늘만큼은 기피하고 싶은 환자의 간절함과 곧잘 충돌하니까요. 1930년대 미국 암흑가를 장악한 시카고의 갱스터 두목 스카페이스 알 카포네는 매독에 따른 합병증으로 사망했는데, '주사바늘' 공포증 때문에 치료. 시기를 놓친 게 사망원인이었다고 합니다. 무통증 주사는 언제쯤 발명될까요.

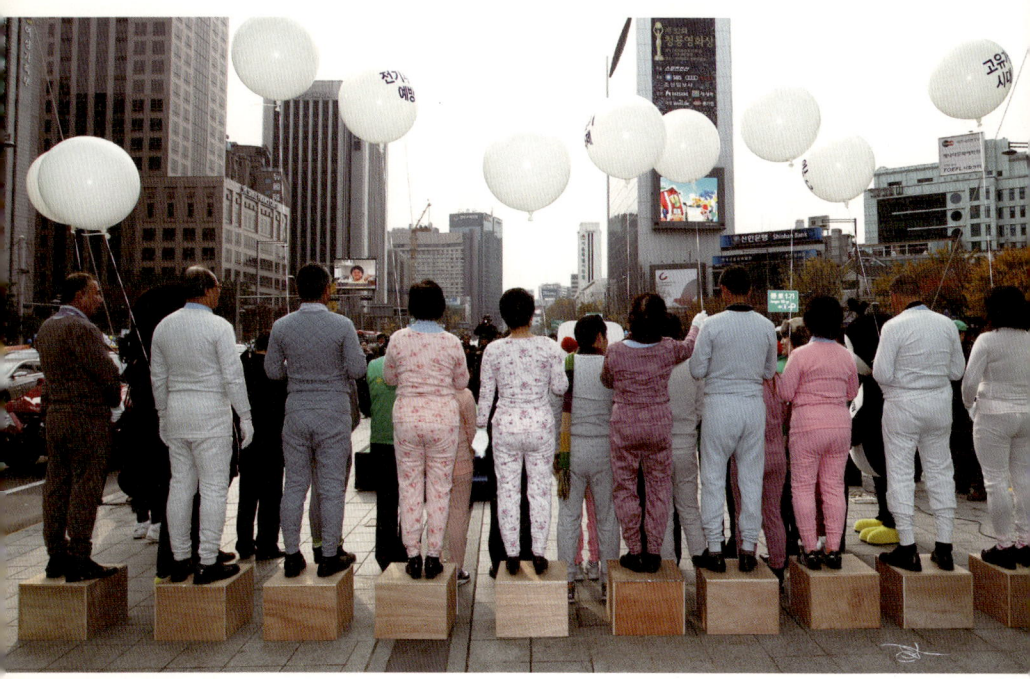

HELLO PHOTO

020

내복

본디 내복이 설계된 섭리 속에, 설마하니 착용자의 수치심을 자극할 목적이 포함됐을 리 만무합니다. 보온에 집중한 한철 의상 내복은 실용성을 대가로 미관은 포기했습지요. 이 따끈한 충성심에도 따가운 외면과 홀대를 돌려받곤 합니다. 각선미를 고스란히 드러내는 내복 특유의 붙임성 때문에 6등신 체형의 동아시아인에게 내복이란 일종의 적나라한 인체 폭로성 의상이기도 하죠. 입은 이의 '신분과 무관'하게 우둔한 발레리나로 둔갑시키는 내복의 몰취향은 입은 이의 '의지와도 무관'하며 그저 착용자의 '막돼먹은' 체형과 유관할 따름입니다. 하여 내복 착용의 결정 요인은 바깥外 기온의 하강보다는 안內 자존심의 포기 여부와 밀접합니다. 쫙 달라붙은 자신의 신체 곡선을 응시하며 괜히 초라해지는 심정도 그 때문일 겁니다. 그러나 매년 내복 생산에 차질이 없는 걸로 봐서는 따뜻한 발레리나의 유혹을 몸속 깊이 숨기며 사는 이가 여전히 많다는 얘기지요. 수치심을 안에 숨길 수 있다는 게 참으로 다행입니다.

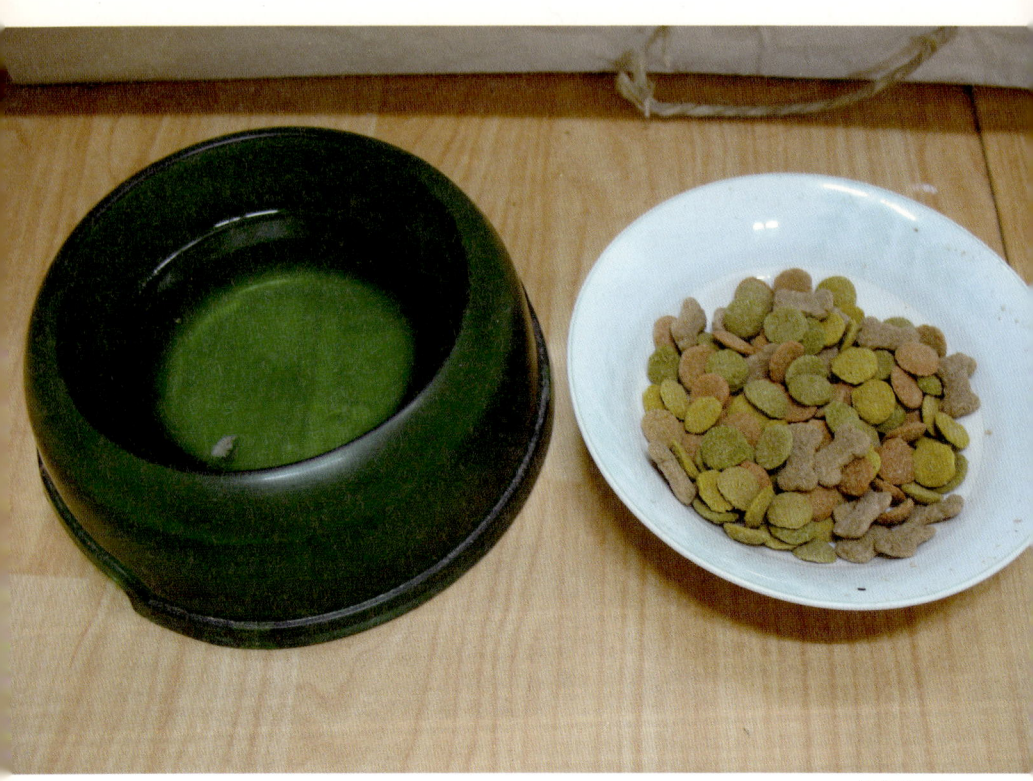

2007년 2월 28일, 18년을 함께 살았던 개(니키)가 예고 없이 죽었습니다.
빈자리가 된 개의 부재를 덩그러니 남겨진 개밥이 웅변하는 것처럼 보이더군요.

021

개밥

개밥이 사료로 불리게 된 사정은 개의 처우 변화와도 관계있습니다. 일그러진 놋쇠 그릇이나 이빨 빠진 도기에 사람이 먹다 남긴 밥과 찬을 뒤섞어 던져 준 것이 개밥의 원형입니다. 그러나 개밥은 다만 개의 끼니라는 의미 외에도 질 낮은 음식을 비하할 때 쓰는 보편적 비유어였습니다. 즉 개밥은 사람이 먹을 게 못 되는 음식인 거죠. 개와 인간 사이의 유대감과 개의 일방적인 충성심을 감안할 때 야박하고 비열한 표현이죠. 그렇지만 개밥의 운명도 다국적 기업이 시장에 가세하면서 달라졌습니다. 맛, 영양, 소화는 물론 씹을 때 들리는 경쾌한 소리까지 배려하는, 꽤나 신경 쓴 균형식품으로 가공되었고, 의학적 신뢰를 얻기 위해 수의사가 광고에 등장하기도 합니다. 개밥의 위상 변화로 항간에선 조폭이 근육을 키우기 위해 개 사료를 먹는다는 확인 안 된 풍문마저 나돕니다. 한편 먼저 곁을 떠난 개의 텅 빈 자리를 수북하고 허전하게 채우고 있는 개밥은 생전 개가 인간에게 얼마나 고귀한 벗이자 말 못하는 멘토였는지 가슴 아프게 웅변하는 유품으로 남습니다.

ヲヲヲヲヲヲヲヲヲヲ
ヲヲヲヲヲヲヲヲヲヲ
ヲヲヲヲヲヲヲヲヲヲ
ヲヲヲヲヲヲヲヲヲヲ
ヲヲヲヲヲヲヲヲヲヲ
ヲヲヲヲヲヲヲヲヲヲ
ヲヲヲヲヲヲヲヲヲヲ
ヲヲヲヲヲヲヲヲヲヲ
ヲヲヲヲヲヲヲヲヲヲ
ヲヲヲヲヲヲヲヲヲヲ
ヲヲヲヲヲヲヲ

022

댓글

보기 버튼을 누르면 아래로 좌르르 쏟아지는 문서 구조. 인터넷 게시판 댓글은 기원전에 고안된 두루마리 혹은 동양의 족자 문화와 유사합니다. 물론 불특정 다수의 재잘거림이 십시일반 모여 긴 스크롤(scroll은 두루마리와 족자의 영어 표기죠.)을 이어나간다는 점이 다르다면 다르지만요. 집단 여론을 형성하는 신종 두루마리인 댓글은 어떤 점이 다를까요? 기다랗게 줄지어 선 댓글의 형체는 탄창에 장전된 실탄처럼 보입니다. 형체 없는 실탄의 위력은 표적에 명중하면 상대의 심장을 멈추게도 합니다. 잊힐 만하면 터지는 '댓글 피살 사건'은 공화국 의견 수렴의 가장 유력한 플랫폼인 댓글 문화의 대표적인 악용 사례입니다.

순기능은 뭐가 있을까요? '100자 토론'에 의한 합의 도출이 있겠군요. 하지만 간단치 않아요. 댓글 맞짱에서 물먹은 쪽이 순순히 의견을 접고 투항할 가능성은 경험상 제로거든요. 상대 논리에 설복하기보단 실추된 자존감을 회복하고자 어깃장을 부리기 일쑤이고 그 결과 천하무적 '꼴통'들이 양산됩니다. 해서 댓글은 통합보단 양극화에 일조합니다. 과연 댓글의 순기능이 있기나 할까요? 고용 창출이 있다 합니다! 취업 애로계층에게 정당과 회사가 일자리를 마련한다나요. 댓글 알바라고. 한 줄 한 줄 쌓인 가짜 의견이 거대한 여론 왜곡을 형성하고 대가로 실업자에겐 일용할 양식을 돌려주는 게 댓글 알바의 원리지요. 참 아름다운 광경이 아닐 수⋯⋯(멈칫. 이건 진짜 아니잖아!)

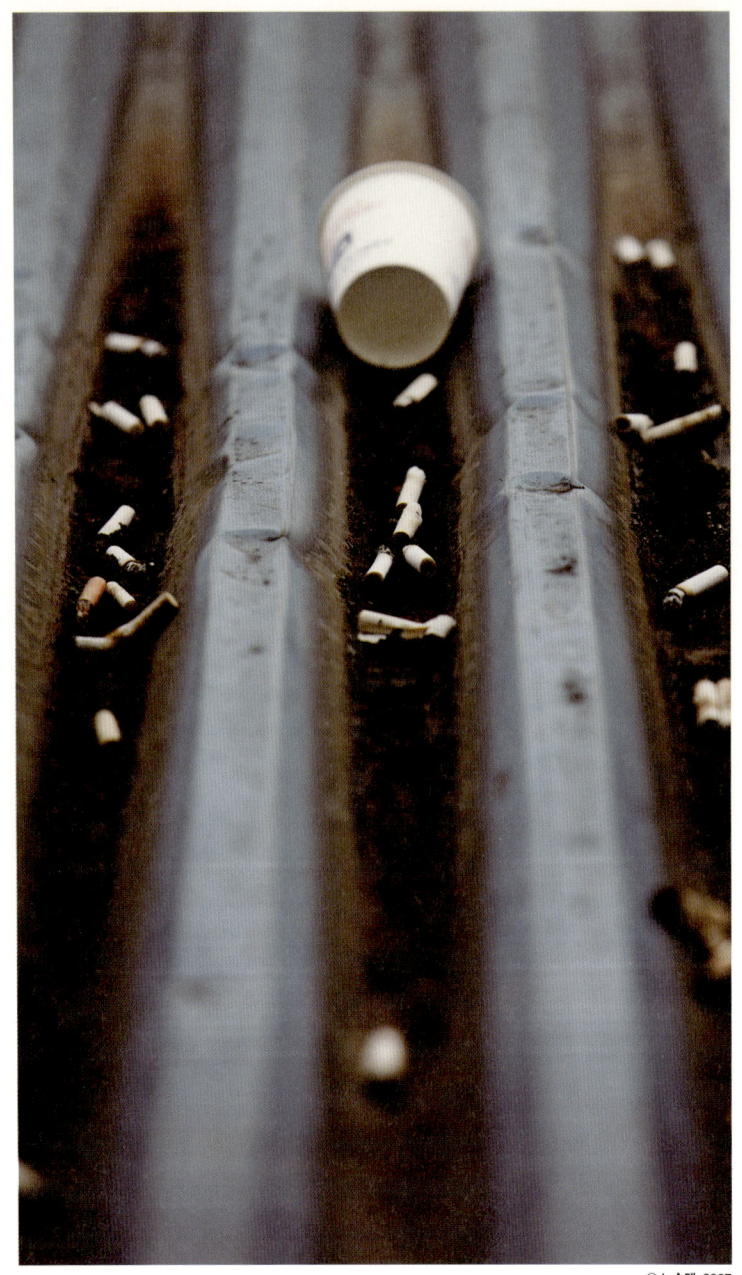

© 노순택, 2007

023

커피와 담배

고독한 인텔리들의 사교 장소를 연상시키는 카페. 이 낭만의 아지트는 유럽에서 시원을 찾지만, 세계화의 물결로 균일한 문화적 체험을 뒤집어쓴 동아시아인도 친숙한 자기 문화처럼 카페를 애용합니다. 이 살롱 문화의 중심에 소모적 기호품 커피와 담배가 있습니다. 거의 20년 동안 천천히 완성해 나간 짐 자무시의 영화 「커피와 담배」(2004)는 11개의 단편 옴니버스로 완결된 장편인데, 기호품을 넘어 의사소통의 키워드로 급부상한 커피와 담배에 관해 유쾌한 잡담을 나누는 영화지요.

꽤 폼 나지만 커피와 담배 역시 1회용 기호품의 비장한 운명만큼은 피하지 못합니다. 커피와 담배를 향한 예찬과, 이들의 최후의 몰골 사이로 깊고 넓은 강이 흐를 정도랄까요. 액체(커피)와 고체(담배)가 화학적으로 혼연일체되어 품격을 상실한 커피와 담배의 사체는 전국 휴게실에서 곧잘 발견되거든요. 마시다 만 커피 종이컵에 피우다 만 담배의 익사체(?)가 둥둥 떠 있는 모습 자주 관찰하셨을 겁니다. 커피를 빨아들여 탱탱 부은 담배꽁초는 범죄 현장의 시체만큼 흉하지요. 기호품을 소비하는 신사숙녀 교양인의 처지도 막상막하예요. 카페인과 니코틴으로 도배한 이들의 구강에선 세상의 어떤 구취도 능가하는 악취가 생산되니까요. 새삼스러운 교훈, 낭만을 파는 기호품은 그 대가도 톡톡합니다.

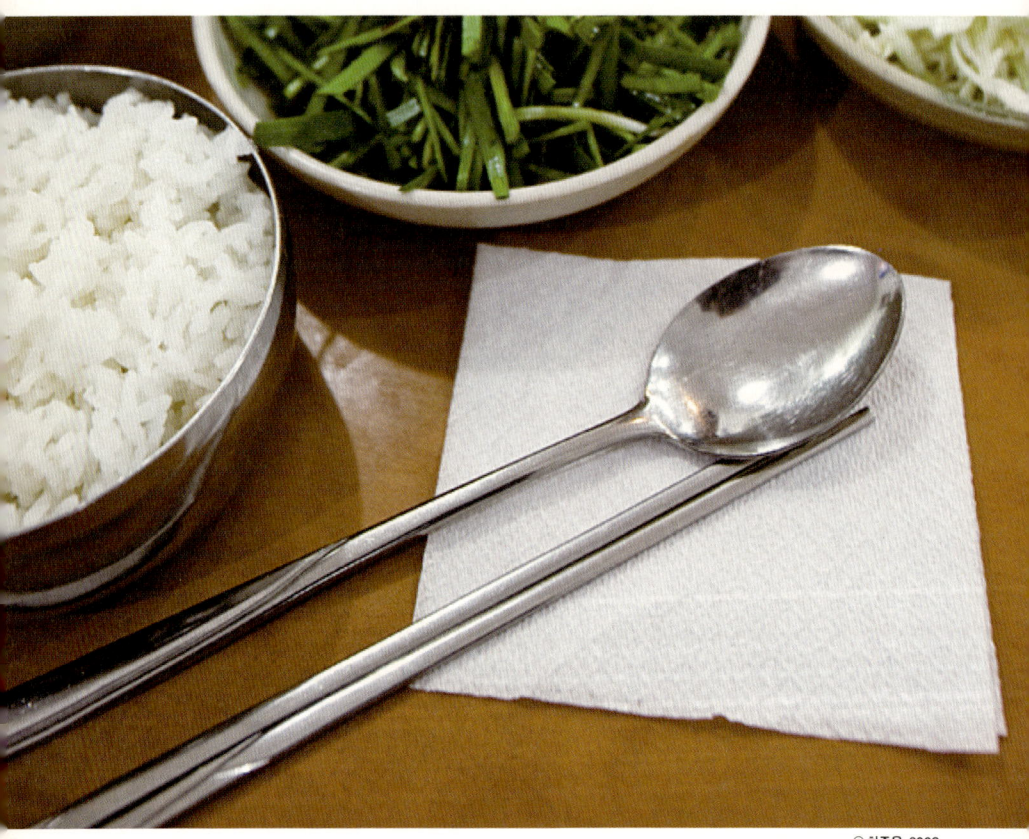

024

냅킨

쓰임새로 치면 1회용에 불과한 냅킨은 종잡기 힘들 만큼 다양한 용도를 지닌 발명품입니다. 성경 사전 가라사대, 냅킨의 원조는 얼굴의 땀을 씻는 천, 돈을 담는 보자기, 머리 싸는 두건으로 거슬러 올라간다 했거늘 정작 현대적 냅킨의 용도와 형태가 갖춰진 건 16세기 유럽에 개인용 포크가 보급된 직후라는 설이 유력합니다. 그 뒤 식탁 매너의 지표로 동물과 꽃 모양으로 호사스레 조립된 냅킨이 테이블 중앙을 차지했고 입과 손을 닦던 냅킨은 장식에만 복무하는 고상한 위치까지 오릅니다. 기발한 냅킨 아이디어로 수억 원을 챙겼다는 항간의 소문도 들려오건만 그건 어디까지나 잘나가는 일부의 이야기지요. 서민의 냅킨이 짓는 표정은 그저 절반으로 대충 접힌 정사각 표백 종이일 따름. 흡수력도 형편없어서 음식물을 닦아 내기엔 과도하게 반질반질합니다. 더러는 신속한 메모지 대용으로 쓰이며 음식점 식탁 위에 '기분 위생학'상 깔아 두는 수저 받침용으로 가장 많이 투입됩니다. 한낱 냅킨 사이에도 서열과 계급이 존재한다는 것!

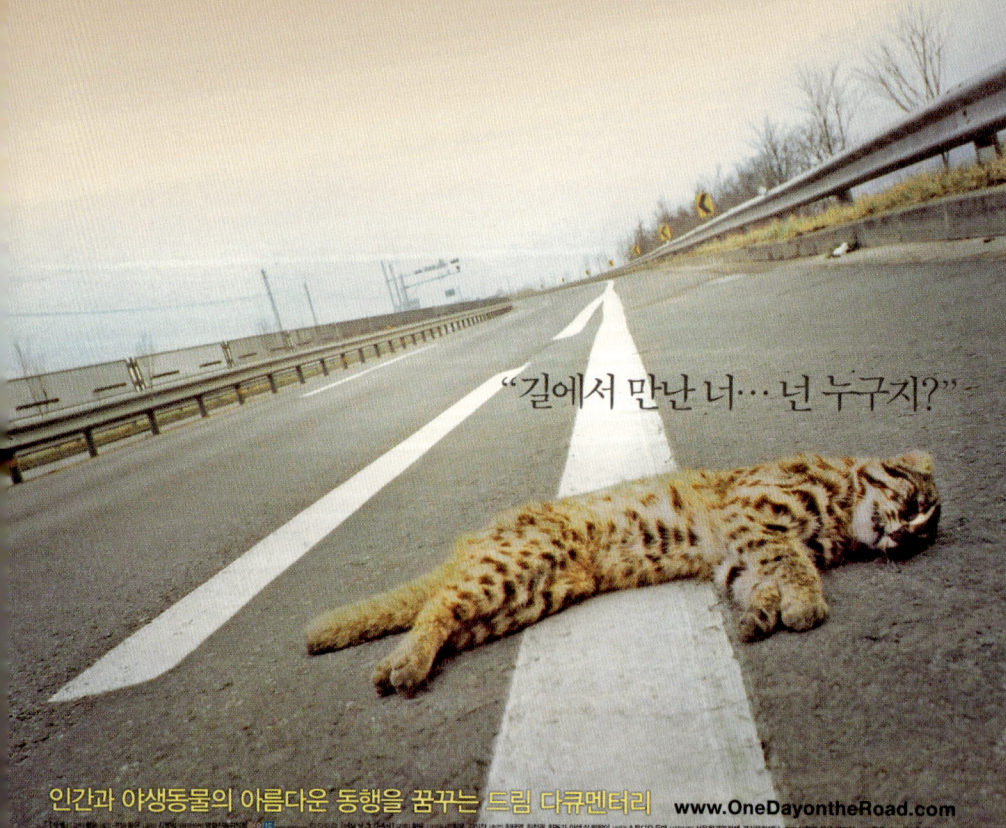

우리는 이곳을 길이라 부르고
이들은 이곳을 집이라 부른다

바퀴자국의 상처, 야생동물들과의 짧고 아픈 이별

어느날 그 길에서

"길에서 만난 너… 넌 누구지?"

인간과 야생동물의 아름다운 동행을 꿈꾸는 드림 다큐멘터리   www.OneDayontheRoad.com

025

로드킬 연상

차를 타고 가다 보면 대로 위에 무심히 나뒹구는 옷가지를 목격할 때가 왕왕 있습니다. 보온과 미관을 치장하는 데 동원됐을 천 조각은 주인 잘 못 만난 탓에 도로 위에서 비운의 운명을 맞은 거죠. 도로 위에 널브러진 천 조각 혹은 비닐은 수거되어 폐기될 겁니다. 도로에 나뒹구는 천 조각 따위가 을씨년스러운 인상을 주는 이유는 그것이 비명횡사한 무고한 동물들을 떠올리게 하기 때문입니다. 로드킬roadkill. 부주의한 차 사고로 세상을 하직하는 동물의 수는 너무 많아서 덤덤할 지경입니다. 거리로 내몰린 반려동물은 인간의 도움 없이 대로를 횡단하다가 육중한 바퀴 밑에서 가여운 생을 마감합니다. 도로 위로 나풀거리는 옷가지나 납작하게 노면 위에 들러붙은 동물의 사체는 형식과 내용이 진배없이 닮았습니다. 집 잃고 길 위에 당도한 영혼이라는 점에서요. 하여 아스팔트 위에 누워 있는 무심한 천 조각을 보며 우리는 가슴을 쓸어내려야 옳습니다. 하지만 그런 자성에 앞서 길 위로 가여운 영혼을 더 이상 내몰지 말아야겠지요.

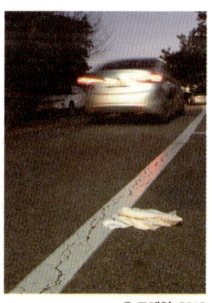

◀ 황윤 감독의 「어느 날 그 길에서」, 2008
다큐멘터리의 고발 주제가 될 만큼 로드킬은 한국 사회의 부주의한 토건 문화가 낳은 재앙입니다. 국내에선 황윤 감독의 「어느 날 그 길에서」가 길 위에서 무심히 죽어 나가는 동물의 개체수를 처음으로 다룬 영화입니다.

© 조혜영, 2013

미물 예찬

'미물'에 대한 긴 댓글

동물 사랑

동물보호운동과 에로티즘 사이에 어떤 연관이 있는지 모릅니다. 그렇지만 동물 권익에 나선 세계적 동물보호단체, 페타PETA, People for the Ethical Treatment of Animals(동물을 인도적으로 사랑하는 사람들)의 광고 모델들은 공격적으로 옷을 벗어 왔습니다. 이 때문에 동물보호단체는 여성주의자로부터 여성을 대상화한다는 비난을 받곤 합니다. 반려동물의 개체수를 줄이기위해 중성화 수술을 권하면서 PETA는 유명 포르노 배우를 광고 모델로 기용했습니다. 그 모델은 "너무 많은 섹스는 해롭습니다. 당신의 고양이와 개를 중성화 수술시키세요."라고 홍보하죠. 또 "모피를 입느니 차라리 벗겠어요."라며 모피 반대 포스터에 등장한 배우는《플레이보이》창업자의 '전' 애인 홀리 매디슨Holly Madison입니다.

개를 기생동물로 보는 해석도 있습니다. 개를 돌보느라 인간이 먹거리를 빼앗기고 노동 시간도 단축된다고 합니다. 개의 라틴어 학명 카니스canis는 기생충, 식객을 뜻하죠. 많은 나라에서 상대를 모욕하는 제일 흔한 욕에 개가 포함됩니다. 한 해 미국의 거리와 공원에 쌓인 개똥은 200만 톤이고 오줌은 150억 리터입니다. 이 배설물의 수거 비용은 천문학적이지만 이런 경제적 부담을 감수하고도 인간은 개를 가족 구성원으로 받아들입니다. 스티븐 부디안스키Stephen Budiansky는 이것을 인간과의 감정교류에서 개가 진화적으로 성공한 탓으로 돌립니다.

생전 폭언과 세금 탈루로 옥살이까지 지내며 기행을 일삼던 미국 부

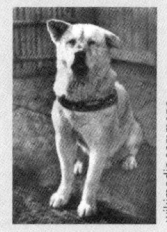
충견 하치

wikimedia commons

동산 재벌 리오나 헴슬리Leona Helmsley도 애견에게만큼은 각별했죠. 그
녀는 몰티즈 종의 애견 '트러블'에게 1200만 달러의 유산을 상속한다는
유언장을 남긴 채 87세에 세상을 떴습니다. 애견이 죽을 경우 자신의 호
화 묘지에 매장하라는 각별한 지시까지 남겼죠. 이후 법원의 조정을 거
쳐 애견에게는 200만 달러만 상속되었지만요. 그럼에도 개를 죽이겠다
는 위협이 뒤따르고 있대요.

개와 인간의 유대감에 초점을 둔 드라마는 인간의 심금을 울려 고
정된 시장을 형성합니다. 고전 반열에 오른 「플란다스의 개」의 원작은
1872년 위다Ouida가 쓴 소설이지만, 이후 10여 편 이상의 영화나 TV 시
리즈로 제작됩니다. 그중에서 1975년 제작된 일본 TV 만화로 기억하는
이가 많을 겁니다. 풍차가 도는 네덜란드의 한적한 시골 마을을 배경으
로 전개되는 만화는 죽음의 위기에 처한 강아지 파트라슈를 주인공 네
로가 구해 주면서 시작하죠. 네로와 파트라슈가 앤트워프 대성당에 걸
린 루벤스의 삼면 제단화 「십자가에 매달리는 예수」 앞에서 최후를 맞는
데요. 이 마지막 장면에 눈시울을 적신 애청자들은 측은지심을 넘어 공
간이 만든 카타르시스를 경험했죠.

네덜란드에 플란다스의 개 신화가 있다면, 플란다스의 개를 만화로
각색한 일본에는 일본 고유의 충견 실화가 있습니다. 죽은 주인을 배웅하
러 매일 기차역으로 나간 아키다 견종의 충견 하치입니다. 하치에 대한
입소문 때문에 하치가 죽기 1년 전인 1934년 시부야 역에는 하치 동상

이 제막되기에 이르죠. 이후 영화와 TV 시리즈로도 제작되었고 2009년 리처드 기어 주연의 미국판 영화까지 나오는데 이 영화는 1985년 「개 같은 내 인생」을 연출한 라세 할스트룀Lasse Hallström이 연출합니다.

단순하게

복잡성을 피하고 단순성을 꾀할 때의 지혜는 최적의 공간성을 지향하는 건축가의 미학과 일치합니다. 르 코르뷔지에Le Corbusier는 단순성을 현대성의 속성이라고 봤고 아돌프 로스Adolf Roose는 단순함을 저해하는 장식을 범죄로 규정했으며, 미스 반 데 로에Ludwig Mies van der Rohe도 "적을수록 좋다Less is More"는 경구를 남겼죠. 이론가 크라카우어Siegfried Kracauer는 대중 장식을 저속하고 기계적이라고 조롱했습니다. 필립 스탁Philippe Starck이 밝힌 디자인 미학도 "최소한의 의미를 가지고 그 의무를 다하는" 제품이었죠. '디테일을 최대로 키우는' HD 시대를 넘어 이제 3D를 논하는 시대이지만 품격 있는 미감은 미니멀리즘의 몫입니다.

단순한 화면의 검색 엔진 구글의 사훈은 지메일gmail 개발자 폴 부케이트Paul Buchheit가 제안한 "사악해지지 마라Don't be evil"입니다. 이는 장식을 악으로 간주한 무수한 건축가들의 가치와도 통합니다.

도쿄의 도심을 벗어나 긴자선을 타고 아사쿠사 지하철역에 내리면 강 건너로 아사히 맥주 본사 슈퍼 드라이 홀이 보입니다. 건물 위에는 디자이너 필립 스탁이 1989년 설계한 조형물이 올려져 있습니다. 황금빛

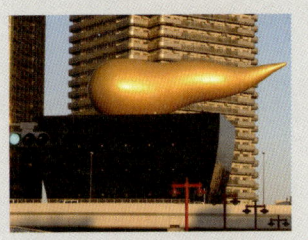

아사히 슈퍼 드라이 홀

맥주의 포동포동한 기포를 닮은 무정형 오브제인데 콘웨이 로이드 모건 Conwy Lloyd Morgan은 이를 보고 "어떤 구상적 내용도 없는 형태, 오직 정서적 맥락만 가지는 진정 의미 없는 기호"라고 논평했습니다. 정체불명의 이 조형물과 교감을 나눈 행인이라면 슈퍼마켓 진열대에 놓인 수종의 맥주 가운데 아사히 맥주를 집을 겁니다.

아이의 죽음에 상심한 젊은 부부에게 제과점 주인이 방금 오븐에서 꺼낸 빵을 건넵니다. 탈진 상태인 부부에게 제과점 주인은 이런 말을 하죠. "바로 이런 경우 먹는 게 사사롭지만 도움이 될 수 있어요." 빵과 커피를 받아든 부부는 큰 위안을 받죠. 레이몬드 카버Raymond Carver의 단편소설 「사사롭지만 도움이 되는 일A small, good thing」에서.

2

키치(즘)

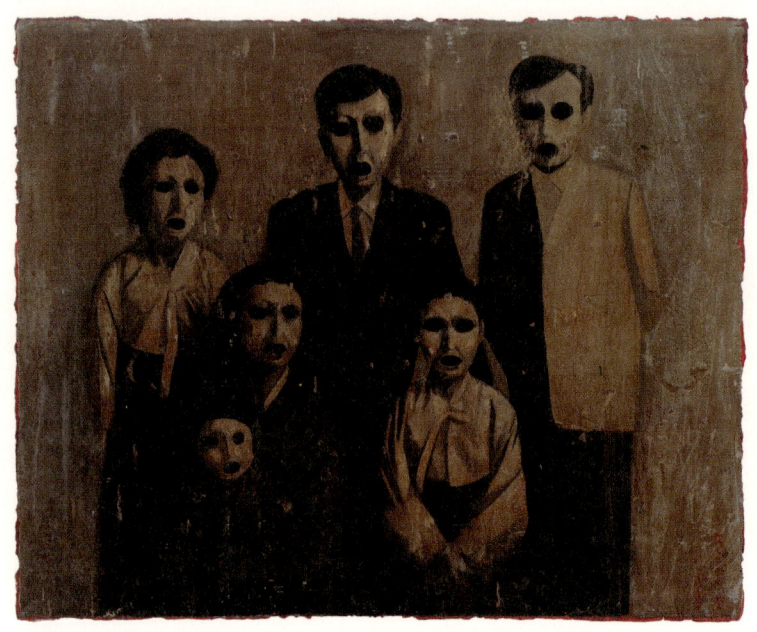

안창홍, 「가족사진」, 1982

빅토리아 시대 유행한 사후사진postmortem photography을 닮은 안창홍의 그림은
가족사진의 연출된 단란함을 박제화시키는데, 의사소통이 단절된 현대 가족의 초상 같
기도 합니다.

026

가족사진

디지털 카메라가 평정한 광학 시장에서 사진관의 존재감이 거의 잊힌 오늘. 여전히 사진관에 의뢰하는 보기 드문 기념행사가 가족사진 촬영입니다. 망설임 없이 '찍고 저장하고 지우고'를 반복하는 디카의 정서와는 달리 영구 보존이라는 숭고한 가치를 위해 가족사진 촬영은 육중한 장비 앞에서 엄격한 절차와 딱딱한 격식을 요구합니다. 가족사진은 그 자체로 보수주의입니다. 평소 입지 않는 정장이나 한복 차림으로 카메라 앞에 선 어색한 가족. 부모는 왕과 왕비마냥 부담스러운 의자에 눌러앉고 자녀 일동은 부모 양옆으로 기립해서 대칭미를 조율하지요. 사진은 가족 구성원 사이의 서열을 시각화합니다. 아들은 엄마의 어깨에 한 손을 얹고 딸은 부친에게 다정한 팔짱을 끼우죠. 전에 없이 가족의 결속과 위계를 확인하고 인증하는 순간이랄까요. 사진사의 요청으로 가족 모두 미소를 띠는 건 기본 옵션이고요. 유별나게 가부장적인 아빠는 괜히 엄격한 표정을 고집하기도 하죠. 일반 가정의 거실은 이 비현실적으로 커다란 성화聖畵가 장식합니다. 가족사진은 현실에서는 실현 가능성이 낮은 '가족 판타지'의 억지스러운 재현이자 인습적 가족상에 길든 일반인들의 조건반사적 관행이 만든 결과물 같습니다.

키치(즘)

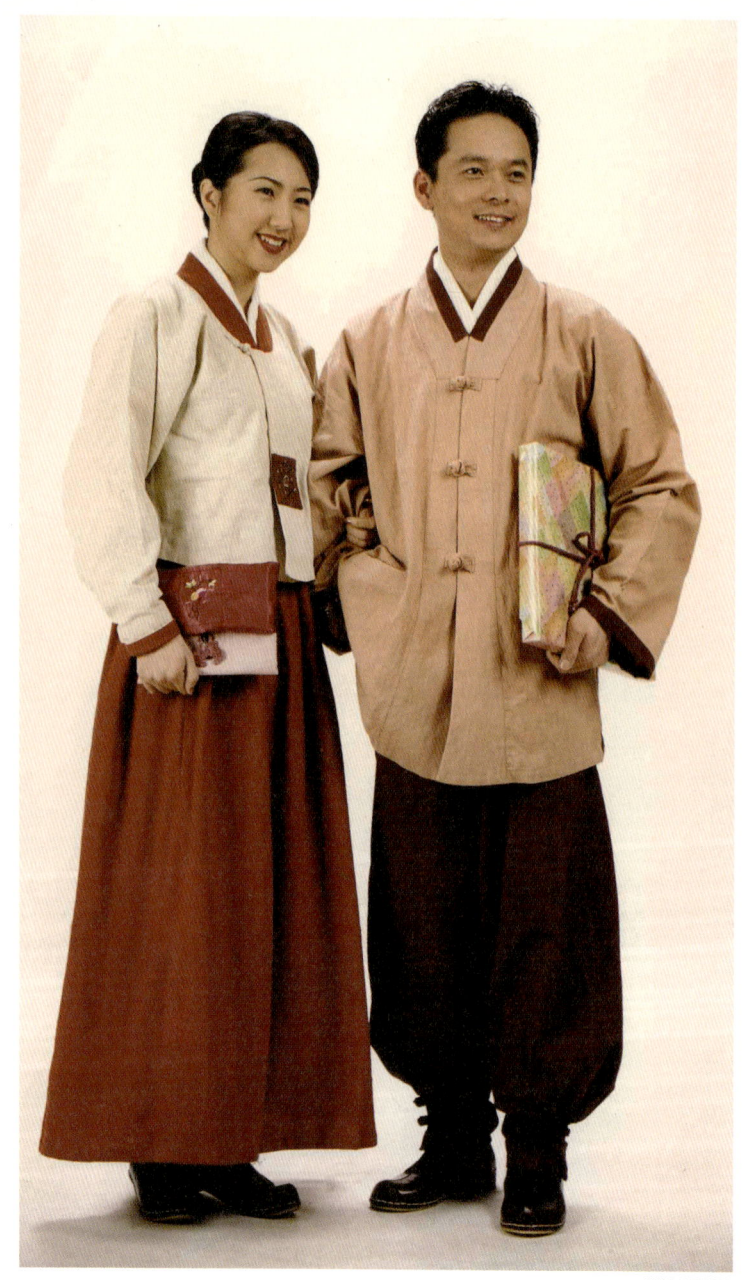

027

개량한복

1980년대 대학가를 장악한 주류 정서는 민족주의였습니다. 여하한 외세의 종속으로부터 벗어나 자주성을 확보하려는 독자 노선이었지요. 민족주의는 요컨대 풍물, 탈춤처럼 '우리 것'을 되찾으려는 노력으로 귀결되곤 했습니다. 같은 이유로 유행했던 또 하나의 진풍경은 개량한복의 유행입니다. 이미 충분히 서구화된 세상에서 새삼스럽게 전통한복을 고집하자니 거동에 제약이 따랐을 겁니다. 타협책으로 마련된 것이 개량한복의 출시였던 모양입니다. 취지는 좋은데 디자인은 언제나 고만고만했고 발목 좁은 바지에 단화 구두를 신은 차림새가 영 어울리지 않았지요. 독재정권까지 물러나자 민족주의는 한철 지난 구호로 퇴물이 되었지요. 활동성을 개선한 개량한복은 어느덧 전통 한식집 종사자들의 유니폼으로 둔갑했습니다. 수년 전에는 글로벌 스타 가수 보아가 개량한복 차림으로 신보 재킷 촬영을 했지요. 국제무대에서 차별화된 한국의 여인상을 뽐낼 목적이었다네요. 민족주의가 깊이 밴 개량 의상이 자본주의 세상에선 대중스타의 의상 코디로 변신해서 생존합니다. 진화론의 교훈을 개량한복으로 재차 확인합니다. 생존의 관건은 적응.

키치(즘)

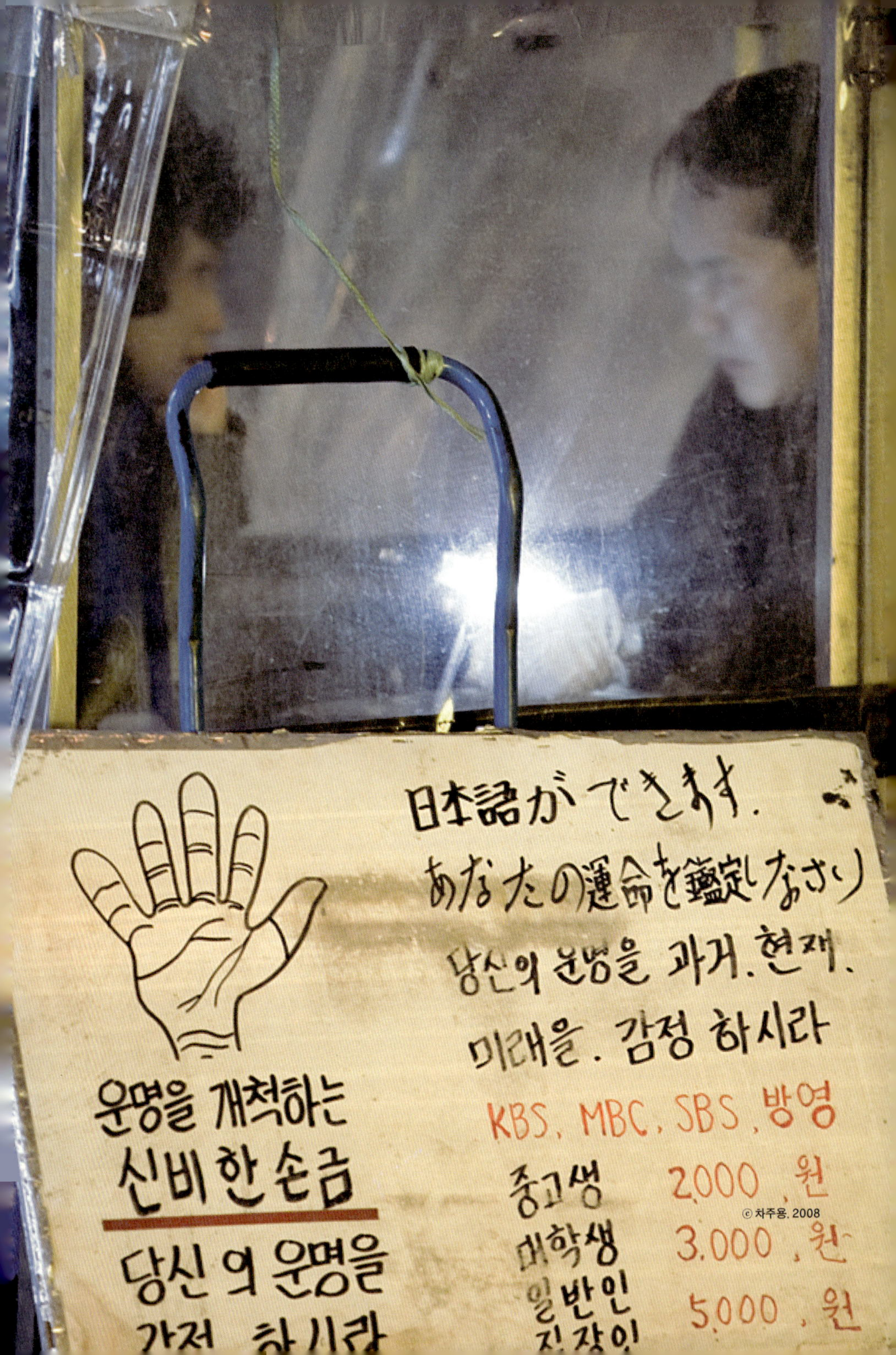

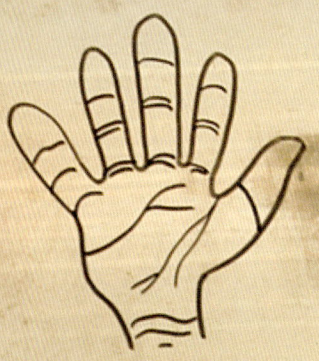

日本語ができます.
あなたの運命を鑑定しなさり
당신의 운명을 과거. 현재.
미래을. 감정 하시라
KBS, MBC, SBS 방영

운명을 개척하는
신비 한 손금

당신 의 운명을
가저 창 시랑

중고생	2,000	원
대학생	3,000	원
일 반 인	5,000	원
진 장 인		

ⓒ 차주용. 2008

028

점집

눈앞에 닥친 현실은 고사하고 과거사의 진위조차 온전히 규명 못 하는 마당에, 앞날을 내다본다고 호언하는 이들이 전全 시대에 존재해 왔습니다. 미래의 예측 능력은 언제나 고정된 시장을 형성합니다. 그렇지만 이런 중차대한 능력에 대한 일반인의 태도는 이중적입니다. 도령, 보살, 동자 등으로 '자칭'되는 역술인의 직함은 세간에선 점쟁이로 폄하되기 일쑤며 역학원, 철학관 같은 심오한 영업소 명칭은 간단히 점집으로 통칭됩니다. 으리으리한 사당에서 거금을 챙기고도 반말을 쏟아 내는 역술인 앞에선 꼼짝 못하면서 비닐 움막에서 영업 중인 실외 점집을 지나면서는 내심 "자기 인생이나 건사할 것이지" 하는 심정으로 비웃게 됩니다. 지천에 난무한 예언은 이제 버스 좌석 뒷면에 붙어 있는 사주팔자 전화 광고에까지 이르렀지요. 우연히 집어든 일간지도 '오늘의 운세'를 지면 한구석에 배정할 만큼 미래 예측 시장은 탄탄합니다. "인생이란 운수에 연연하지 않고 스스로 개척한다"고 믿는 건강한 당신! 혈액형 점에 솔깃해서 흔들려 본 적은 없습니까?

키치(즘)

75

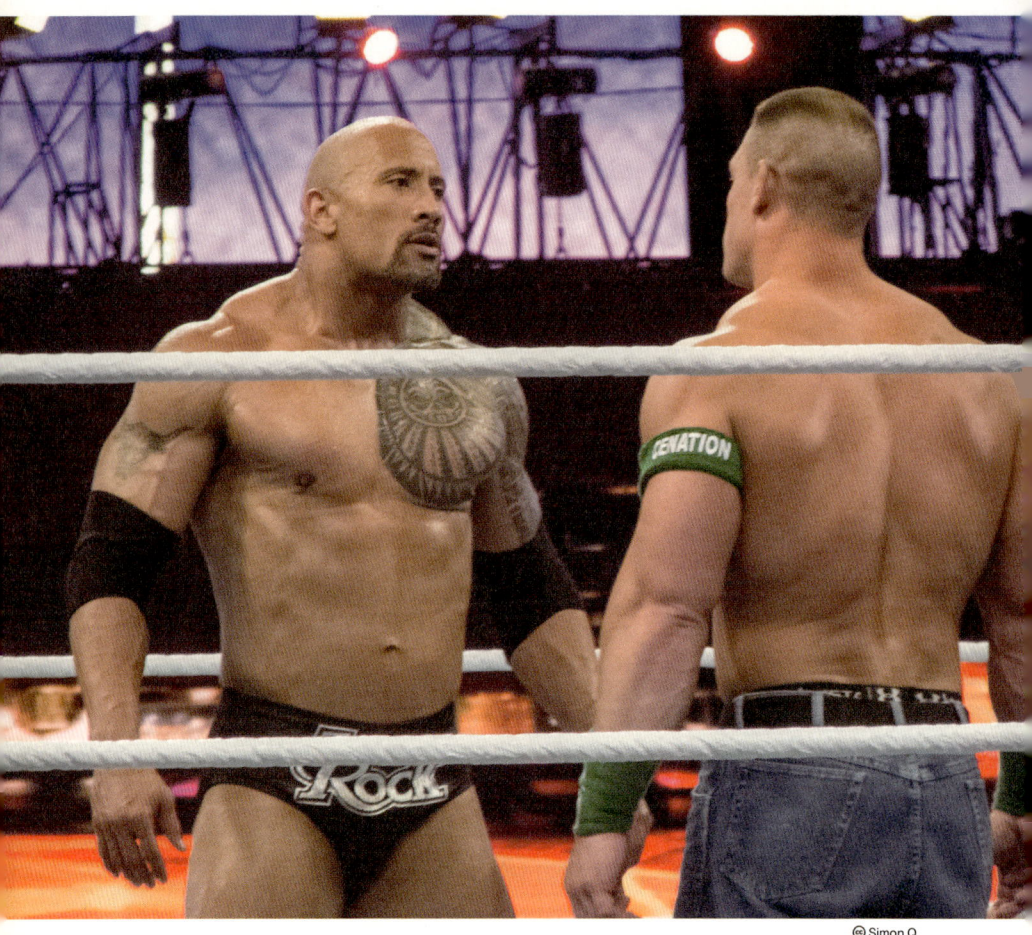

029

프로레슬링

명분은 스포츠를 내세우지만 반칙과 눈속임이 난무하는 프로레슬링에 전 세계 고정팬이 있다는 점을 이해할 수 없었습니다. 하지만 따져 보면 마땅한 이유는 있더군요. 남녀 성 역할의 극대화를 꿈꾸는 역삼각형 마초와 초미니 글래머로 채워진 남녀 선수단, 광분한 선수에게 맞고 도망치는 가여운 심판, 기능성보단 시선 자극에 주안점을 둔 형형색색 유니폼, 다 이긴 경기인 줄 알았더니 '톡' 건드린 해머링으로 나자빠져 판세가 뒤집어지는 역전극, 짜고 치는 고스톱이 자명한 경기 운영에 손쉽게 속아 주는 관객의 공모, 난장판이 된 무대와 어울리지 않게 중저음으로 내리깔리는 주의사항 – '따라하지 마세요Don't try this at home.'

프로레슬링의 전모는 현실 정치판을 스포츠와 쇼로 재구성한 위악적 선물 세트 같습니다. 정치판의 값싼 구호에 쉽게 넘어가는 현실 속 유권자는 프로레슬링의 짜놓은 쇼에 자신을 내주는 무수한 관객과 닮은 구석이 많거든요. 오늘날 프로레슬링 선수는 로마 검투사에서 단서를 따온 '처우가 개선된' 현대판 검투사랄까요. 날조로 만든 영웅 신화에 관객은 열광합니다. 어쨌건 이들이 내놓은 주의사항처럼 이런 열광을 따라하지 말았으면 해요. 유아기적 유희인 건 이해하는데 짜놓은 각본에 열광하는 정서가 우둔한 대중심리의 표본 같아 보이거든요.

키치(즘)

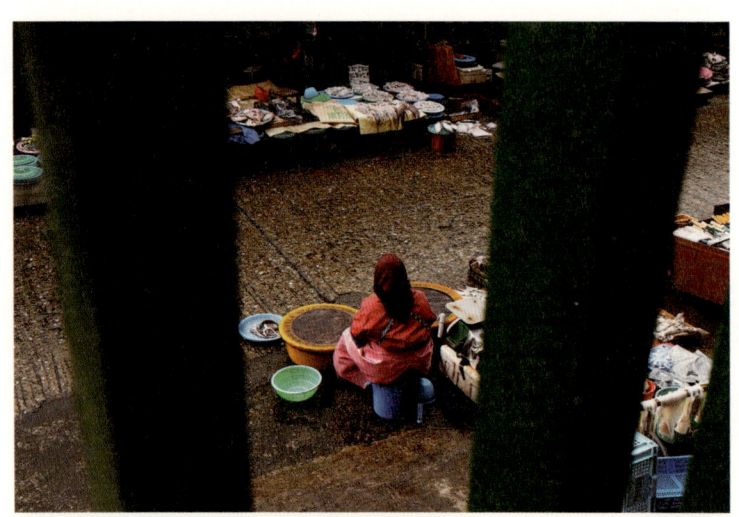

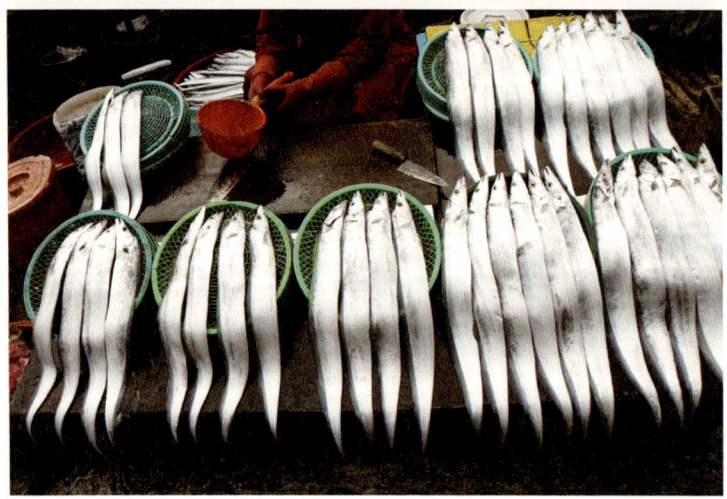

© 노순택, 2003

030

재래시장

쇠락한 재래시장은 실물경제의 지표이기보단 정치와 미디어가 협력으로 지은 가설무대에 가까운 존재입니다. 그곳은 선거 유세와 정치적 난국 돌파용으로 임의 변경된 '민생 탐방'을 위한 한시적 명승지입니다. 재래시장 활성화의 안건과는 별개로 민생과 민심은 재래시장에서 발길을 돌린 지 오래됐죠. 무질서한 좌판, 고약한 냄새, 우중충한 실내와는 극명히 대조되는 쾌적한 인테리어와 정렬된 품목, 거기에 폭탄 세일까지 펑펑 터지는 대형 할인마트로 민심이 피신하는 건 불가항력입니다. '사람 냄새' 카드를 꺼낸 재래시장의 빛바랜 공략도 잘 먹힐 턱이 없죠. 궁지에 몰린 재래시장은 그럼에도 변치 않는 민생 탐방의 주 무대로 소환됩니다. 지난 구태 정치가 물려준 철 지난 제스처를 반성 없이 답습해도 대략 잘 먹히더라는 정치권의 경험 때문이죠. 정치적 생명이 위태로운 정치인일수록 민생이 떠나간 시장 바닥에서 표를 구걸하기 쉽습니다. 흙이 묻은 오이를 주저 없이 입으로 씹은 엽기 쇼(2002년 대선 당시 이회창 후보는 친서민 행보를 위해 시장에 들어섰다가 상인이 건넨 흙이 묻은 오이를 털지도 않고 그대로 먹었답니다.)와 안부를 묻다 상인에게 면박당하는 무안 쇼가 매해 반복되는 이유죠.

키치(즘)

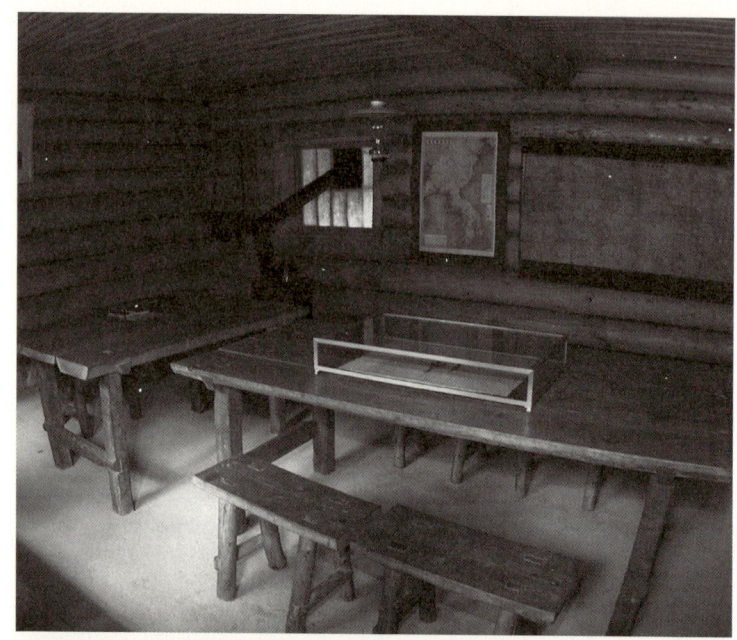

© 노순택, 2001

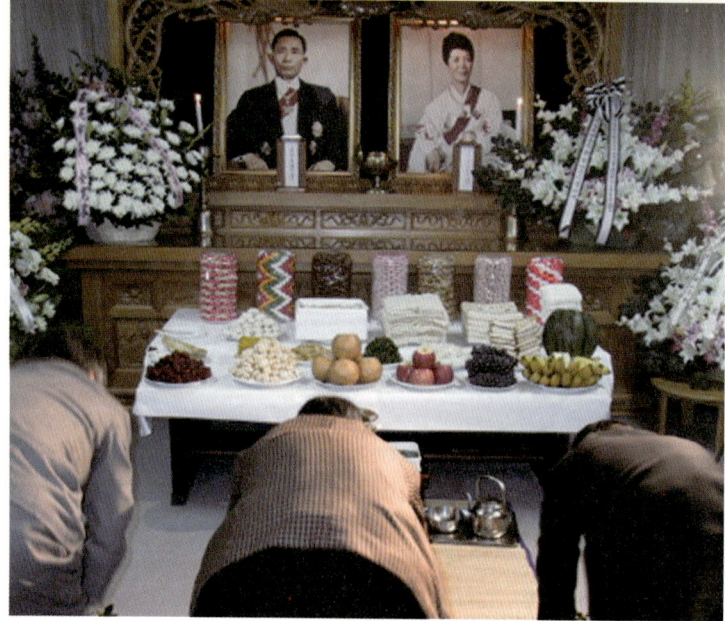

HELLO PHOTO

031

생가 보존

나고 자란 곳을 뜻하는 생가生家는 만인에게 유년의 요람일 뿐입니다. 잦은 이사와 진학, 낯선 인맥 그리고 실타래처럼 얽힌 성장기는 생가를 등지게 합니다. 그러나 소수정예 인생에게 생가는 전성기에 누린 영예와 업적의 원점처럼 간주되고 대우받습니다. 생가 보존 사업이란 죽은 자가 한시적으로 거주한 비루한 초가나 전근대적 주택을 기념관으로 격상시키려는 산 자들의 기획 상품입니다. 진흙에서 핀 연꽃의 논리처럼 위인의 됨됨이는 생가의 누추함으로 인해 광택을 더합니다. 예수의 생가가 마구간이듯 말이죠. 모범 사례는 도처에 널려 있습니다. 생가 보존은 스타에 대한 기념과 추모이기보다 지명도를 박제로 만들어 부가가치를 창출하려는 노력과 관련이 깊습니다. 그러니 산 자들의 기획일 수밖에요. 보도자료처럼 표현하면 '관광 명소화를 통한 지역 경제 활성'이 목적입니다. 망자의 유명세로 동향 사람들이 득 좀 보자는 변형된 지연주의이며 기형화된 정실주의입니다. 잘츠부르크에선 초콜릿조차 모차르트 이름을 갖다 붙이죠. 고전주의 작곡가를 위한 깜찍한 예우일까요, 타지 관광객을 노린 그저 그런 상혼일까요. 그곳 초콜릿이 변별력 있는 맛을 지니진 않았더군요. 저도 먹어 봤습니다.

◀ 김일성 생가(위)와 박정희 전 대통령 생가(아래)

키치(즘)

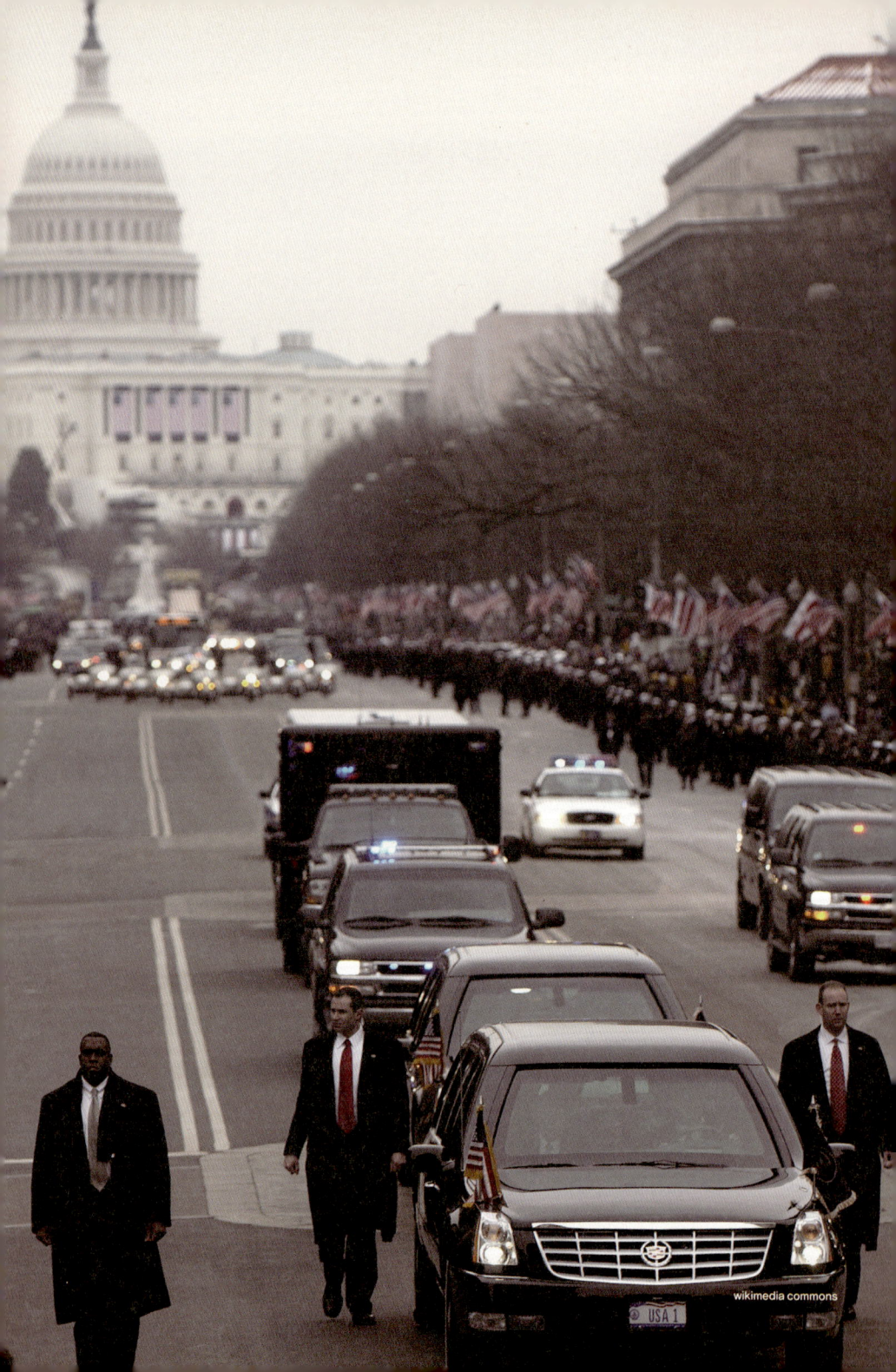

032

경호원

우리는 두툼한 경호 장벽에 둘러싸여 삽니다. 도심의 인도에서는 때때로 바닥에 주저앉은 전경들을 비켜 가야 하고 행사장 진입시에는 안전요원의 출입통제와 만나기 일쑤입니다. 일간지 연예란에 실린, 꽃미남 스타의 얼굴을 손으로 가리는 의전 경호원에게 불평하진 않습니다. 오죽하면 무한 수로 복제된 스미스 요원들many me's로 잠식당한 영화 「매트릭스」속편에 대해 불평은 고사하고 놀라운 그래픽 기술에 탄복만 하잖아요. 스미스 요원으로 압축되는 캐릭터, 단정한 머리, 구김 없는 정장, 늠름한 체구는 든든함 그 자체이고 검정 색안경과 돼지꼬리 이어폰은 신비감을 부추깁니다. 안전요원을 둘러싼 가공된 판타지 덕에 의뢰인과 요원 사이의 로맨스를 다룬 픽션은 어딜 가도 흥행입니다. 하지만 이들의 호위 대상이 정작 '누구'인지 살펴보세요. 검은 양복 부대가 에워싸는 건 단 한 명의 명사입니다. 단 한 명의 남다른 인생을 수호하러 100명의 경호 직원이 동원되는 것에 비해, 평균인의 안전은 100가구를 단 한 명(아파트 경비)이 지켜내야 하죠.

◀ 2005년 부시 미국 대통령 취임 당시.

키치(즘)

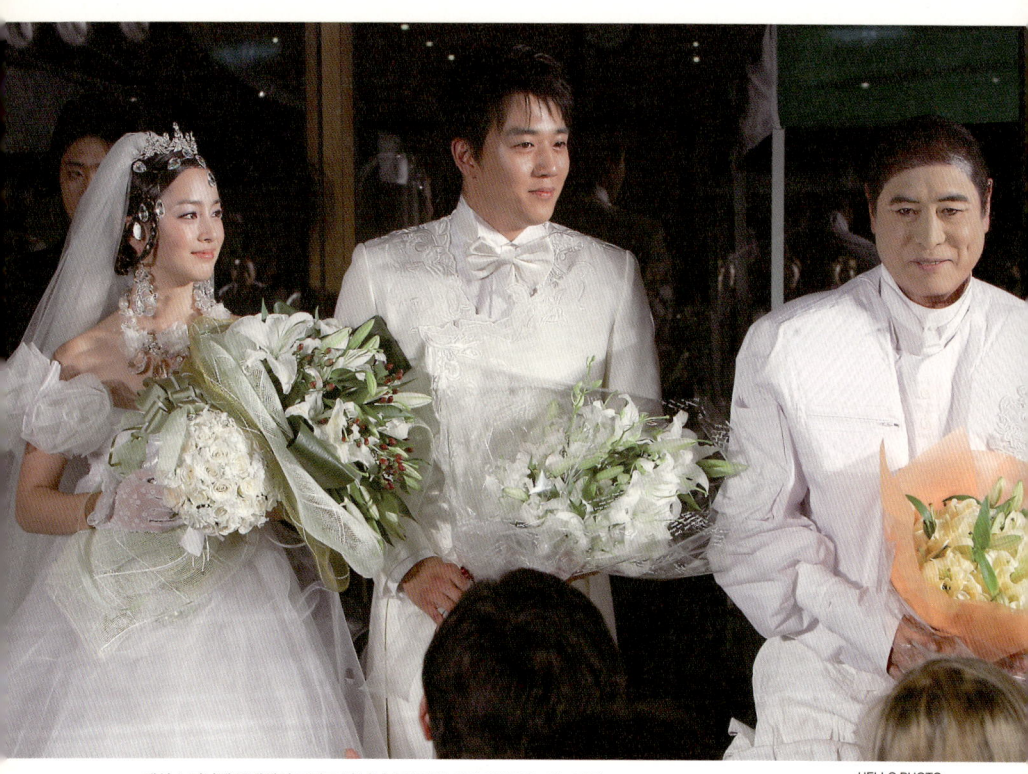

패션쇼 피날레 무대에서 모델로 선 남녀 톱스타와 함께 인사하는 앙드레김

033

앙드레김 패션쇼

패션쇼란, 사전적 의미인 의상 발표와는 거리가 먼 해프닝입니다. 생소한 의복들의 각축장이기보다 인지도 높은 명사들의 마스크가 난립하는 사교와 향연의 장소지요. 풍성한 백색 우주복 쇼로 집약되는 '앙 선생' 쇼는 그 모범 사례가 아닐까 싶네요. 도무지 맵시가 안 나오는 주한 외국 대사 내외나 어딜 봐도 영농 후계자를 닮은 K리그 선수들마저 심심찮게 런웨이 모델로 섭외되어 미숙한 워킹과 무대 매너를 보여 줍니다. 그건 둘째로 치더라도 그 화려한 무대의 존재 이유를 되묻게 됩니다. 간택된 소수자의 패션쇼가 "저런 옷을 어떻게 입고 외출해?"라고 묻는 다수 소시민의 무고한 의문에 눈높이를 맞출 이유야 없겠지요. 다만 당대 최고 연예 스타에서 정관계 요인까지 무대에 오른 출연진의 면모를 보며 인생살이의 축소판을 확인하고 나면 패션쇼는 사회적 위계를 예술이란 이름으로 재확인시키는 것 같거든요. 화려한 무대임에도 그 점 때문에 씁쓸합니다. 당대 최고 몸값의 남녀 스타 한 쌍으로 편성된 웨딩복 피날레의 정형성은 무대 밖의 절대 다수가 꿈꿔온 이상주의 또는 허영심과 맞닿은 제스처일 텐데, 그것이 뭐고 하니 '결혼 이데올로기'지요.

키치(즘)

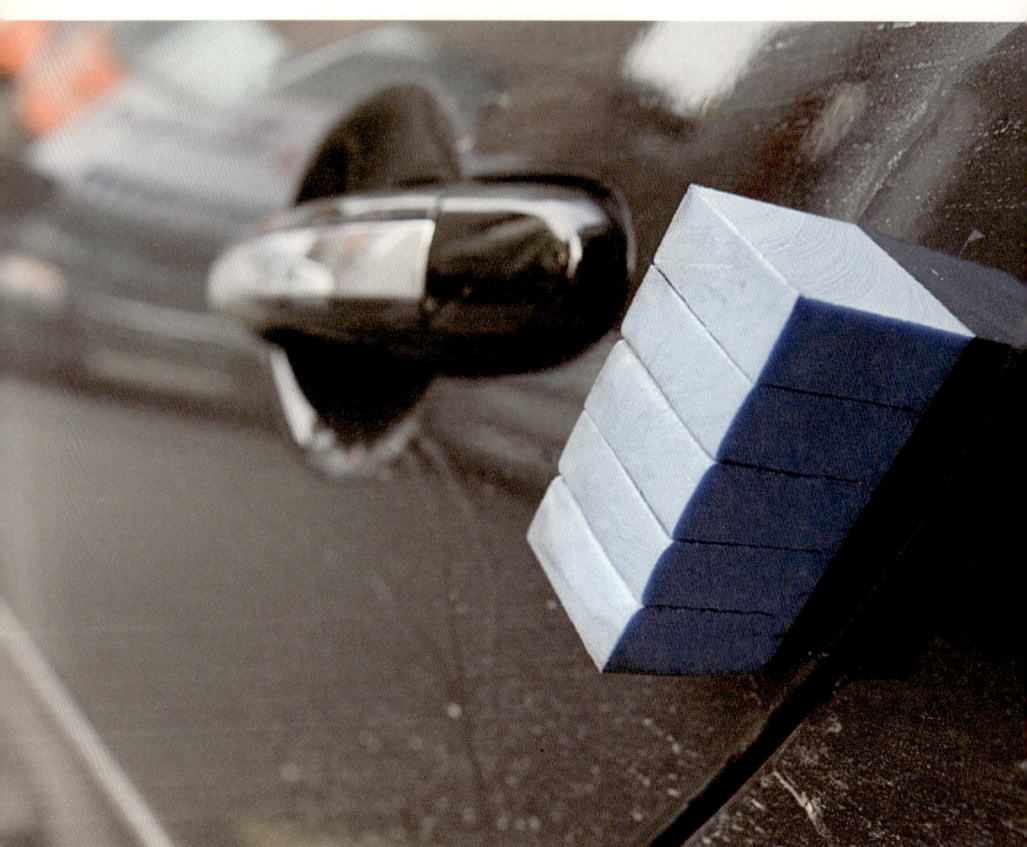

© 차주용, 2008

034

도어가드

세월의 두께로 가치가 가늠되는 골동품조차 보존 상태에 따라 값이 책정되는 걸 보면, 원형 유지에 대한 선천적 기호가 생활 습관으로 연장되고 재현되는 게 이상하지 않습니다. 새치를 은폐하는 염색약과 옷 주름을 잡는 다림질, 모든 세척과 포장은 시간의 증거를 인멸하고 '쌔걸' 고집하는 인위적 노력이죠. 주행 중인 차 문짝마다 쉽게 관찰되는 하늘색 직육면체 역시 동일한 욕망이 남긴 자취겠지요. 공장에서 막 출고되어 수송 중인 신차들 간에 충격과 흠집을 방지하기 위해 임시로 장착된 도어가드는 차가 주인에게 인계된 후에도 여전히 부착된 상태니까요. 내 차와 남의 차를 동시에 배려하는 것까진 좋은데 유선형 차체 곡선이나 차의 도색과는 전혀 어울리지 않는 하늘색 직육면체가 외관상 거슬리는 것도 사실입니다. 차주들이야 그리 느끼지 않겠지요. 미관보다 원형 보존의 오랜 욕망이 외면화된 결과이니 말입니다. 오죽하면 시중에 판매되는 도어가드 중에는 공장 출고 당시의 도어가드를 모방한 제품까지 있는데 광고 문구가 이렇더군요. '출시될 때 새 차 느낌 그대로!' 새것이 그리 좋습니까? (예!)

키치(즘)

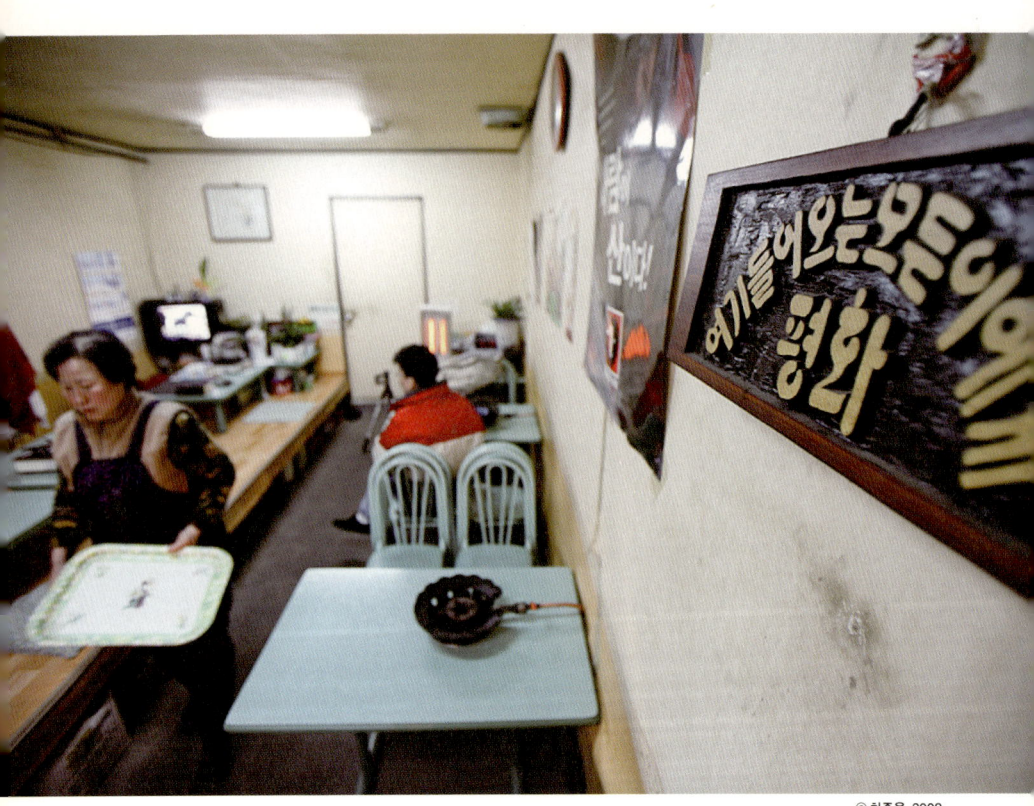

035

매장 성물

"이곳에 들어오는 자, 모든 희망을 버려라." 단테의 『신곡』 지옥편에 수록된 이 유명하고 살벌한 문구는 스탈린그라드 전투 때 포로 수용소에 걸려 있었답니다. 무장해제와 인신 구속 상태의 포로에게 저 문구는 얼마나 큰 낙담이었을까요. 현실이 허구를 참조한 가장 악랄한 경우이죠. 만일 의미상 '복음'을 전파할 목적으로 저런 문구를 제시했다면 그 효과는 과연 긍정적일까요? 세 집 건너 하나 꼴로 매장 계산대 위에 붙어 있는 성물聖物 액자 속 문구는 특정 종교의 경전에서 따온 겁니다. "여기 들어오는 모든 이에게" 축복과 건강을 기원한다는 선의가 담겼지요. 그러나 시장기를 달래러 식당에 들른 식객이 새사람으로 거듭난 예가 흔할 성싶진 않군요. 매장에 걸린 성물은 불특정 손님을 향한 포교보다는 신앙 공동체의 결속을 확인하는 결사의 징표일 겁니다. 신앙의 가맹점 딱지랄까요. 한편 이것은 승객의 의사도 묻지 않고 틀어대는 버스의 수다스러운 라디오 방송과도 비슷합니다. 간섭 없이 살 순 없는 걸까요?

키치(즘)

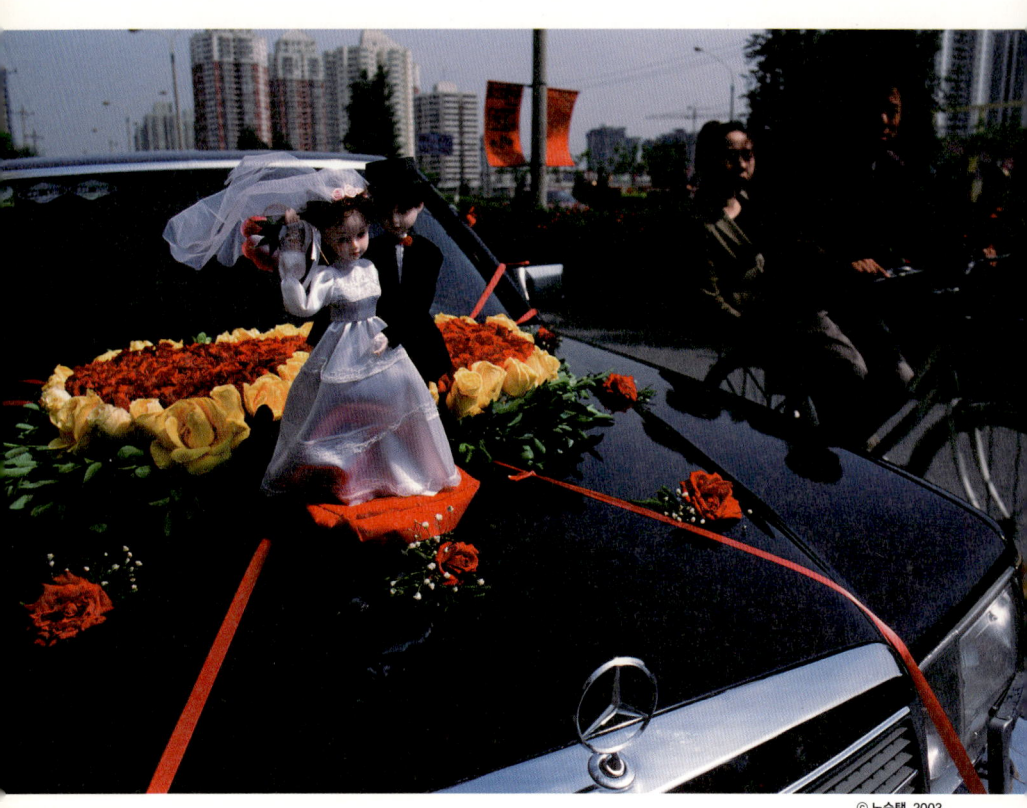

© 노순택, 2003

036

꽃다발

속씨식물의 생식기관인 꽃은 시효 짧은 선물로 애용됩니다. 가지에서 잘려 포장되는 순간 시들어 갈 운명의 초읽기는 시작됩니다. 짧은 게 있으면 굵은 것도 있어야 살아남는 필드의 법칙처럼 꽃다발의 굵은 생존력은 현란한 색채와 형용 불능의 향내, 구겨지기 쉬운 연약한 감촉에서 옵니다. 시각·후각·촉각에 전력을 쏟았으니 이내 진이 빠질밖에요. 프러포즈는 배달된 꽃다발로 표상됩니다. 축하, 위로, 감사 같은 좋은 감정의 대리 전달자로 꽃다발에 버금가는 게 없습지요. 강렬한 첫인상에 비해 화살처럼 빨리 시드는 꽃의 취약성은 연인 관계의 본질을 닮았습니다. 화훼의 제일 예쁜 부위만 추린 게 꽃다발이듯 남녀의 가장 드라마적 상황은 '짧지만 굵은' 연애 초반부입니다. 초라하게 시든 꽃의 전성기는 도파민 분비로 900여 일 유지되는 사랑의 열병과도 흡사합니다. 꽃의 일시적 아름다움은 곧잘 박제의 유혹과 결합해서 조화라는 변종으로 거듭납니다. 시들해지는 사랑을 붙드는 제도적 장치는 결혼입니다. 연애가 생화라면 결혼은 조화입니다. 정서에 반하는 비유 아니냐고요? 그렇지만 부인할 수 없는 비유이기도 하죠.

키치(즘)

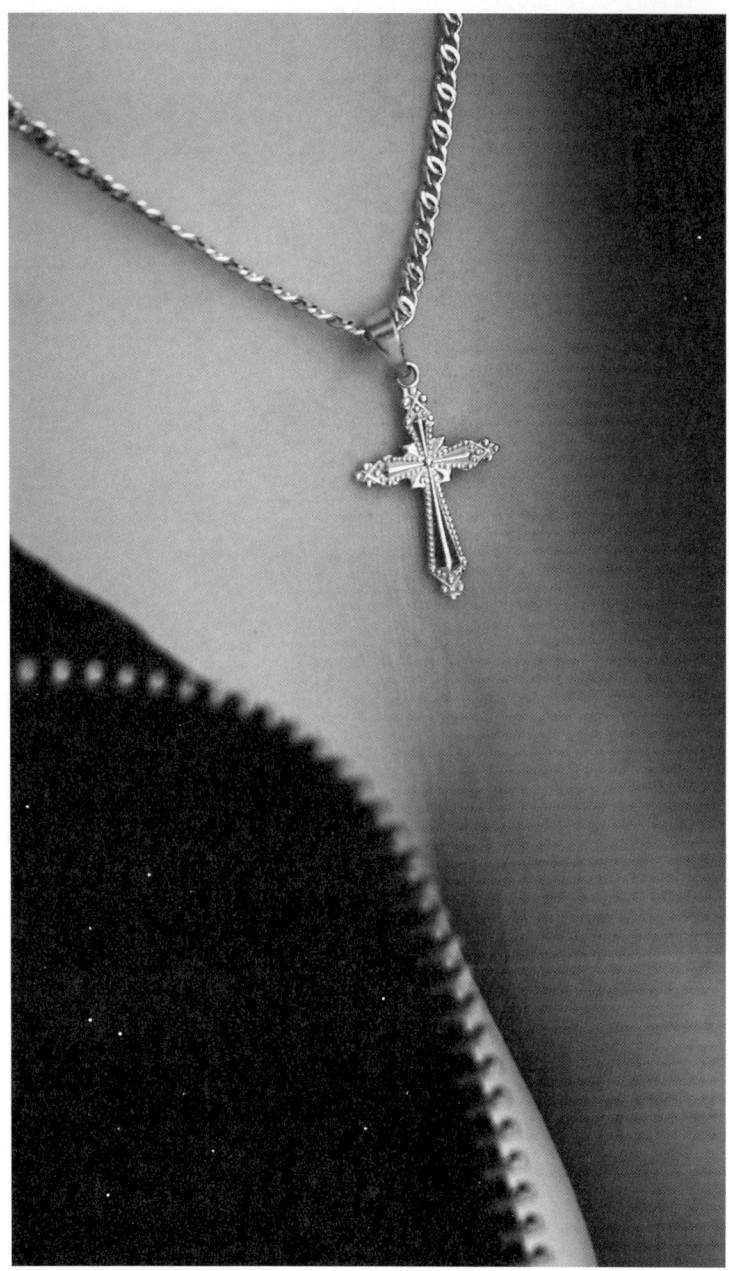

037

십자가 목걸이

십자가의 구성은 이름이 말해주듯 수직/수평선의 90도 교차가 전부입니다. 하지만 이 단순한 아이콘은 세계 종교 지도자와 동격으로 추앙됩니다. 로마 제국 시절 노예에게 가해진 불명예스러운 처벌 도구는 예수수난극과 만나 성물로 부활합니다. 육중한 나무 십자를 어깨에 메고 일과를 볼 순 없었던지 손톱 크기로 축소된 약식 수난이 신자들의 목에 걸렸습니다. 십자가 목걸이의 패용은 신앙 결사체가 심신을 혹사하지 않고도 자신의 성실한 믿음을 증언하고 고백하는 보편적인 약속이 되었습니다. 그러나 현대 사회에서 십자가 목걸이는 이전처럼 비장하지도 않으며 종교적 상징에 발이 묶여 있지도 않습니다. 비신자도 패용 가능한 '포인트를 주는' 장식물일 따름입니다. 급부상한 예능 스타의 목에 걸린 십자가 목걸이가 삽시간에 쇼핑몰 최고 인기 상품으로 등극하는 일도 다반사입니다. 동일한 디자인의 십자가 목걸이로 단합된 팬덤의 목장식은 한 명의 스타를 향한 전폭적인 지지 선언입니다. 공동체를 결속하는 매개로 이용된다는 점에서 과거와 오늘날의 십자가는 일치합니다. 이를테면 천상과 지상의 스타를 각각 지지하는 팬클럽의 상징물이랄까.

키치(즘)

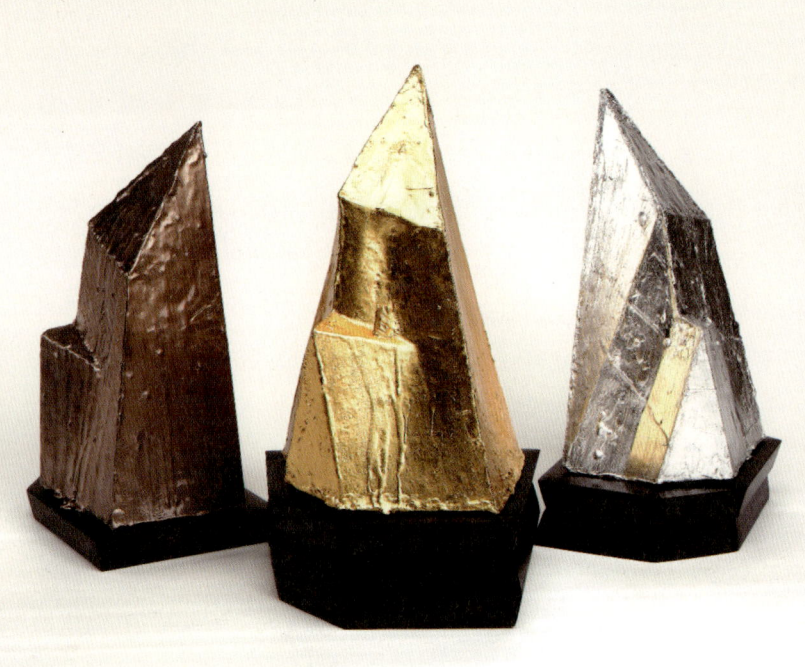

박원주, 「희망봉」, 2009

세모꼴 청동 위에 금, 은, 동을 얇게 올린 것으로도 자못 '희망봉'의 위상을 쉽게 표상한
작품 같습니다. 개중에 금박이 최상이지만요.

038

금박

선사 이래 가장 고귀한 쇠붙이가 금이지요. 고귀한 신분과 지위를 보장해 준 이 상징적 금붙이의 희소성을 연장시키려고 기발한 착상들이 고안되었습니다. 10000분의 1밀리까지 얇아지는 금의 유연성은 금박의 탄생을 가능하게 했고 사방천지 금박을 입지 않은 게 없을 만큼 금빛 일색이 되었지요. 건물 외관, 기념 메달, 양장 제본, 포장지, 한복 등 권위와 품격이 요구되는 오브제 일체에 금박이 씌워졌으니까요. 금박의 번들거림은 내용물을 자신할 수 없는 모든 종류의 비겁함 위에 올라앉아 그 허약한 속살을 은폐합니다. 역사적으로 금의 가치는 상수였지만 금박은 변수입니다. 금박은 작은 상처에도 쉽게 벗겨져 부실한 실체가 폭로됩니다. 최상위층을 위한 한정본의 주 소재는 금이지만 금빛의 권위를 얄팍하게 빌려오는 싸구려 금박의 난립을 두고 이를 키치라는 경멸어로 응수하기도 하죠. 금(箔)은 그래서 이율배반의 금속입니다. 세계 종교 지도자나 정치 지도자를 향한 지지자의 존경심은 금상 건립으로 표출되는데 이것은 보기에 따라 우상숭배의 가장 흉물스러운 광경으로 지목됩니다.

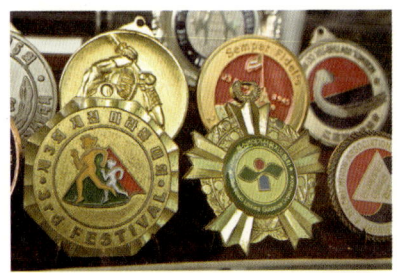

© 차주용, 2008

키치(즘)

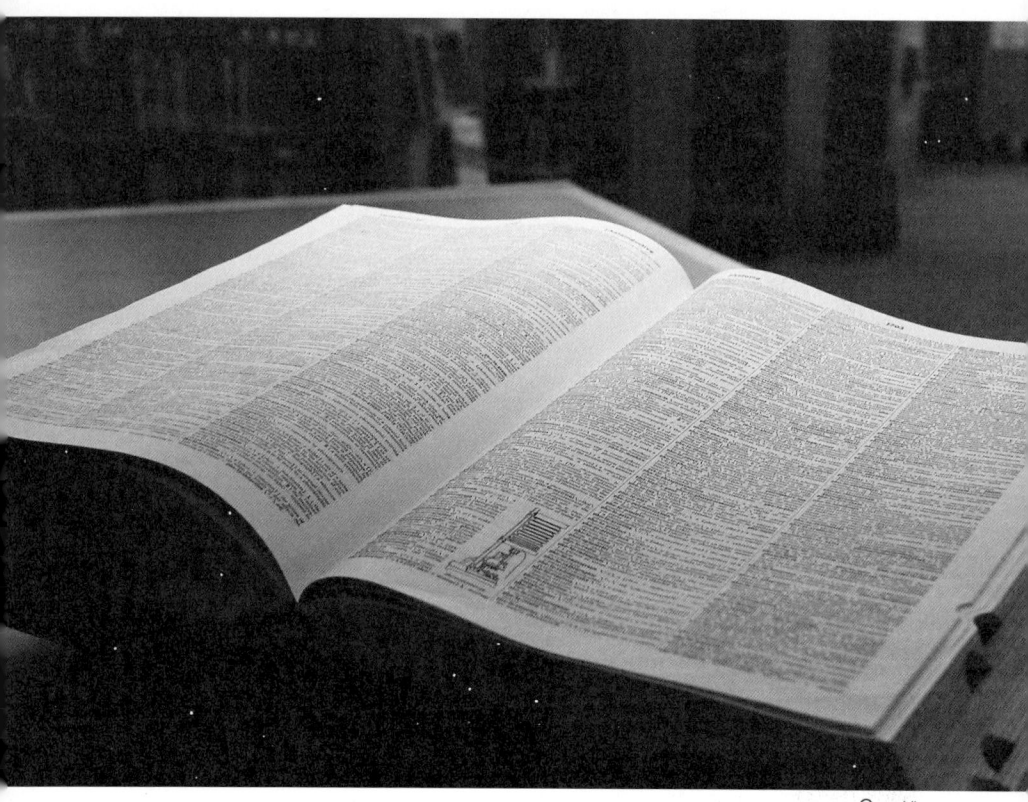

greeblie

039

사전

용어 사전과 종교 경전은 부피, 모양새 그리고 효과까지 닮은꼴입니다. 거북스러운 심정색 가죽 장정과 깨알 같은 글씨로 채워진 수천 쪽 분량의 두툼함은 보는 이를 기선 제압합니다. 이들 앞에 우리는 한없이 초라한 존재랄까요. 엄청난 분량에 담긴 정보의 총량은 무시 못 하지만 일반 독자에게 사전과 경전은 탐독 도서가 아니며, 필요한 용어와 지문을 이따금 찾아볼 때만 쓰입니다. 사전 수록 용어를 전부 암기하거나 경전의 잠언 모두를 이해하기란 불가능하고 그럴 필요도 없지요. 통독과 완독 비율이 낮다는 건 일상에서 이들의 용도가 두께에 값하지 못한다는 의미일 수도 있습니다. 위안보다는 불안과 위압을 조성하는 사전과 경전의 무게감은 결국엔 권위와 연결되기 마련입니다. 사전과 경전은 권위를 축적시킨 제본입니다. 이 둘은 특정 언어 혹은 종교에 입문하려면 필히 거쳐야 하는 통과제의의 성격까지 갖춰 가가호호 어디서건 목격됩니다. 늘 가까이 영접하지만 실체에 대해선 무지하거나 무관심한 것. 바로 사전과 경전이 소장자와 맺는 관계의 알쏭달쏭함입니다. 지식을 과시재로 소장하지 않되 실생활의 필수품으로 둔갑시킨 실험작이 위키백과입니다. 소수의 권위자 그룹이 만든 닫힌 지식이 아니라 세계 만인이 집필자로 참여한 열린 지식의 구축. 완전무결함보다 수정 가능성을 우선시할 때 진정한 앎도 얻겠지요.

키치(줌)

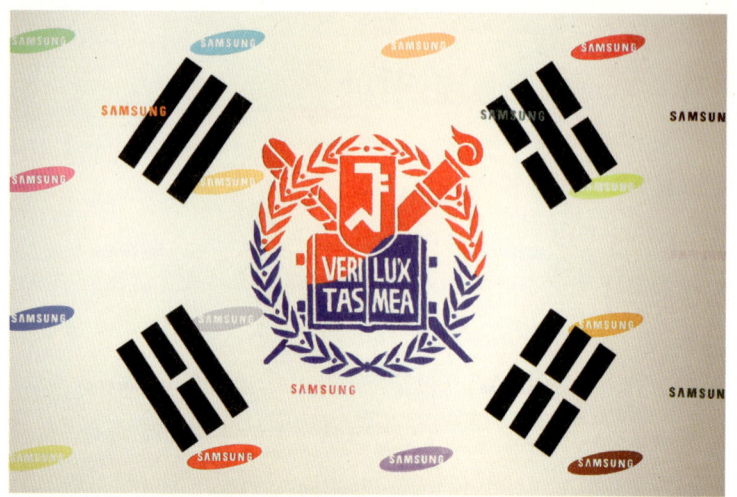

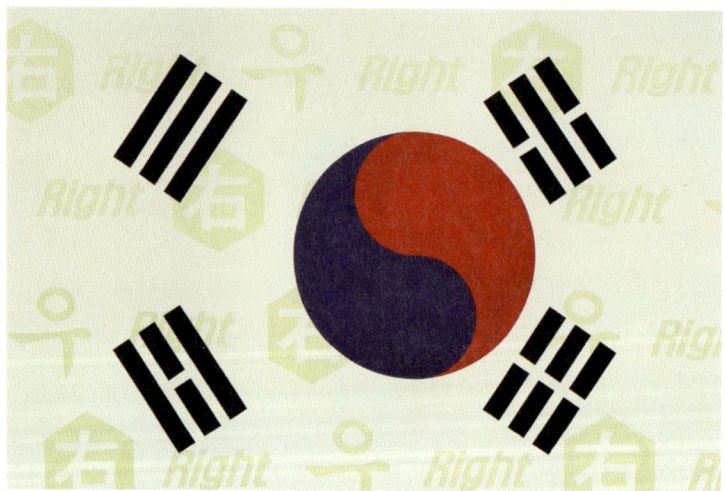

박정연, '태극기' 연작 중 「S-Republic」(위), 2007 / 「Nationright」(아래), 1996

박정연의 태극기 연작은, 최고 학벌과 최고 사기업을 우대하는 국민적 가치관을 태극기에
투영합니다. 혹은 정치적 이데올로기에 따라 왼쪽과 오른쪽으로 기우는 한국 사회의 갈등
을 변형 태극기로 풍자합니다.

040

태극기

군중에게 어떤 행동지침을 강요할 때 기호가 동원됩니다. 그 방향성에 과도하게 홀리는 사람을 바보라 합니다. 태극기도 기호입니다. 흰 바탕 정중앙의 태극 문양과 네 모퉁이에 배치된 4궤에는 철학적 상징을 담았다는데 애국 꽤나 밝히는 한국인이지만 태극기의 단순한 도안의 의미를 실생활에서 되뇌거나 마음에 아로새기는 이는 거의 없습니다. 그게 정상입니다. 반면 태극기 기호성에 홀린 비정상인도 드물지만 존재합니다. 전 세계 극우단체는 예외 없이 자신의 추태를 자국 국기를 앞세워 미화하거든요. 이때 태극기는 성역이자 종교, 나아가 쇼비니즘의 앞잡이입니다. 가히 태극기즘(-ism)이라 조롱하고 싶을 만큼. 하지만 태극기가 애국이라는 명분으로 쓰일 때 그 영향력은 극단주의자를 넘어 사람의 정신줄에도 영향을 미칩니다. 요컨대 일상의 언어학은 이미 약칭을 쫓는 추세지만 태극기 앞에서는 국호인 한국을 왠지 대한민국이라 불러야 예우하는 기분이 되고 스포츠 국가 대항전 응원의 백미는 온몸을 태극기로 도배한 서포터스로 귀결되어야 제대로 된 것 같습니다. 명분을 앞세운 태극기 도배질이 미관상 아름답다 믿는 걸까요? 이처럼 만신창이가 된 태극기 수난사를 이해 못할 바 아닙니다. 본래 귀하신 몸 주변엔 모리배가 꼬이게 마련이지요.

키치(즘)

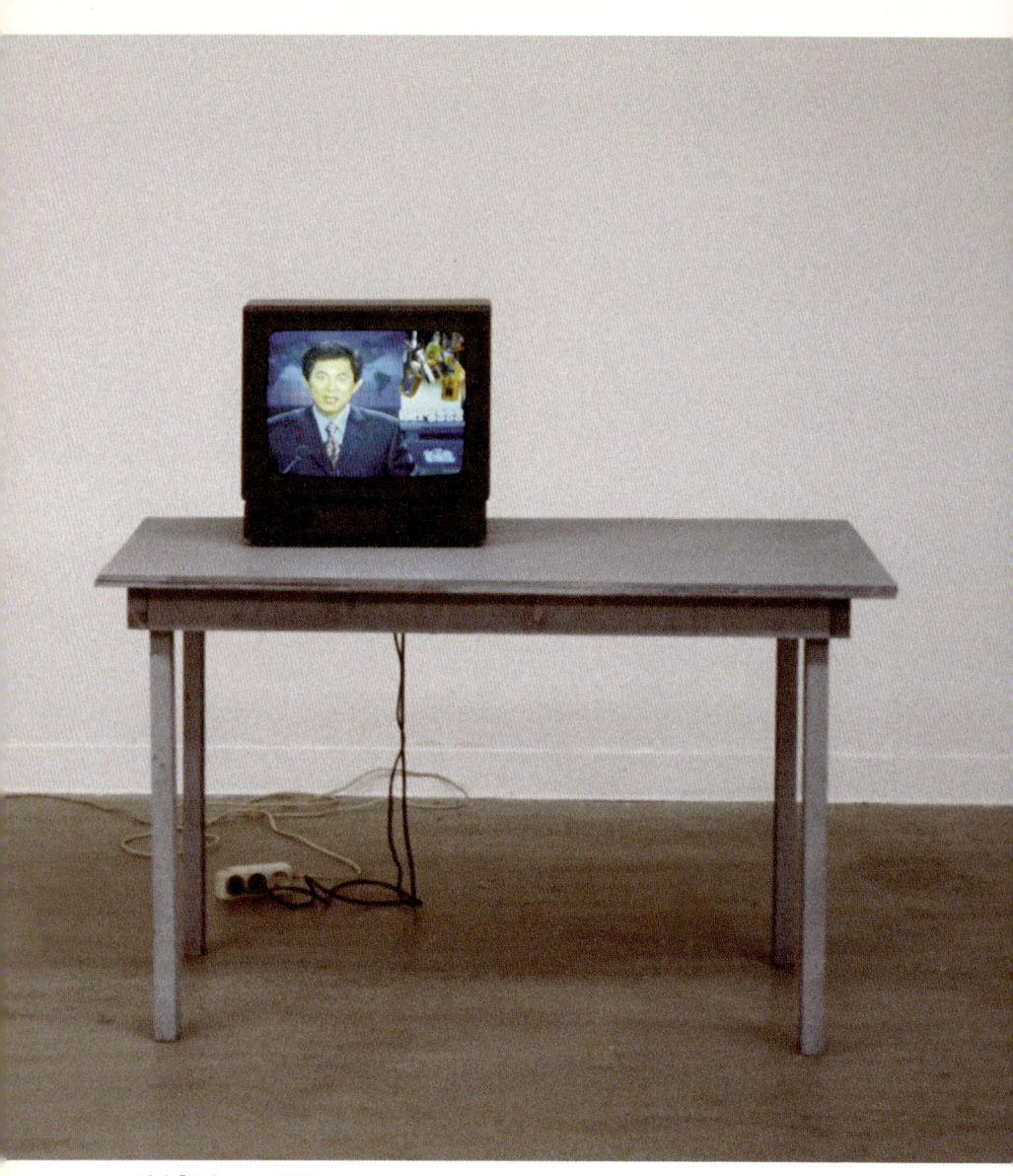

김범, 「무제(뉴스)」, 2002

041

아나운서

미디어 노출과 수려한 용모로 인지도를 얻는 아나운서는 어느덧 대중 스타와 흡사한 반열에 올랐습니다. 연성 프로그램에 출연해 이름값 올리는 아나운서의 등장은, 명칭을 줄인 '아나'라는 애칭의 범람으로 이어졌고요. 아나운서는 지성의 아이돌쯤 됩니다. 정체 모를 회사들이 매년 내놓는 최고 배우자감 명단에서 현직 아나운서는 최상단을 차지합니다. 2세의 미래까지 계산하는 섬세함이랄까요? 오락 프로그램에서 사생활까지 미주알고주알 털어놓는 대중스타의 세 치 혀도 유쾌하지만 정확한 표준어로 시사 현안을 '발음'하는 아나운서가 훨씬 신뢰를 줬을 겁니다. 성형으로 깎아 세운, 인형과 조각을 닮은 스타의 외모에 홀링 넘어가다가도 튀지 않지만 단정한 아나운서의 용모에 훨씬 후한 점수를 주곤 합니다. 궁극의 승자인 거죠. 정수리에서 발끝까지 다각도로 털어놓는 연예인이 눈요기 대상이라면, 도심 야경을 배경 삼아 절제된 2차원 바스트샷만 잡히는 아나운서의 정면 샷에서 르네상스 시대 귀족 초상화의 위엄이 느껴집니다. 시청자가 대중 스타에 투사하는 값싼 욕망도 아나운서 앞에선 급제동이 걸립니다. 품격과 고학력이 최고 브랜드인 한국 사회에서 아나운서의 몸값은 부르는 게 값이라더군요. 그렇지만 언론고시 합격이 한 인간의 학식과 됨됨이를 보장해 줄 턱이 없지요. 독자적인 멘트도 없이 뉴스 대본을 예쁘게 읽어 내려간들 없던 지성이 절로 생기는 것도 아니고요. 자기 논평을 내놓는 색깔 있는 아나운서를 만났으면 합니다.

키치(즘)

'키치'에 대한 긴 댓글

가족 키치

2001년 9월 11일 민항기 두 대가 맨해튼 세계무역센터 두 동을 향해 돌진했을 때, 무너져 내리는 건물로부터 인체의 형상을 목격한 두 부류가 있었습니다. 한쪽은 폭격된 건물에서 모락모락 피어오르는 화염과 연기 속에 사탄의 얼굴을 봤다며 증거 화면까지 캡처해서 온라인에 올렸지요. 이 주장에 부화뇌동한 일부 미국인은 미합중국과 테러범 사이의 관계를 선과 악의 대립으로 이해했죠. 바닥을 쳤던 부시 행정부의 지지율도 9.11 테러로 무려 90프로 선을 넘어섰고 그 여세를 몰아 테러와 아무 상관없는 이라크 수도 바그다드에 폭탄을 투하했죠.(2003년 시작된 이 전쟁의 이라크 전사자는 2008년 집계에 따르면 민간인 포함 약 백만 명으로 추산됩니다.) 정부 발표를 믿은 미국민 상당수는 이라크 침공을 지지했는데 이 전쟁을 악에 대한 신의 응징, 성전聖戰이라 믿고 싶었을 겁니다. 키치의 화술은 숭고를 앞세워 군중의 감정 과잉을 악용하는 겁니다. 키치는 대중의 기대 심리에 의존해서 원하는 바를 얻는 상술이고요.

테러 현장에서 사탄 얼굴을 봤다는 진술이나 자료는 물론 허구입니다. 그런 현상은 파레이돌리아pareidolia라 불리는 심리적 착시현상으로, 무정형의 패턴 속에서 진짜 얼굴 같은 '형체'를 찾아내는 인간의 인지력이 만든 환영입니다. 어두운 숲에 숨어 노려보는 포식자의 이목구비를 순식간 식별하고 달아났던 원시 인류가 남겨 준 진화의 유산인 거죠. 일찍이 레오나르도 다 빈치도『회화론Treatise on Painting』에서 벽에 난 얼룩과 구름을 관찰하면 형체가 나타날 거라고 후대 예술가들에게 조언한 바 있거든요. 붕괴되는 건물에서 인체의 형상을 본 또 다른 부류는 인지언어학자 조지 레이코프George Lakoff입니다. 그에 따르면 9.11테러는 은유적으로 재구성될 때 온전히 해석됩니다. 빌딩은 인체의 은유라는 겁니다. 건물 상단부는 얼굴, 건물 전체는 서 있는 인체, 납치된 민항기가 세계무역센터로 돌진해 건물을 무너뜨린 과정은 총탄이 머리를 관통해 사람이 쓰러지는 장면으로 치환될 수 있답니다. 9.11로 주저앉은 사람은 '미국인' 전체로 인식될 수 있다지요. 인간에게 은유적 사유는 낯설지 않습니다. 전체주의 정서가 뿌리 깊을수록, 국가를 아버지에 국민을 자식에 비유하니까요.

가부장제 전통은 전체주의적 사고와 가깝습니다. 나치 선전기구는 히틀러를 가장家長의 이미지로 미화했고 한국 현대사에서 전제주의적 통치 스타일을 가진 대통령 내외는 추종자들에 의해 국부國父나 국모國母라는 존칭을 얻었죠. 박정희가 저격된 1979년까지 일선 학교 모든 교실에 대통령의 초상 사진이 걸렸고 교정에는 매우 조잡하게 제작된 이순신 동상이 세워졌지요. 무력으로 집권한 박정희는 과분하게도 무관 출신 위인 이순신을 자신과 동격으로 놓고 싶었거든요. 성장하는 아이들이 자신을 정신적 아버지로 봐 주길 원했던 모양입니다. 1979년은 지나갔지만 이후로도 일선 학교에선 대통령 내외 초상 그려오기를 방학 숙제로 내주는 일이 더러 있었습니다.

키치(중)

1950년대 이후 인구 성장과 도시화에 적합한 핵가족 모델은 가족의 여러 유형 가운데 하나였지만 1980년대 신우익new right은 가족 모델을 이상화시킵니다. 권위적 아버지의 자리에 국가 지도자가 아닌 영향력 있는 사회 명사를 대입해도 의미는 통합니다. 2005년 삼성 이건희 회장 셋째 딸의 자살 소식이 보도되자 그녀와 아무런 인연이 없던 네티즌들이 자발적으로 추모 카페를 개설합니다. 이런 현상을 망자에 대한 연민으로 이해할 수도 있겠지요. 평생 베일에 가려 살아온 재벌가의 딸이 롤모델이 되었을 리 만무하니 한국 재벌총수가 능력 있는 아버지로 은유되었을 공산이 높습니다. 회장의 가족사를 마치 자기 일인 양 슬퍼한 거죠. 대부代父를 정점으로 피라미드식 서열구조를 갖춘 조직폭력단은 스스로를 패밀리라고 부릅니다. 근본주의 종교 집단의 신도들은 형제님, 자매님이라는 호칭으로 혈연에 버금가는 유대를 과시하고요. 조직을 가족으로 간주하는 집단일수록 아버지를 정점에 놓고 엄한 지휘 라인을 중시합니다. 상부의 잘못된 조치를 견제할 수단도 관심도 모두 없습니다. 삼성의 기업 캠페인 '또 하나의 가족'이 정겹지만 위압적인 이유입니다.

결혼 키치

혼례란 가족 이데올로기를 완결하는 성대한 의식입니다. 성대함이 지나쳐 결혼식은 초대형 볼거리로 전락하기 일쑤죠. 갖은 조롱에도 불구하고 결혼식이 질 낮은 볼거리에 머무는 건 일가一家의 무너진 권세를 위장하기에 결혼식이 그럭저럭 쓸 만하다고 믿어서인가 봅니다.

예식장은 가정을 생산하는 공장입니다. 으리으리한 건물 외관은 도심의 흉물이 된 지 오래며, 그 안에서 낭송될 축사는 맨 정신으로 듣기 힘든 신파이기 쉽습니다. 일가친척의 요란스러운 축복, 양가 부모의 어색한 웃음과 한복 차림, 정장으로 통일한 동료들과 찍은 기념촬영을 집어삼키면서 키치 공장은 오늘도 풀가동합니다.

예식장과 결혼문화는 키치가 존립하는 두 가지 당위를 설명합니다. 인간 내면에는 고등교육으로는 해결할 수 없는 싸구려 취향이 숨어 있는 게 분명합니다. 키치 비판자는 키치의 몰취향과 몰상식을 조롱하면서 은연중 자신의 고양된 취미를 재확인하죠. 키치는 비판자와 불특정 다수를 구분 짓는 고마운 경계선이 되죠.

우연히 2009년 한국과 영국에서 비슷한 소송이 벌어졌는데요. 결혼사진을 분실한 책임을 물어 예식장과 사진기사에게 배상 판결을 내린 겁니다. 신성한 기록을 소홀히 다룬 책임. 결혼사진은 성대한 연출과 지불된 대금에 비하면 평생 다시 열어 볼까 말까 할 정도로 관람 가치는 낮지만 그래도 뭐, 잘못은 잘못인 거죠.

결혼을 집안 대소사 중 최우선으로 꼽는 한국인이지만 명절과 가족모임은 기피하고 싶은 최우선 순위로 꼽습니다. OECD 가맹국의 이혼 올림픽에서 한국은 부동의 금메달리스트입니다. 간혹 은메달도 따긴 하지만요. 믿음과 현실 사이의 괴리. 심리학자 토머스 키다Thomas Kida가 지적

키치(즘)

했듯이 "우리가 믿음을 간직하는 이유는 흔히 이 믿음을 뒷받침해 주는 증거 때문이 아니라 이 믿음이 마음을 편안하게 만들어 주기 때문"이죠.

결혼이 섹스 허가증에 불과하다는 사회학자 우에노 치즈코의 극단적 평가절하를 야박하다 논박할 근거를 오늘날 한국 사회는 갖고 있지 않습니다. 그래서 여전히 왜 결혼을 했냐는 설문 조사에서 "남들 다 하니까", "왠지 해야 할 것 같아서" 따위의 자신 없는 응답이 "사랑하니까"보다 압도적으로 많다고 합니다.

패션 키치

앙드레김 패션쇼의 대미를 장식하는 웨딩 피날레는 결혼 판타지에 심취한 대중의 욕구와 디자이너 앙드레김의 가히 독특한 결혼관이 착종된 결과일 겁니다. 앙드레김에 따르면 결혼은 "절대적으로 남자와 여자가 해야 하는 것"이고 나아가 "아기는 절대적으로 태어나야 하는 것"이며 결혼이 없다면 "지구는 굉장히 무질서하고 어둡고 비탄에 빠질" 거라고.

패션계를 넘어 전방위 영향력을 행사하는 사회 원로였던 고故 앙드레김의 성대한 키치쇼에 대한 책임이 그에게 있을까요? 대중에게 있을까요? 쇼를 대서특필하는 매스컴에 있을까요? 앙드레김의 패션쇼에선 거대한 딱정벌레 같은 의상을 입은 일반인 모델의 어색한 워킹, 찬사와 감정이 과잉된 무대 매너, 과도한 진지함, 작위적인 연출, 긴장감 떨어지는 로맨스가 펼쳐집니다. 키치 전도사가 자주 입에 담는 수사는 "이루 형언

할 수 없는 감동"과 "영원한 아름다움"입니다.

크게 부풀린 앙드레김 의상은 그가 빌려온 스타의 명성으로 또다시 부풀려집니다. 과장된 러플과 자수 그리고 풍성한 실루엣은 앙드레김의 퇴행적 패션 감각을 미화시키는 낡은 알리바이였습니다.

언론에 곧잘 보도되는 앙드레김의 근면성(새벽 5시에 기상해 일간지 16종을 읽으며 하루를 연다는)은 그의 불성실한 예술적 성찰을 정당화하는 구실이 되곤 합니다. 그의 근면한 하루 일과는 패션 디자인 미학에의 투자보다는 명사들과의 인연因緣을 디자인하는 데 맞춰진 것 같습니다.

앙드레김의 무대에 오르지 않은 분야별 유력인사는 거의 없습니다. 대중 연예인은 그나마 이해라도 가지만 도무지 각이 나오지 않는 외국대사 내외나 국내 정치인이 번번이 무대에 오르는 건 봐주기 힘들었습니다. 당대 스포츠 스타, 차기 대선 잠룡부터 관료 출신까지 무작위로 런웨이를 걸었죠. 이에 비해 모델 외길 인생을 걷는 전업 모델들은 초대된 스타의 뒤에서 박수를 치고 있죠. 모델의 무대에서 모델을 이처럼 괄시하는 패션쇼가 세상에 또 있을까요?

스타가 영향력을 상실하면 앙드레김 쇼에 초대되지 않습니다. 반면 스타의 비중이 비대해지면 이들이 앙드레김 초대에 시큰둥해하는 것 같습니다.(그가 매해 주최하는 '앙드레김 베스트 스타 어워드'의 2009년 행사는 애초 발표와는 달리 '일정이 바쁜' 중량급 스타들이 대거 불참하면서 차질을 빚었다고.) 앙드레김과 후배 연예인의 관계는 일종의 거래인데 양쪽 모두 서로의 명성을 빌려 씁

키치(중)

107

니다. 패션쇼가 사교의 장이 되는 걸 나무랄 순 없습니다. 그러나 그 무대가 디자이너 개인의 사교 생활과 과대 망상적 건제를 과시하는 장으로 전용된다면 그 모두를 키치라고 잘라 말할 수는 있습니다.

앙드레김 패션쇼에 오른 모델 가운데에는 서울 시장 시절 이명박 전 대통령도 있었습니다. 2004년 앙드레김이 이명박 시장에게 입힌 옷은 조선시대 왕이 입던 곤룡포를 응용한 의상이었지요. 그런 장관을 더는 볼 수 없게 되었습니다.(앙드레김 선생은 2010년 타계하심.)

신앙심 키치 또는 애국심 키치

키치는 사물의 속악함을 칭하는 미학 용어지만 삶의 태도를 포괄할 때 적확한 일상용어이기도 합니다. 속물적이고 장황한 결혼식 식순과 의례, 정태적인 앙드레김 패션쇼의 위장된 숭고. 이처럼 엄숙한 종교의식을 흉내 낸 키치는 너무 많습니다. 그래서 예술 저널리스트 가브리엘 툴러 Gabriele Thuller는 종교적 키치가 가장 유서 깊은 키치였다고 규정하죠.

종교 키치는 어딜 가나 충만합니다. 크리스마스, 추수감사절, 밸런타인데이 등 종교적 기원을 둔 축일은 소비사회에서 이벤트성 기념일로 변질되어 장사꾼의 호주머니를 불립니다. 매해 2월 14일과 12월 24/25일, 연인이라면 어떤 종류의 물질적 징표로 사랑을 입증하려 듭니다. 세상 물정 모르는 젊은 연인은 사랑의 언약을 확인한답시고 형편없이 부피만 큰 이벤트 상품 앞을 서성댑니다. 성탄절 이브에 콘돔이 가장 많이 팔린다는 업계의 통계는 아기 예수의 신성한 탄생일에 맞춰 불장난 본능에 속죄와 축복을 챙기려는 민심의 동향을 보여 줍니다.

신앙 공동체에서 종교는 위선이나 포용의 얼굴로 등장합니다. 전설적인 흉악범이나 부패사범이 형무소에서 출소할 때 성경을 한 손에 들고선 모습에서 보듯 말이죠. 과거 주먹계 보스들이 목사 안수를 받는 예도 많습니다. 80년대 양대 조폭 보스 조양은과 김태촌은 신앙 귀의로 알리바이를 만들었지만 범죄의 수렁에서 발을 빼진 못했지요. 한편 고문 전문가 이근안도 수감을 마치고 목사 안수를 받았으나 이후 교회 단상에 올라 과거의 과오를 부인했고, 이로 사회적 물의를 빚자 교단은 그의 목사 자격을 박탈했죠.

태극기는 가장 전형적이고 비일비재한 키치의 소재입니다. 2005년 광복 60주년을 맞아 서울 시청 본관 전면에 소형 태극기 3600장이 부착됐죠. 시청사를 태극기로 도배한 이른바 '시청사 모뉴먼트'는 이명박 서울 시장 재직 시절에 시작되었는데 특히 2005년 첫해 선보인 태극기 도배 설치물은 개중에 가장 조악했죠. 외관이 거대한 영구차를 연상시켰으니까요. 이 볼썽사나운 태극기 더미 행사는 '예상대로' 시민의 열화와 같은 지지로 몇 년 더 이어졌습니다. 관제 행사는 자금이 넉넉해서 키치를 만들어도 초대형으로 성사하고야 맙니다. 국가대표급 키치랄까요. 태극기 모뉴먼트에 이어 관에서 후원한 또 다른 작품은 아마 2009년 광화문 광장에 들어선 초대형 황금빛 세종대왕상일 겁니다. 이 조형물 앞에서

키치(즘)

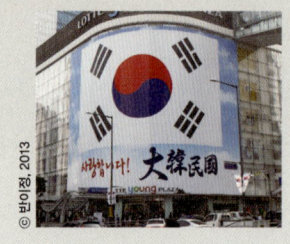

명동의 대형 백화점 전면에 걸린 태극기

도 많은 인파가 기념사진을 촬영하죠. 헤르만 브로흐가 지적했듯 "속악한 키치는 키치 인간들의 후원으로 존재"합니다.

태극기 키치의 특징은 장엄한 의례로 보는 이의 동참까지 유도한다는 점입니다. 군사독재 기간 한국 영화관에선 상영 직전 관객이 좌석에서 일어나 국민의례에 동참하는 문화가 있었죠. 오후 6시 국기 하강식 때도 도시 전체에 애국가가 연주되어 행인은 가던 길을 멈추고 국기를 향해 경례를 해야 했습니다. 등굣길 학생도 단상 위의 태극기를 잠시 바라보며 가슴에 손을 얹은 후 교실로 입장해야 했고요. 히틀러 청소년단 Hitlerjugend이 떼로 몰려다니며 전방 45도의 거수경례를 하는 장면, 중국 홍위병이 한 손에 마오쩌둥 주석의 어록을 들고 다니며 행패를 부린 모습 등이 중첩됩니다.

키치는 특정 사물에 한정된 용어가 아닙니다. 동일한 사물도 수용 태도에 따라 키치일 수도 아닐 수도 있거든요. 석양이 지는 풍경화, 싸구려 소쿠리, 모차르트의 실루엣을 새긴 기념품, 태극기 등이 죄다 키치인 건 아니며, 마찬가지로 피카소나 반 고흐의 그림, 베네치아에서 본 성화가 전부 예술인 것도 아닙니다. 가브리엘 툴러는 "키치라고 하는 것이 항상 키치인 것이 아니다.(예술이라고 하는 것이 항상 예술인 것이 아니다.)"라고 정의합니다. 이는 미적 상대주의를 둘러댄 말이 아니라 키치(혹은 예술)의 가변성을 지적한 말일 겁니다.

다만 '외압'으로 감동이 작용한다면 키치일 확률이 높습니다.

3
—
공간 읽기

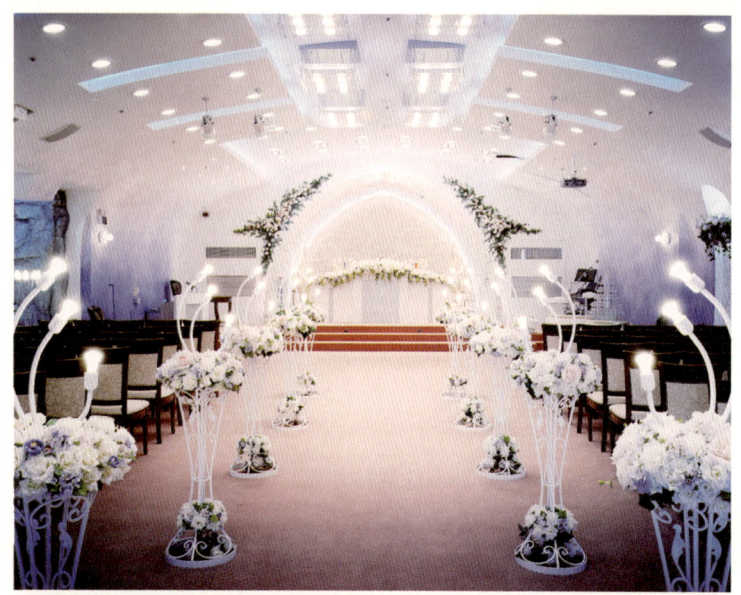

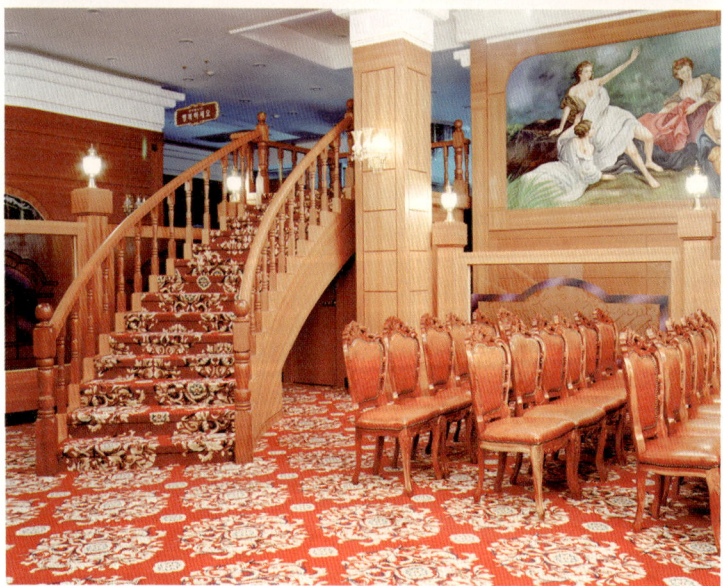

신은경, '웨딩홀' 연작 중 「웨딩 캐슬」(위) / 「임페리얼 웨딩홀」(아래), 2005

042

예식장/모텔 건물

예식장과 러브호텔의 건축적 발상에는 전대미문이니 국적불명이니 하는 조롱과 야유가 따라다닙니다. 신기한 건 그 건물들에 쏟아지는 조롱에 대개는 동의하면서 '예식장/러브호텔 = 궁전'이라는 진부한 도식을 공동체가 너그럽게 수용한다는 점입니다. '전대미문'의 사랑의 공간에서 결혼식을 올리거나 숙박을 마다하지 않으니까요. 도심에 수두룩하게 들어선 이 국적불명의 건축물 때문에 우리의 미감이 무뎌진 결과일까요? 예식장과 러브호텔들은 건축적 정통성이 희박한 자신의 외관을 보강하려는지, 하나같이 '○○ 캐슬(성)'이니 '○○ 팰리스(궁궐)'니 하는 읽기조차 무안한 업소명을 고집합니다. 궁전을 차용한 예식장과 러브호텔은 서로 동일한 목적을 위해 지어졌습니다. 바로 사랑이라는 추상적 가치를 구체적으로 실행하기 위해 '자리 제공'을 해 주는 플랫폼이랄까요. 손을 마주 쥔 커플이 가상 궁궐로 입성하는 짧은 찰나에 그들의 신분은 한시적으로 공주님과 왕자님으로 승격됩니다. 현실에서 불가능한 환희를 축복하려고 우리는 천박한 날림으로 장식된 가상 궁전을 용서하고 더러는 그 가상에 스스로 가담하나 봅니다. 그렇지만…… 가상 궁전에서 맺어진 공주님과 왕자님의 백년가약은 유효기간마저 짧습니다. 한국은 OECD 국가에서 이혼율 1위를 놓친 적이 거의 없죠.

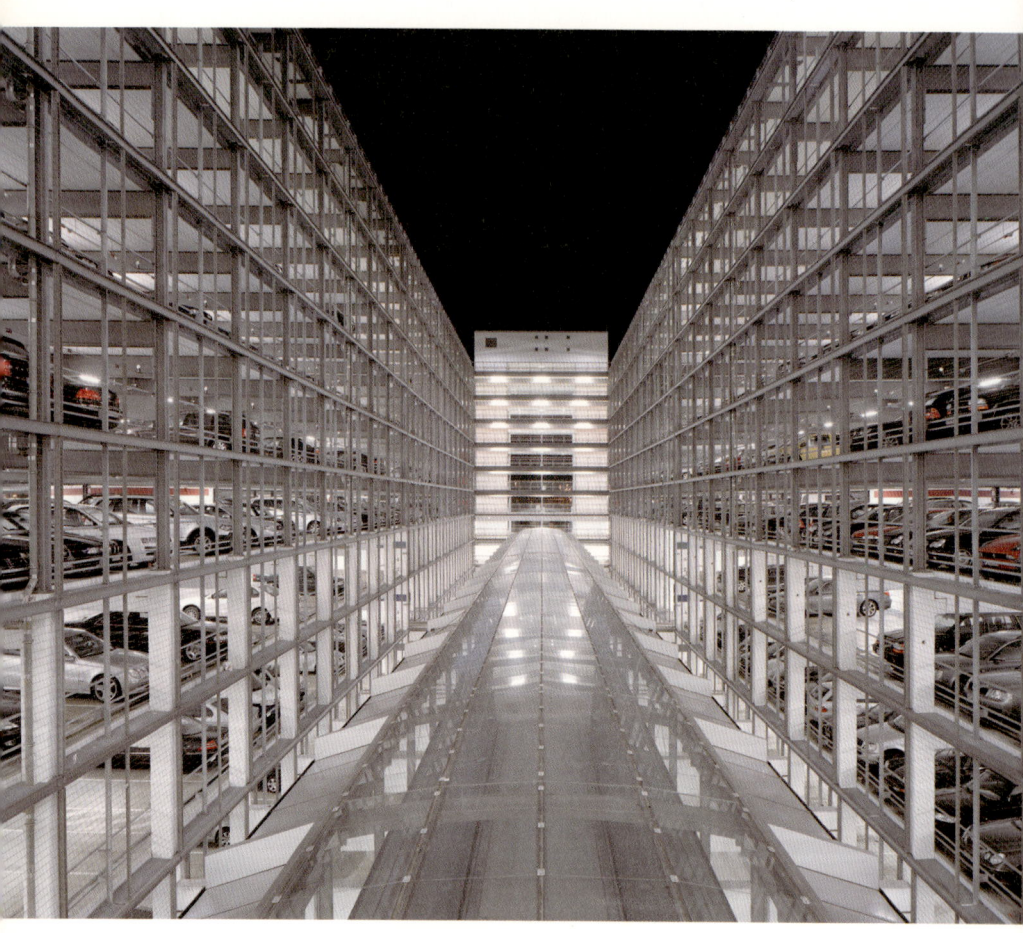

김도균, 「sf.M-1」(독일 뮌헨 공항의 주차장), 2005

043

(대형) 주차장

평당 억대를 호가하는 번화가 금싸라기 땅에 무뚝뚝한 표정을 한 구조물이 서 있습니다. 이마에는 P자를 낙인처럼 새긴 건물이죠. 백화점이나 대형마트의 전용 주차장. 무심코 지나칠 법하지만 이 공간은 왠지 터무니없이 비경제적으로 보입니다. 백화점/대형마트와 주차장 사이를 대조한다면 그렇게 느낄 수 있습니다. 분주히 오가는 손님, 눈부신 실내조명, 수억대가 넘는 일일 매출액이 본관(백화점, 대형마트)의 존재감을 증명하는 반면, 주차장 건물은 그저 침묵하는 무수한 차들만 들어차 있습니다. 앞을 겨우 식별할 정도로 공간은 어둡습니다. 소비는? 주차장에서 지출은 거의 제로에 가깝지요. 사고파는 일이 전무한 대형 주차장은 유지비만 까먹는 마이너스 공간처럼 보입니다. 시장경제의 논리를 따르면 터무니없이 허황한 공간입니다. 대형마트 주차장 건물의 허허로움의 미학은 본관 건물의 독과점식 소비 행태에 대한 참회와 양해를 재현한 건물처럼 보인달까요. 물론 그럴 턱이 없지요. 주차장에 묶여 있는 빈 차는 차주車主의 소비를 재촉하는 담보물일 뿐이니까요. 이 건물의 게임의 룰을 보면 확인되지요. 입장은 자유, 퇴장은 영수증 제시.

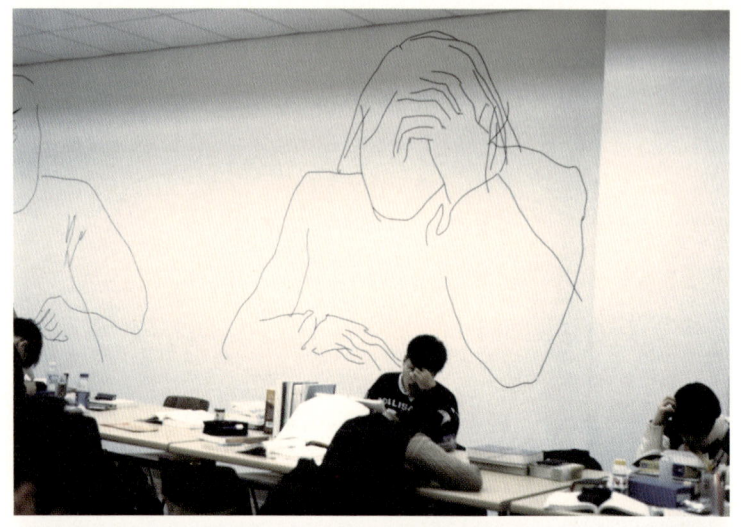

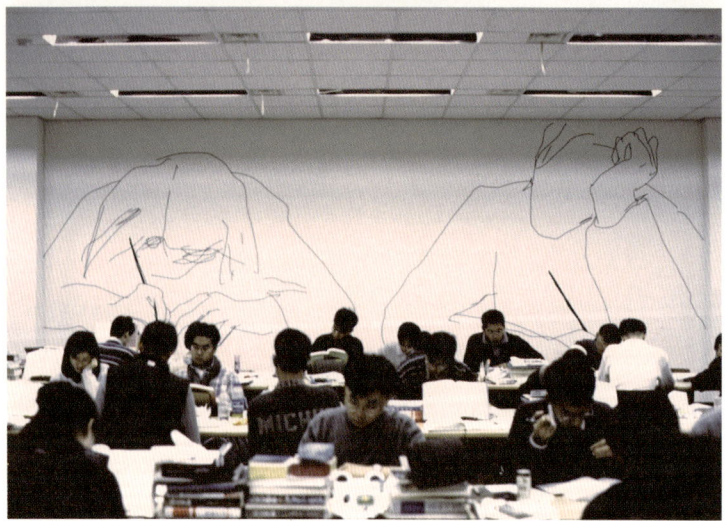

임자혁, 「도서관의 사람들」, 1998

독서하는 학생들의 모습을 도서관 열람실 벽에 마스킹 테이프로 재현한 이 거대한 낙서
는 한시적인 공공예술입니다.

044

도서관

바깥세상의 변화 속도에 아랑곳 않고 종이책의 유구한 역사를 내면화한 도서관은 생리적으로 아날로그 정서를 고수합니다. 그렇지만 도서관의 유보적 태도와 바깥 문화를 흡수한 도서관 이용자 사이에선 문화 충돌이 빚어집니다. 도서관의 오랜 도그마는 '정숙 매너' '비좁은 복도' '촘촘한 칸막이로 숨 막히는 공간감'이었지요. 오늘날엔 부주의로 듬성듬성 울려대는 휴대전화 벨소리가 도서관 정적을 무참히 깰 때가 많습니다. 갑갑한 칸막이를 걷어 낸 자리에 공용 탁자가 들어섰고 그 위로 필기 문화를 밀어내고 노트북 자판 문화가 진입한 지 오래지요. 독서에 몰입하려는 고전적인 이용자 맞은편에 자판 소리를 내며 존재감을 확인시키는 견제 세력이 등장했습니다. 일부 공공도서관에서는 "노트북 소리는 도서관 이용에 방해가 되오니 주의해 주십시오."라는 경고를 곳곳에 붙여 두지요. 하지만 그 앞에서 태연하게 노트북을 두드리는 이용자의 풍경이 펼쳐집니다. 그래서 21세기 도서관은 공부를 바라보는 개념이 뒤엉키는 장소이며 나아가 미디어의 진화가 가장 시끄럽게 증언하는 장소가 되었습니다. 이를테면 우중충한 고시원과 요란한 전산실의 중간 어디에 오늘날의 도서관이 있습니다.

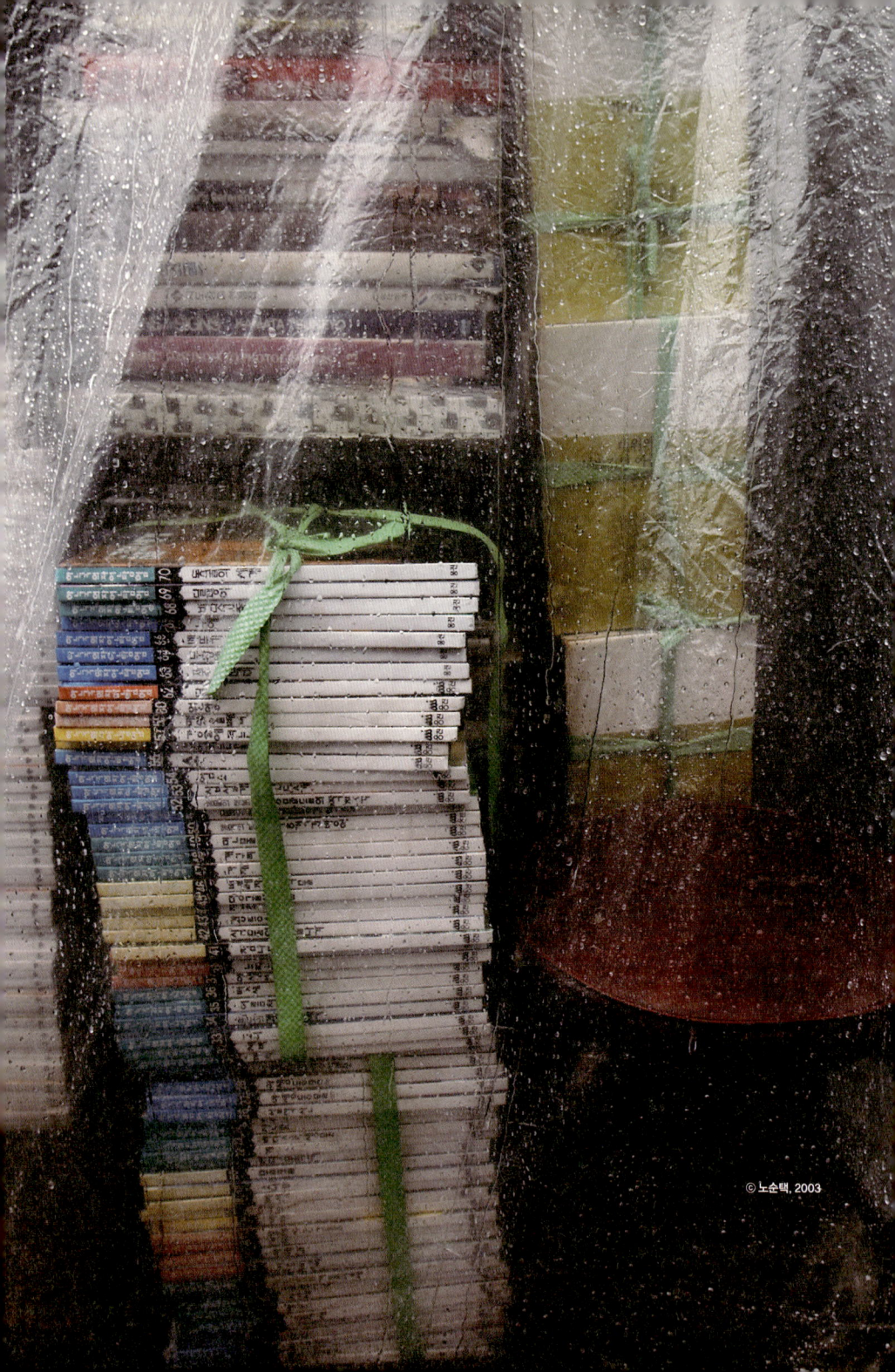

045

헌책방

거의 종적을 감춰 대학가에서나 간신히 발견되는 중고서점 혹은 헌책방에 관한 단상입니다. 오만 종류의 중고매장들이 그러하듯 중고서점도 싼가격, 곰팡내 묻은 고서향, 절판 희귀본 발견의 쾌감, 서가의 촘촘한 배열이 만든 비좁은 통로 등이 매력인 과거형 시공간입니다. 파격 할인은 물론 결제에서 배송까지 단숨에 해결 보는 온라인 서점, 공룡 같은 대형 매장의 등장으로 중고서점은 온오프라인 어디에도 발붙일 곳이 없습니다. 오랜 친구를 상실한 기분이랄지. 그렇다고 중고서점에 마냥 후한 점수를 줄 순 없죠. 싼 맛에 주체할 수 없이 사들인 헌책이 방 한구석을 무의미하게 차지하는 순간, 독서용이 아닌 애물단지 장서로 눌러앉아 버리지요. 다들 경험 있으시죠? 중고서점을 향한 중독적인 향수는 교양적 가치보다는 값싼 골동취미, 막연한 장서 수집욕, 거기에 근거 없는 지적 허영심이 얄밉게 착종된 무엇이기 쉽습니다. 왕년 베스트셀러의 매장지인 중고서점은 향수와 추억을 매매하는 빛바랜 놀이공원에 가깝습니다.

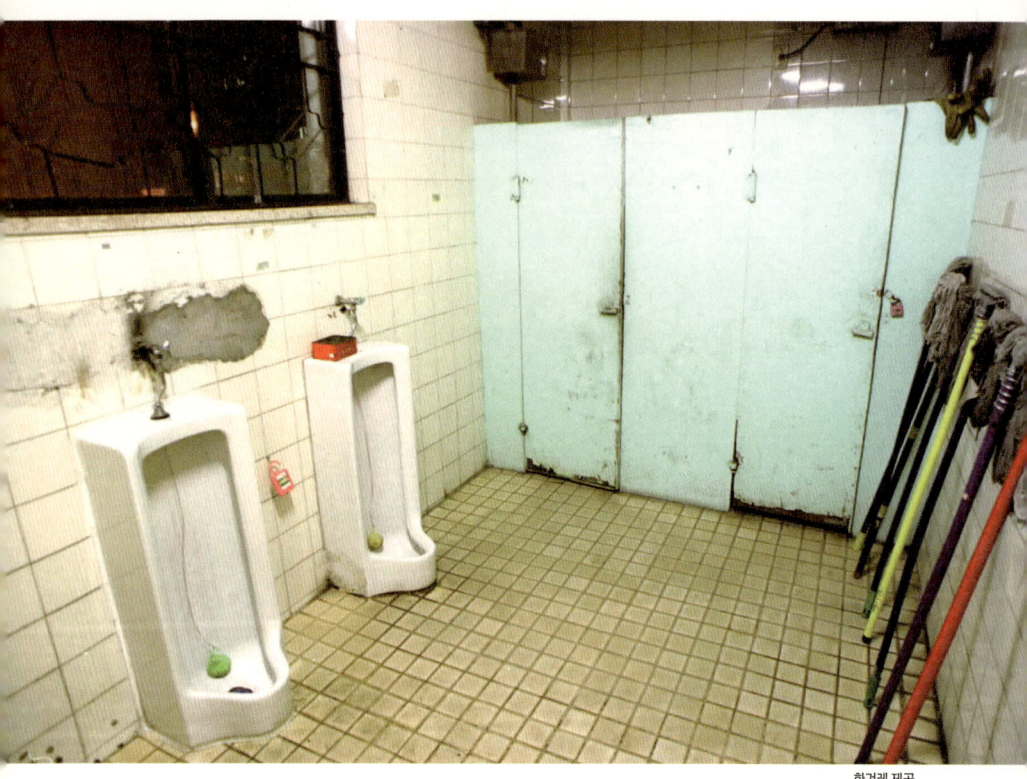

한겨레 제공

046

공중화장실

망실된 잠금장치, 동이 난 휴지, 진동하는 구린내와 용변이 쌓인 변기, 성분 미상의 액체로 흥건한 바닥. 해우소를 표방함에도 공중화장실이 한때는 심호흡 크게 하고 입장해야 하는 도심 속 화생방 훈련소인 적이 있었지요. 공중화장실이 요구하는 인내는 흡사 개인이 군중의 일원에 포함될 때 강요되는 프라이버시의 포기처럼 보이기도 합니다. 사생활 밖에서 생리적 욕구를 느낀 대중은 단 하나의 목적을 위해 공중화장실에 삼삼오오 모입니다. 대기자 앞에서 주저 없이 바지를 내리는 퍼포먼스, 요란한 배설 독주를 연주하거나 청취하는 곳이 공중화장실이죠. 낙후된 화장실 문화에 대한 늦은 자성으로 오늘날 공중화장실은 전에 없이 개선되었는데요. 그 이유는 해외 여행객 유치를 위해 '청결한 관광 한국의 이미지' 재고가 가장 큰 이유였다는군요. 외국인 덕분에 내국인의 복지가 향상됐으니 불만은 없지요. 다만 볼일 볼 적마다 마주 봐야 하는 '오늘의 명언'만큼은 그만 봤으면 해요. 심오한 철학 앞에 나오던 게 들어가거든요.

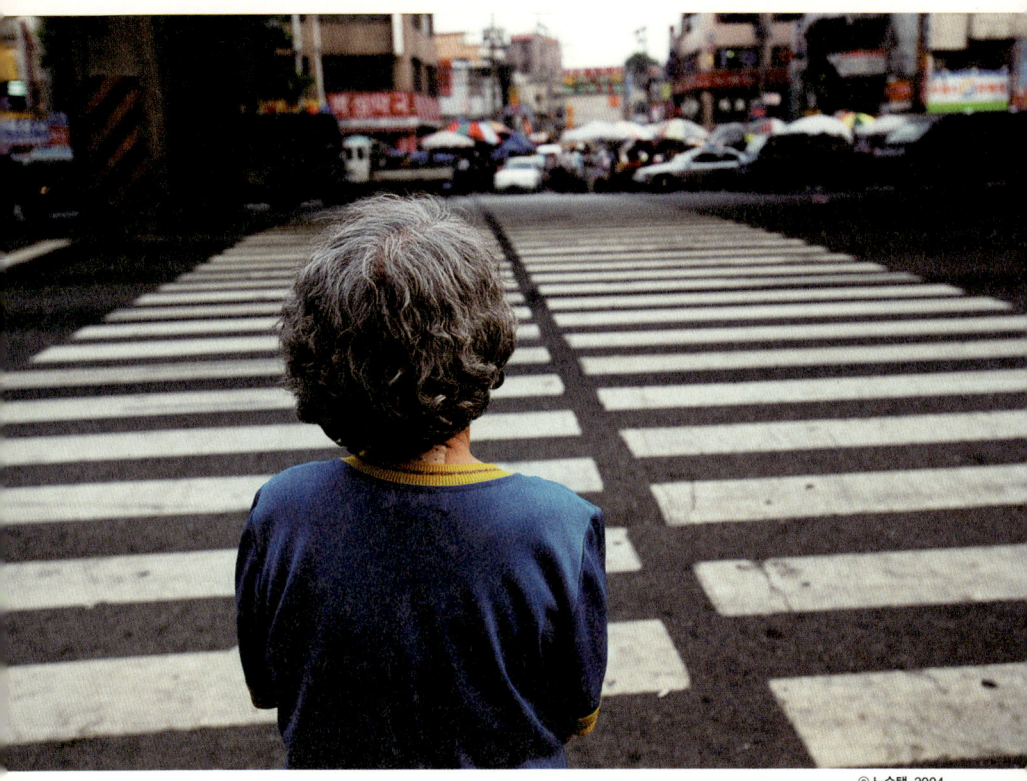

© 노순택, 2004

047

횡단보도

길道은 능히 지켜야 할 규범에 대한 형이상학적 표현이면서 방향성을 지닌 지표면의 일부를 칭합니다. 우리는 도로망의 거미줄이 뒤엉킨 길 위에서 삽니다. 길은 다시 도로와 인도로 이항 대립되어 나뉘지요. 운전자는 도로를, 보행자는 인도를 자신의 길로 여겨야 합법입니다. 건물의 수가 늘어 메트로폴리스가 된 사회에서, 인도는 도로에 밀려나기 시작했지요. 도로의 차량이 인도의 보행자보다 속력과 위력에서 우위에 놓였습니다. 사람들은 인도가 아닌 도로가 파손될 때 더 큰 우려를 합니다. 도로로 뛰어든 사람보다 정반대 상황이 대서특필되지요. 횡단보도란 화해하기 힘든 보행자와 운전자 사이의 합의점을 빗금으로 처리한 도로와 인도의 중간지대입니다. 차량 일시 정지, 보행자 일시 횡단. 현대사회가 인본주의를 배려하는 아주 짧은 성의 표시지요. 횡단보도의 규칙에는 다소 경직된 조항이 있으니 주의하세요. 자전거로 횡단보도를 건널 때는 내려서 끌고 가야 한다는군요. 자전거가 도로교통법에선 차로 간주되기 때문이라나요. 저만 몰랐던 사실입니까?

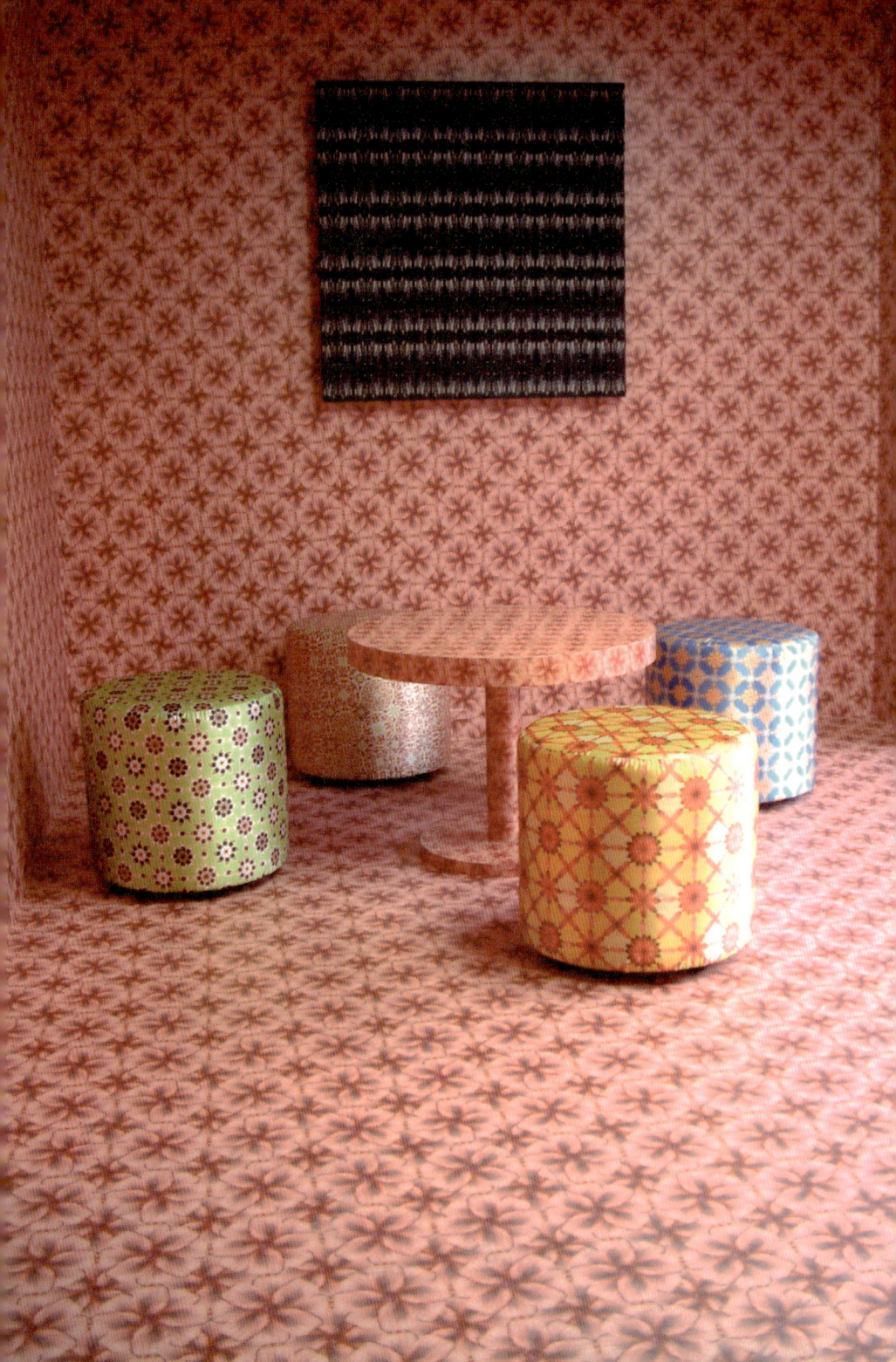

048

벽지

서구식 벽지의 기원은 장식과 보온을 겸한 태피스트리의 저렴한 대용품에서 출발합니다. 그런 이유로 초기 벽지는 태피스트리처럼 벽면에 느슨하게 걸렸다고 합니다. 장식이 1차 목적인 셈이었죠. 하지만 대체로 단조로운 문양을 끊임없이 반복하는 벽지 도안은 시선을 오래 사로잡지 못합니다. 벽지는 실내의 정육면체 중 최대 다섯 면의 안감 역할을 하지만 일상에서 이목을 사로잡는 데에는 서툽니다. 있는 듯 없는 듯한 산소 같은 존재죠. 벽지가 진지한 응시의 대상으로 주목되는 순간은 하던 일을 마치고 침상에 지친 몸을 누인 뒤부터입니다. 천장과 일직선이 된 시선은 벽지가 만들어 내는 단순명료한 반복 패턴 속에서 무계획적인 상념에 빠집니다. 이를테면 벽지는 면벽 수련의 교보재인 거죠. 벽지 응시는 일과의 종료와 같은 뜻입니다. 컴퓨터 모니터를 끼고 사는 현대인의 사정도 같습니다. 업무를 종료하고 열린 창들을 닫을 때 우리가 마주하는 건 텅 빈 스크린 위에 뜨는 배경화면(wallpaper = 벽지)이니까요.

◀ 이중근, 「오감화五感花-설치」, 2006

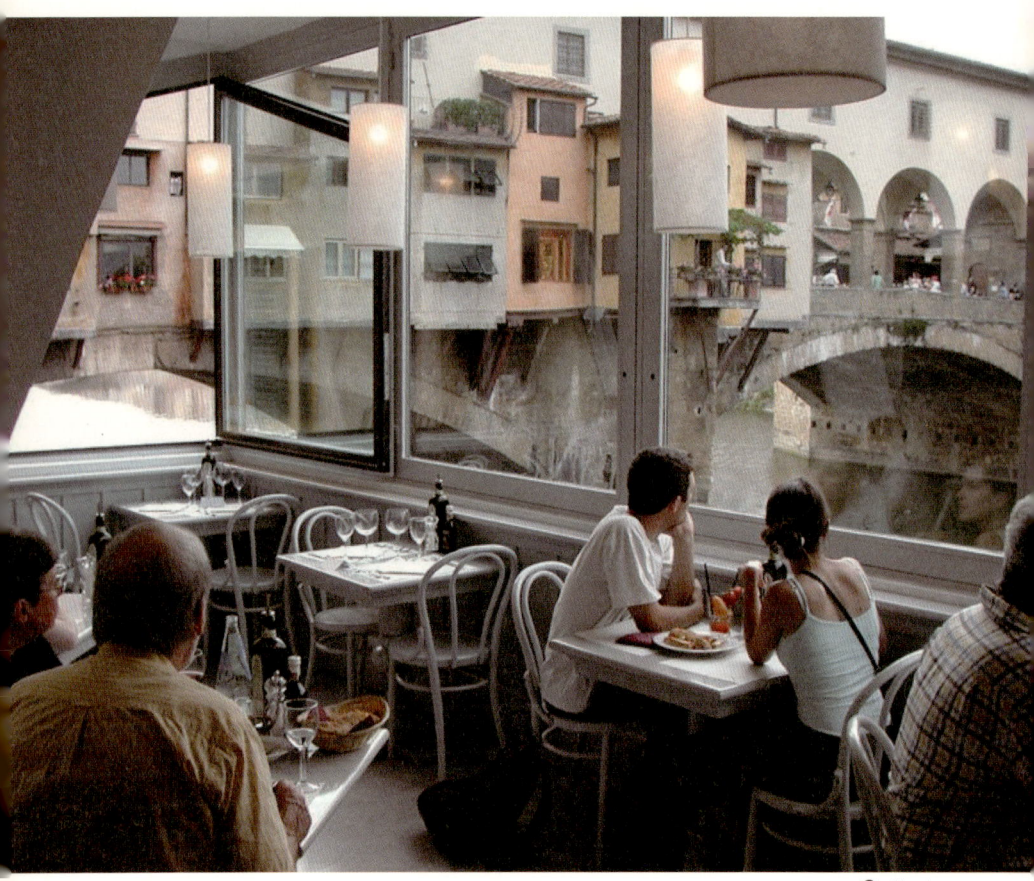

049

창가 자리

주인공의 상념어린 회상과 '가오かぉ 잡기'는 시야가 탁 트인 레스토랑 창가 자리로 도식화됩니다. 이것은 픽션이 추종하는 정식이지만 논픽션 세계에서도 기내와 식당 창가는 상석이자 예약 1순위입니다. 창가라고 질 좋은 양념이 뿌려지거나 특별 제작된 의자가 마련되는 것도 아닌데 말이죠. 창가 예찬론은 두 개로 압축되지 싶습니다. 우선, 홀 중앙이 전방위의 시선에 둘러싸이는 반면 창가의 남녀는 프라이버시의 절반만 내놓을 수 있습니다. 남은 절반은 창가와 밀착해서 창 너머 불특정 다수의 사생활을 관음하면서 잃어버린 반쪽을 보상받을 수 있는 구조지요. 다른 하나는 누구도 부인 못 할 창가 특유의 스크린 효과겠지요. 행선지까지 연신 변화무쌍한 광경을 실어 나르는 기내 창가나, 거리를 걷는 보행자마저 볼거리로 전락시키는 식당 창가 자리는, 결국 영화적 스펙터클에 버금가는 관전 욕망을 다소 지루하게 계승한 겁니다. 직장에서 창가는 여차하면 박차고 나간다고 다짐하는 샐러리맨의 욕구불만이 배출되는 곳이기도 합니다. 현대 생물학은 인간이 반쯤 닫힌 곳을 이상적 서식지로 선호한다고 풀이합니다. 즉 안전한 위치에서 조망하는 지세가 피난처와 식량을 구할 때 유리하기 때문에 시야가 트인 장소를 보편적으로 좋아한다는 겁니다. 하지만 창가는 요인을 저격하는 암살범의 총구에서 보듯, 결코 안전지대인 적이 없습니다. 자고로 상석은 시대를 초월하는 견제 대상이죠.

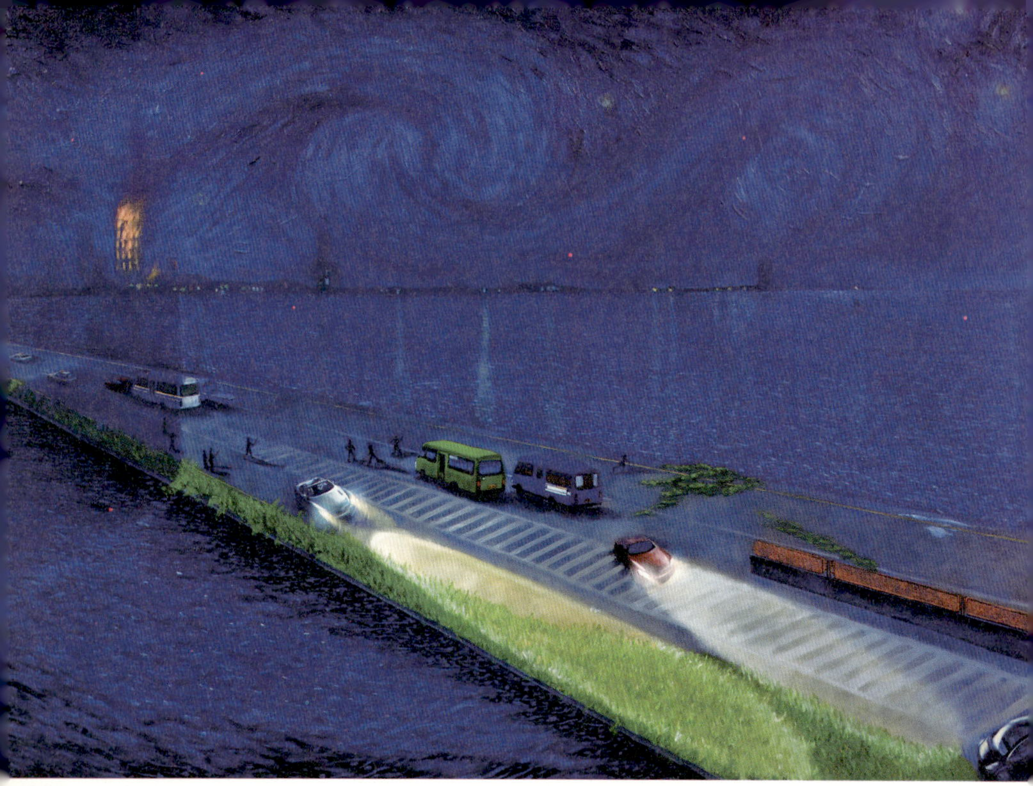
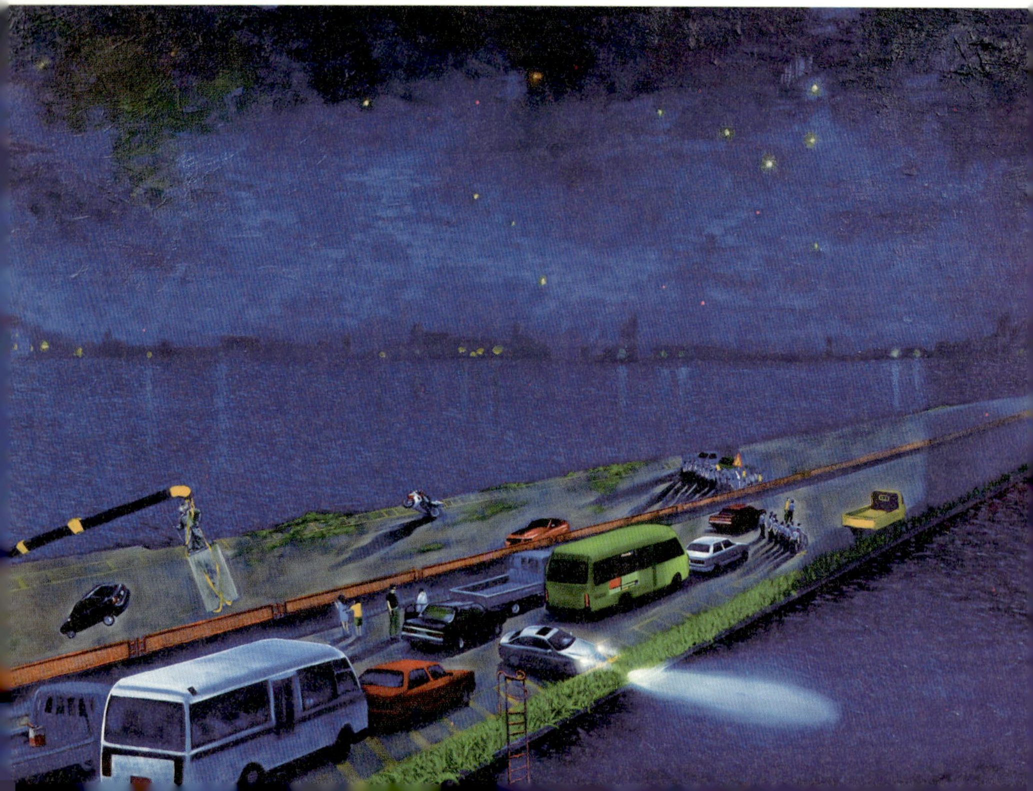

050

고속도로

광속으로 정보를 실어 나르는 세상이지만, 물류와 인파의 신속한 이동을 보장하는 일반적인 경로는 고속도로가 차지합니다. 중앙분리대와 입체교차로는 신호등 가득한 일반도로에서 누릴 수 없는 쾌속 질주를 보장합니다. 톨게이트 통행료 징수는 장거리보다는 스피드에 부가된 세금 같습니다. 제3세계 근대화는 키치(천박한 예술품)를 동반한다는 게 학계의 정설입니다. 과연 근대화의 속주가 잠시 쉬어 가는 휴게소는 키치의 박람회장입니다. 값싼 민속품과 조악한 메들리 음악이 즐비하니까요. 고속도로는 민가의 소식으로부터 철저히 차단된 구조에 놓여 있습니다. 양쪽으로 서너 시간 펼쳐지는 스크린은 오로지 푸른 산야와 너른 논밭이 전부이니 앞만 보고 내달리는 게 맘 편합니다. 그것은 전진만 강요하는 주문처럼 읽히기도 합니다. 우연인지 1968년 한국의 고속도로와 1932년 독일 아우토반의 건설은 정치적 일방통행을 꽤나 즐겼던 두 나라 집권자(박씨와 히씨)의 미학이 투영된 결과 같습니다. 속도 제일주의와 직결되는 고속도로 위에서 터진 사고는 '반드시' 죽음과 직결됩니다.

◀ 홍원석, 「별이 빛나는 밤에」(위) / 「음모」(아래), '음모' 연작 중 왼쪽과 오른쪽 패널, 2009

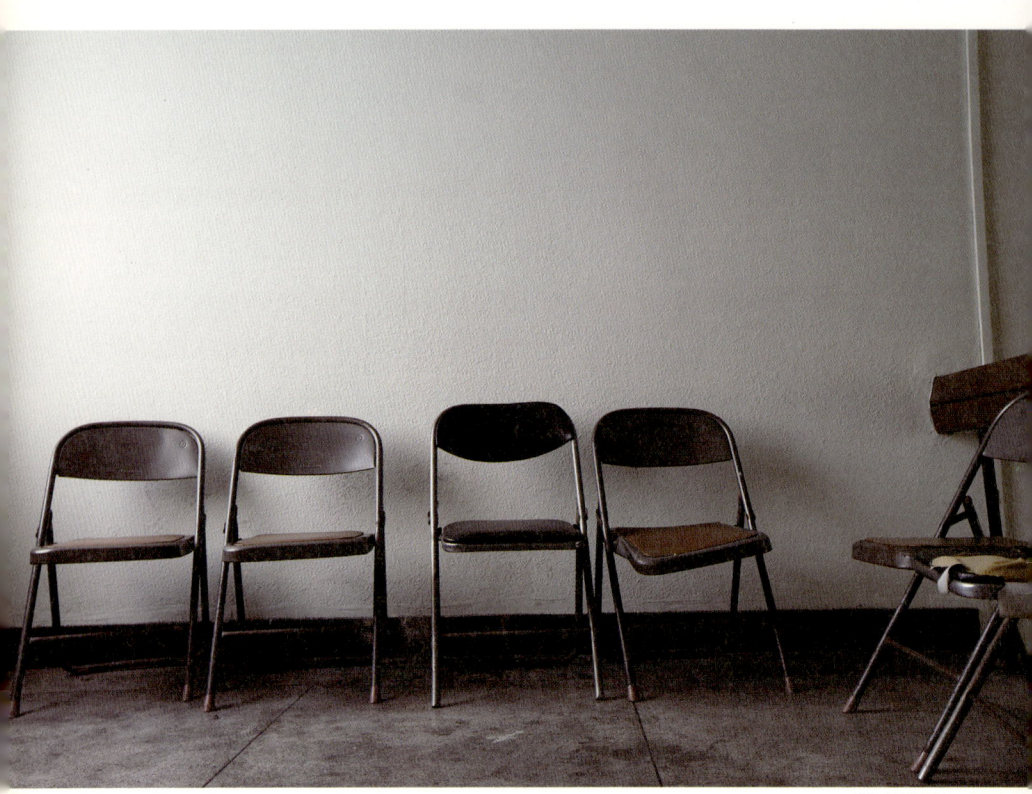

051

의자

다리의 개수와 개체의 고등성은 반비례하나 봅니다. 지네 같은 다지류보다 소 같은 네 발 포유류가, 그리고 네 발 짐승보다 두 발의 영장류가 우월하다고 분류되니까요. 이런 관점이 형성된 배경은 다수의 발이 한 개의 머리를 바닥에 곤두박질치게 하는 다지류의 신체 구조가 마치 사람이 굴복하는 자세와 너무 닮았기 때문인 것 같습니다. 네 발 의자는 어떨까요? 무생물이지만 의자는 다리가 있습니다. 보행이 아닌 정착을 위한 보조 장치인 점이 생물체의 다리와 다르지요. 의자는 깔고 앉는 이의 신분을 보장합니다. 의자에 엉덩이를 놓는 착석자의 체중을 의자 다리가 대신 지탱해 줍니다. 고위직의 의자일수록 단순 착석의 기능을 넘어 '안락'까지 제공합니다. 의자의 남다른 상징성 때문에 의자는 더러 '자리'라는 용어로 대체됩니다. '자리를 빼앗겼다'느니 '의자를 꿰찼다'느니 하는 말은 권력 투쟁의 결과를 표현하는 말입니다. 그러나 일상에서 목격되는 가장 치열한 의자(자리) 싸움은 지하철 빈 좌석을 둘러싼 쟁탈전입니다. 본디 삶의 치열함은 사소한 것에서 나오니까요.

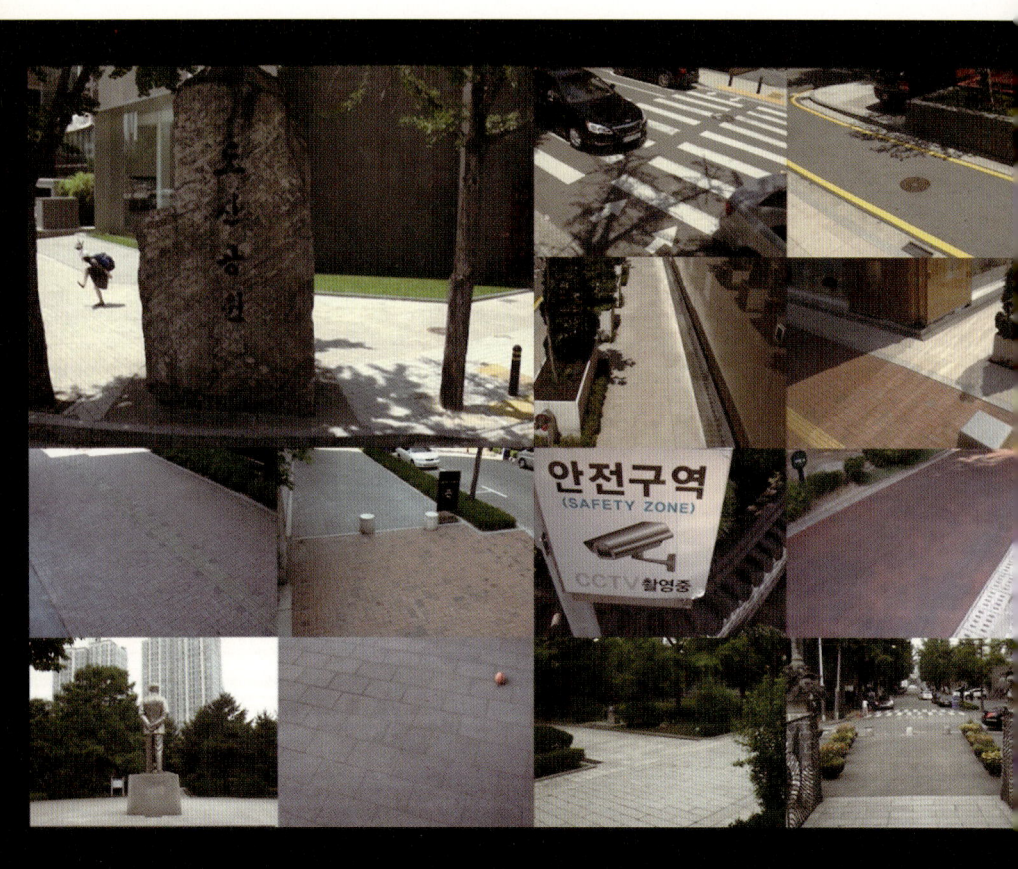

양아치, 「밝은 비둘기 현숙 씨, CCTV 시선」(스틸컷), 2010

052

CCTV

폐쇄회로텔레비전CCTV이라는 난해한 명칭부터가 '무인 감시'라는 이 녀석의 비밀스러운 직무를 숨기려는 의도가 배어 있는 것 같아요. HD와 3D를 논하는 오늘날 CCTV의 존재감은 가히 불가사의합니다. 고정된 장소만 지루하게 보여 주는 화각, 화면에 잡힌 문자를 간신히 식별할 정도의 저해상도. 진즉에 퇴출된 로테크lowtech의 산물이지요. CCTV 앞에만 서면 '저도 모르게 단정해지는' 몸가짐은 인권침해 논란으로 확전되기 일쑤입니다. 그러나 이 같은 폄훼와 질타를 한방에 날려 버리는 CCTV의 공로는 큽니다. 그 녀석이 전대미문의 민완형사거든요. 세상을 뒤흔든 초대형 사건의 유력 용의자는 예외 없이 CCTV가 검거합니다. 24시간, 무교대로 근무하며 공권력이 잠든 시간에도 전과를 올리지요. 그렇지만 이 '혜안'을 지닌 민완형사가 포상휴가를 받았다거나 부당노동에 반발해 동맹파업을 했단 풍문은 들은 바 없습니다. 대형참사에 따른 책임자 문책조차 CCTV 증설이라는 대책을 내놓으면 어물쩍 면죄부를 주곤 합니다. 공동체가 그만큼 녀석의 업무 수행을 호의적으로 평가한단 뜻이겠죠. 더 나아가 CCTV는 인간 육안의 위상과 용도가 재조정 중인 현실도 보여 줍니다. 실세계를 응시하던 인류의 눈은 모니터를 판독하는 방향으로 진화하고 있으니까요. 사람들은 미술관에 걸린 명화를 디카 액정에 담기 바쁘고 휴대전화로 전송된 동영상 뉴스를 열심히 시청합니다. 영상물의 객관성을 신뢰하는 거죠. 솔직한 얘기로 기계가 인간보다 거짓말을 훨씬 덜하긴 하죠.

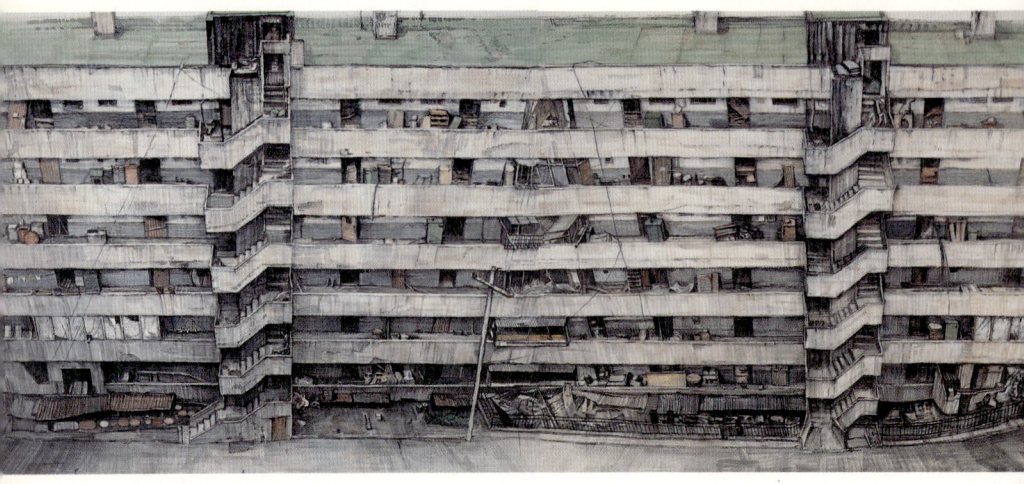

정재호, 「청운동 기념비」, 2004

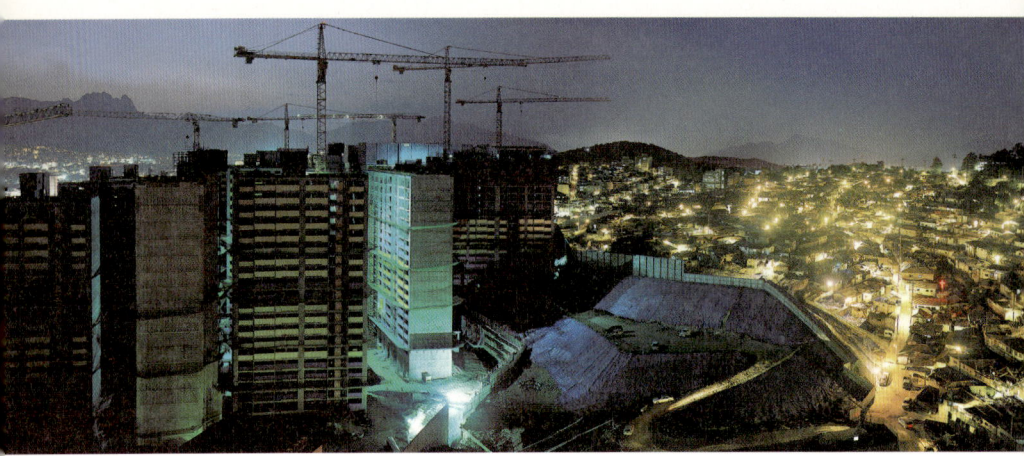

안세권, 「서울 뉴타운 풍경, 월곡동 파노라마」, 2005

아파트가 한국의 흔한 주거환경이 된 만큼 아파트를 작품의 소재로 다룬 예술가는 많습니다. 정재호의 동양화가 철거에 내몰린 재래식 아파트라면, 안세권의 사진은 달동네를 밀어버리고 들어서는 현시대 고층 아파트입니다. 낡은 아파트 단지가 새 아파트 단지로 대체되는 것이 한국 주거문화의 보편적 풍경입니다.

053

아파트

현대사회가 낳은 매머드급 변태 생명체, 바로 아파트입니다. 거목들이 열대우림의 군집을 형성한 중앙아프리카처럼 한국 사회는 키 높은 인공나무-아파트가 모여 단지를 이룹니다. 그 자체로 생태계에 버금가는 유기성을 띱니다. 더구나 아파트 각층의 규격화된 입주 구조가 나무를 구성하는 작은 세포에 빗댈 만하고 (컴퓨터 애니메이션으로 재현된) 하늘로 솟구치는 현대적 아파트의 동영상은 거목의 생장을 고속 재현한 것처럼 보입니다. 하지만 아파트를 다층 살림집의 한 형태로 순진하게 규정하기엔 어려움이 있어요. 아파트는 겉과 속이 다른 생명체입니다. 겉으론 주거가 존재 이유인 양하면서 속내는 시세차익을 노린 욕망의 소굴이거든요. 아파트의 이중성은 두 가지만 살펴도 금세 알 수 있지요. 모델하우스와 유명 인사를 모델로 내세운 신문광고를 봅시다. 영국식 정원을 배경으로 환상의 섬처럼 우뚝 솟은 모델하우스 모형과 '삶의 높이'를 올리자고 부추기는 광고들. 분양 직후 건설사와 입주자 사이의 흔한 분쟁은 아파트의 표리부동을 반증합니다. 아파트 분쟁을 매번 겪으면서도 시행착오가 반복되는 까닭은 입주 예정자의 집단 함구 탓입니다. 어마어마한 거짓말 담합에서 완전히 자유롭긴 어렵지요. 더러 들려오는 고층 아파트 추락사고 보도도 빼놓을 수 없습니다. '쿵'하며 떨어지는 둔탁하고 불길한 충격음. 구성원 전체가 아파트 중독자가 되어 가는 이 사회에 대한 경고음으로 해석하렵니다.

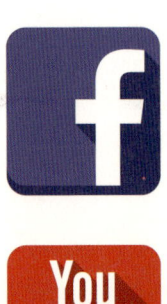
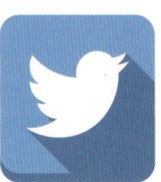
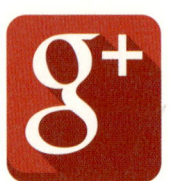
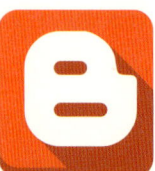
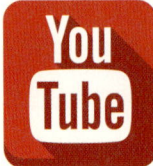

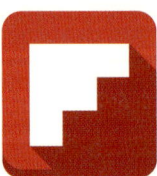
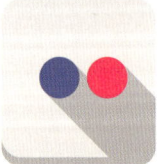

054

블로그/SNS

블로그는 '월세 없는 원룸'입니다. 프로필, 사진첩, 게시판, 다이어리, 방명록…… 하는 식으로 온라인 원룸 내부의 구성까지 기성 블로그 서비스가 전부 짜 줍니다. 흡사 현실 공간의 거실, 욕실, 주방, 발코니, 침실……처럼 말이죠. 부모 자식이 한 공간을 쓰는 한국의 주거 문화에서 원룸은 유혹입니다. 사생활을 보장하니까요. 마이크로 블로그라 불리는 SNS까지 가세해 원룸의 수도 한층 증가했지요. 일반인의 블로그/SNS는 연예인 화보를 방불케 할 정도로 자기 셀카로 채워집니다. 자기애에 치우친 대부분의 블로그/SNS가 내실이 있을 리가 없지요. 포스팅 아래 달린 주변 반응이 'ㅋㅋㅋㅋㅋ'와 'ㅎㅎㅎㅎ'로 채워지는 까닭도 상당수의 블로그/SNS가 생산적인 공간이라기보단 배설 공간이란 의미지요. 유아론에 빠진 블로그/SNS는 누구에게도 간섭받지 않는 현실의 원룸을 온라인으로 옮겨 온 것에 불과합니다. 블로그/SNS는 '공개된 사생활'의 온상이며, 비밀스러운 프라이버시까지 자청해서 고백하게 만드는 마술의 방입니다. 경험자로서 당부하자면 자료 수집한답시고 남의 글 스크랩으로 자기 블로그/SNS를 채우진 마세요. 퍼온 글을 또 살펴보는 일은 없습니다. 스크랩으로 도배된 블로그/SNS는 사용자의 수준까지 까발립니다. 하늘은 스스로 돕는 자를 돕는다잖아요.

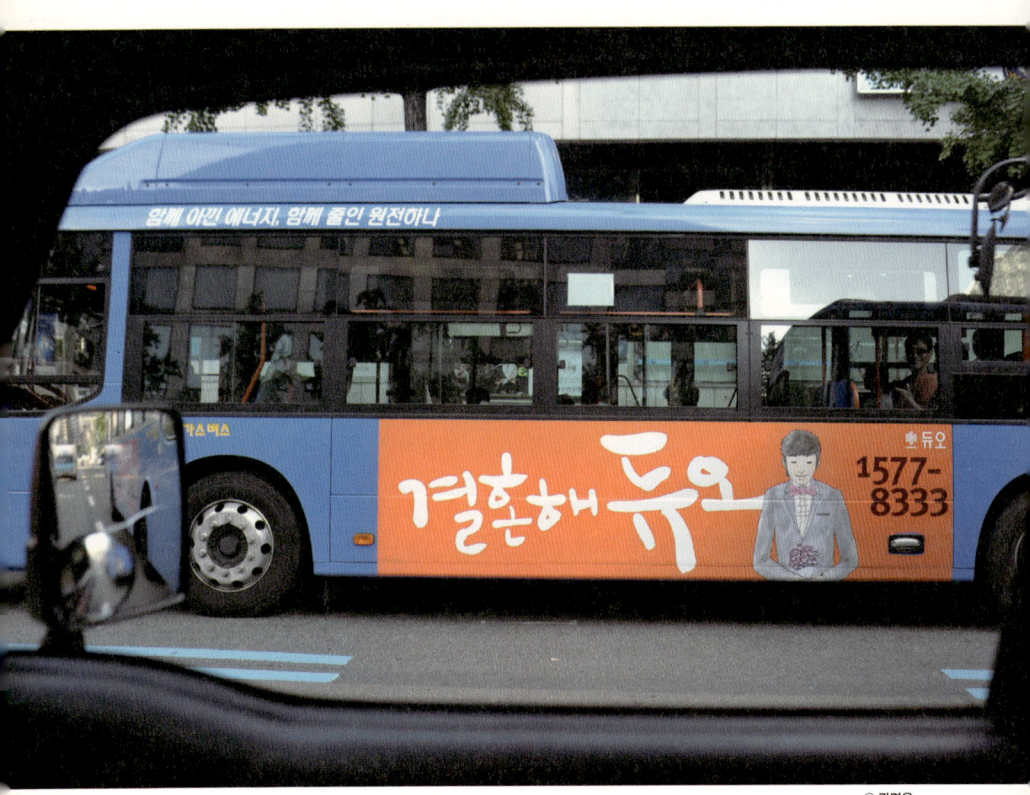

함께 아낀 에너지, 함께 줄인 원전하나

결혼해 듀오

듀오
1577-
8333

ⓒ 곽명우

055

버스 옆구리 광고

18세기에 인쇄된 노예 전단지에는 '검둥이 염가 판매'라는 문구가 뻔뻔히 기재되었답니다. 21세기의 견지로는 입이 다물어지지 않는 최악의 몰상식으로 보일 겁니다. 재화를 폭넓게 유통시키려는 욕망은 후기자본주의의 얼굴마담, 즉 광고를 창조했습니다. 오죽하며 어느 진보 사상가는 이런 세상을 빗대어 '스펙터클의 사회'라 일컬었겠습니까. 영화의 개봉 소식이 도심을 종횡으로 오가며 홍보된 지는 제법 오래되었습니다. 주행 중인 시내버스의 차체에 붙은 홍보물은 버스 노선표를 능가하는 크기입니다. 이동식 유세 차량이 된 버스는 자신의 옆구리에 붙은 여백에 영화, 신용카드, 사설 학원, 패밀리 레스토랑에 이르기까지 온갖 물 좋은 삶을 권장하는 장사치들의 수다를 허용하지요. 볼거리를 최고 가치로 인정하는 세상은 운송수단의 빈 옆구리도 예외로 두지 않는 거지요. 시내 곳곳으로 발품 파는 버스의 동선이 꽤 높은 홍보 효과를 갖는 모양입니다. 더러 재작년 개봉한 영화를 옆구리에 붙인 '철없는 버스'가 눈에 밟히곤 하지만, 그 정도는 '복고풍 스펙터클'의 환기로 눈감아 주면 되거든요.

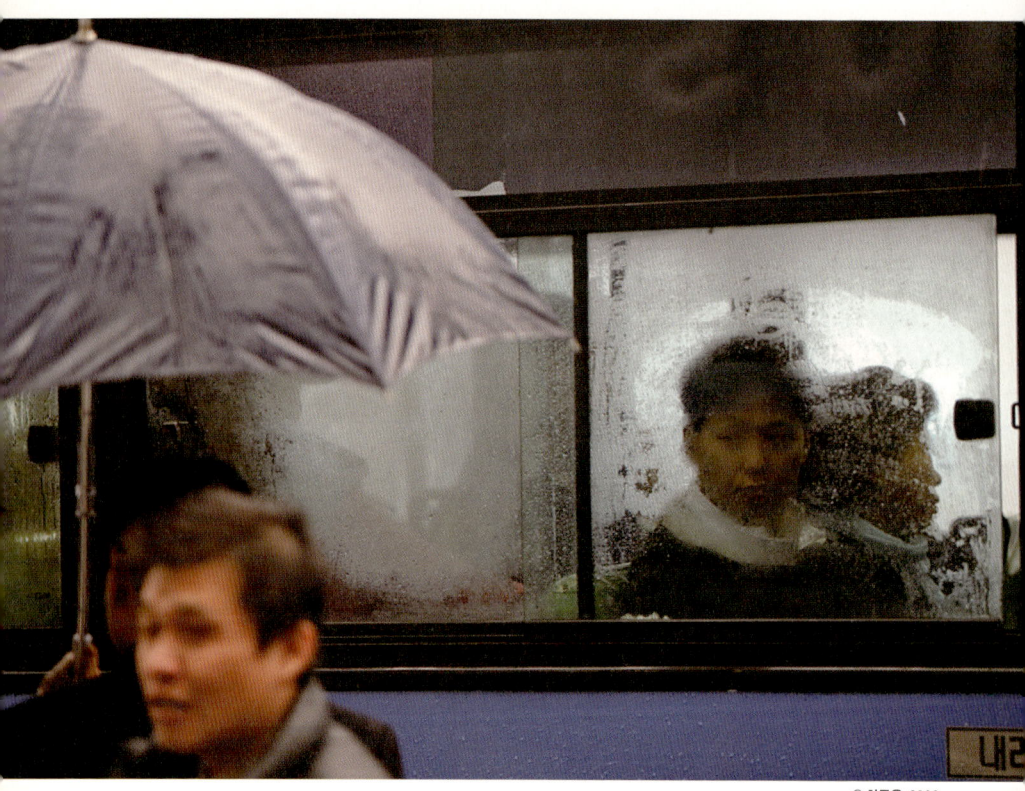

056

우중탑승

버스 탑승객의 인품을 분류하는 나의 별난 기준. 차창을 완강하게 닫는 쪽과 집요하게 여는 쪽. 관찰 결과 둘의 비율은 8 대 2쯤 되지 싶네요. 닫는 쪽이 단연 우세하죠. 그 이유는 배기가스 자욱한 바깥공기가 미세먼지로 집결한 버스 안보다 해로울 거라는 막연한 믿음 탓이 커 보입니다. 고작 가랑비가 내리는 날씨여도 20퍼센트 지분의 소수파는 주변의 싸늘한 시선을 의식해선지 보일 듯 말 듯 창을 열어 '저항'합니다. 그깟 빗방울에 훼손될 의복이 뭐가 있겠습니까마는 우중탑승객에게 '클로스 더 윈도 플리스Close the window, please'는 엄격한 불문율이 되었습니다. 요금을 지불한 이상 '버스라는 캐비닛' 안에서 삼엄한 보호를 받겠다는 심사가 작용하나 봅니다. "단 하나의 빗방울도 맞지 않으리!"같은 결연한 다짐 말이에요. 그러나 바깥공기의 유입이 차단된 버스 내부가 과연 쾌적할지 두고두고 생각해 봐야 해요. 러시아워로 발 디딜 틈 없는 차 안, 쏟아지는 빗물로 이미 불쾌지수를 끌어올린 축축한 습도, 거기에 출처 불문의 방귀까지 발사되면 이건 차라리 아우슈비츠 현장 체험이 되죠. 그러니 차창 좀 시원하게 열어젖히자고요.

ps. 솔직히 고백하면 버스 창을 닫는 쪽과 여는 쪽의 8 대 2 비율을 이념적 성향과 연계시켜 생각하게 됩니다. 다시 그 비율은 '극단적 보수 대 중도 우파 대 진보'의 3 대 5 대 2로 배분될 것 같거든요.(물론 창문을 여는 2를 진보로 본 결과.)

공간 읽기

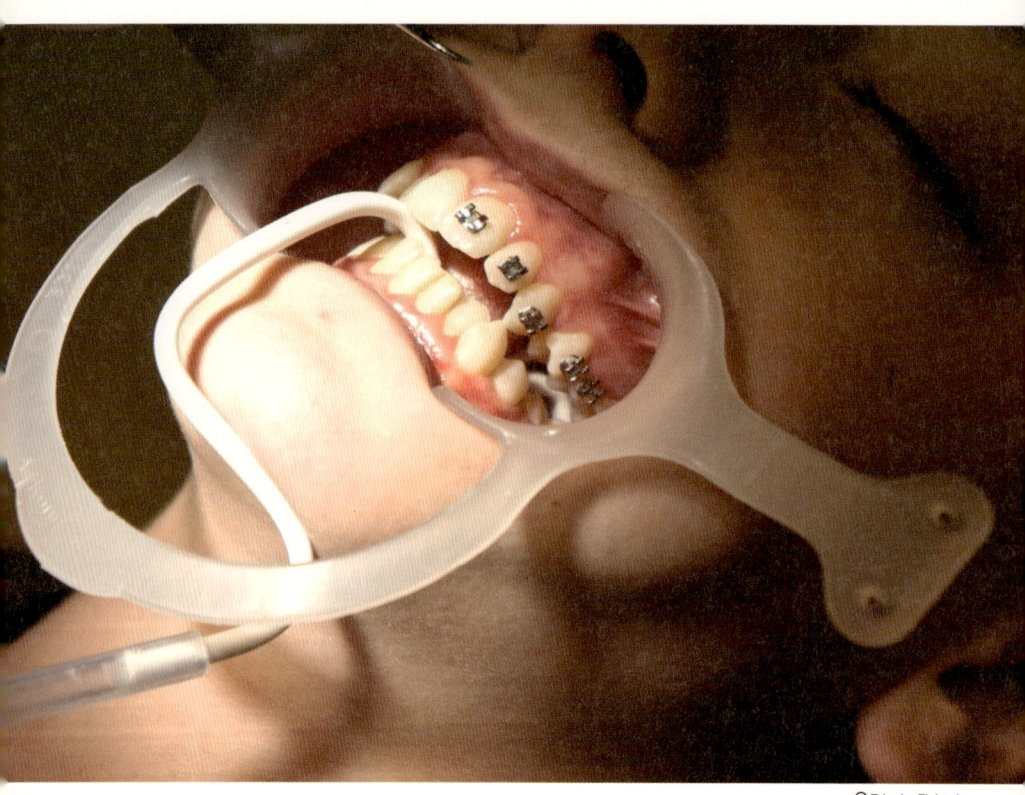

057

치과

치과 내원은 딜레마의 연속입니다. (이가) 아프다, (시술은) 겁난다, (치료비도) 부담이다. 치아와 취식 간의 불가분성 탓에 피할 수 없는 병원, 치과! 치과공포증은 시술의 전 과정에 내장된 지속적인 오감 위협으로 설명됩니다. 통증 제거용 마취주사마저 공포의 상징이지만 국소 마취된 환부가 통증을 일으킬 순 없습니다. 감각이 사라졌는데 아플 턱이 있나요. 그럼에도 공포는 감각과 함께합니다. 환부가 잠든 사이 하필 입 주변에 모여 살던 감각 오총사의 수난극이 시작됩니다. 가지런히 도열된 금속의 치료 도구를 바라보고 (시각) 드릴 소리에 떨고 (청각) 소독약 냄새에 노출되며 (후각) 때론 그걸 삼켜야 하고 (미각) 구강을 헤집는 금속성을 느낍니다 (촉각). 치과공포증을 완화시키려는 병원 측의 노력도 보입니다. 클래식 음악, 아로마 향, 급기야 영화 상영을 하는 병원도 있다는군요. 이 모두가 결국 오감의 긴장을 분산시키려는 전략이지요. 하지만 공포란 종래 치과가 심어준 무시무시한 총체적 감각 공포 기억에서 비롯하는지라 치과공포 딜레마는 21세기 이후로도 계속될 전망입니다.

'공간'에 대한 긴 댓글

공주님과 왕자님을 위하여

"기억이 없다. 러브호텔이 아니라, 무슨 성城인줄 알고 들어갔다."

풍차를 거인으로 오인하고, 시골 여관을 성으로 착각한 나머지 여관 안주인을 성주로 모시는 천방지축 기사 돈키호테의 말을 옮긴 게 아닙니다. 2006년 유부남과의 불륜 장면이 발각되자 일본 여배우 스기타 가오루가 긴급 기자 회견장에서 내놓은 해명이죠. 터무니없는 변명이지만 중세의 성과 현대의 러브호텔은 닮은 구석이 많습니다. 외관도 닮았지만 외적의 침입을 방어하는 성의 기능이 외부의 간섭을 피해 정사를 나누는 러브호텔의 기능과 닮았죠.

성곽, 궁궐, 대성당 등 구시대 건축 양식을 도입한 또 다른 건물로 웨딩홀이 있습니다. 서구 건축 양식을 줏대 없이 혼성모방한 러브호텔과 웨딩홀은 도심의 대표적인 흉물이 됐지요. 상트바실리 브라제누이 대성당(1561)의 러시아 정교 양식을 따라 양파 모양 돔과 소용돌이치는 색채 따위의 장식이 네모반듯한 본관 건물 위에 올라앉은 형식은 영 부조화합니다. 라스베이거스의 룩소르 호텔처럼 고대 이집트의 피라미드 모형을 갖다 쓰는 경우도 있죠. 이처럼 극성맞은 외관은 비밀스러운 정사를 앞둔 연인의 무절제한 욕정과 닮은 것 같기도 하고요.

러브호텔이 구시대 건축물과 닮은 점은 더 있습니다. 비밀스러운 지정학적 위치. 러브호텔은 지리적으로 인적 드문 곳에 둥지를 틀죠. 독일 네카 강변의 하이델베르크 성처럼 러브호텔은 고속도로 상행선을 따라

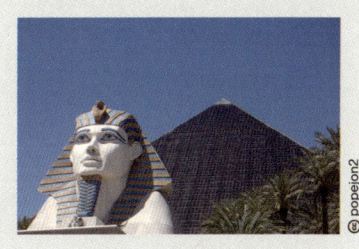

라스베이거스의 룩소르 호텔

도심 외곽에 별천지인 양 도열해 있기 마련입니다. 독일 노이슈반슈타인의 성주였던 루트비히 2세는 작곡가 바그너에게 보낸 편지에서 자신의 거처를 '성배의 성'이라 칭하면서 "아무나 접근할 수 없는 곳"이라고 특권적 고립을 오히려 자랑했다니까요. 도심과 교외 여기저기에 보급된 현대판 구중심처도 예전과 다름없는 수요가 만든 결과겠지요.

지난 시절 궁궐의 의례와 법도는 과했습니다. 중국의 마지막 황제 푸이가 "수많은 의식을 통해 중압감에 시달렸다"고 토로했을 정도죠. 엄숙한 행렬과 위계질서가 웅장한 궁궐의 빈 공간을 꽉 채웠으니까요. 궁궐의 의례와 위계가 사라지자 궁궐의 용도는 변경의 수순을 밟습니다. 루브르 궁은 루이 14세가 거처를 베르사유로 옮긴 후 중앙 예술박물관이 되어 오늘에 이르렀죠. 물론 베르사유 궁전도 후일 관광 명승지로 개조되었고요.

진골 왕족의 혼례는 어떨까요? 17세기 개축된 고풍스러운 대성당에서 거행된 왕족의 신성한 혼례를 전 세계가 지켜본 적이 있습니다. 1981년 세인트폴 대성당에서 거행된 영국 황태자 찰스와 다이애나 스펜서 사이의 혼례는 '세기의 결혼식'으로 추앙되었는데, 이 특별한 혼례를 기념하는 주화는 바다 건너 한국의 백화점에서도 판매되었지요. 마차에 실려 대성당으로 이동하는 다이애나와 성대하고 지루한 식전이 전 세계 텔레비전으로 송출되었습니다. 복잡한 전통 통과의례의 집행은 그것이 "과거로부터 영속되어 내려온 것을 가정하여, 현재의 권리를 확대 방어"하

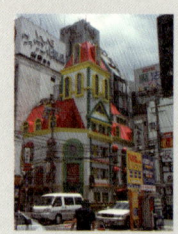

오사카의 러브호텔

는 목적을 갖습니다. 번거롭게 고안된 의례 복합체는 천부인권의 시대에
도 낡은 특권을 보장받습니다. 전통은 과거의 계승이 아니라 현재의 필
요에 따라 유지되니까요. 전 세계의 축복을 받은 1981년 찰스와 다이애
나의 혼례는 이내 파경을 맞았고 결혼식 날 입은 다이애나의 9000파운
드짜리 웨딩드레스는 일장춘몽의 징표가 되었지요.

　한국에서 러브호텔의 위상은 (2009년 기준으로) 찻집 수보다 많아, 성인
천 명 당 하나 꼴이랍니다. 러브호텔의 원조는 일본의 라부호테루ラブホテ
ル인데, 연간 자금회전율이 무려 4조 엔(2008년 기준)으로 일본 아니메(애니
메이션) 시장의 두 배 규모입니다. 현금 장사인 러브호텔의 은행 연체율에
따라 경기지표를 판단할 만큼 '불륜경제'는 무시할 수 없는 시장이지요.
최근 러브호텔은 왕궁과 성곽의 구시대적 외형을 탈피하고 군더더기 없
는 오피스텔형으로 옮겨 가는 추세랍니다. 그러나 키치 코드마저 포기하
진 않죠. 일본 영화 「조제, 호랑이, 그리고 물고기들」(2003)에서 연인이 사
용하는 조개껍질 모양 침실은 극성맞은 키치 취향이지만 연인의 순수한
낭만을 부각하는 데 안성맞춤입니다. 키치는 이래서 사라지질 않죠.

　러브호텔은 침실과 욕실에 전력투구를 합니다. 이용자의 말초신경
을 배려한 설계죠. 집으로 치면 본가가 아닌 별채에 집중하는 겁니다. 현
대적 러브호텔의 원조는 로코코 시대까지 거슬러 올라갑니다. 로코코
의 신사들은 사택 밖에서 사랑을 나눌 작은 집La petite maison을 지어 그
들의 이중생활을 보장받았습니다.

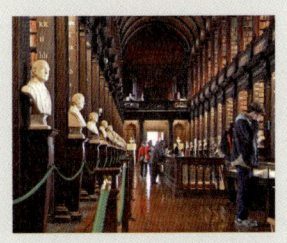

트리니티 대학 도서관

서책 스펙터클

오스트리아 국립도서관의 열람실 내부는 대리석 조각과 고풍스럽고 드높은 천장 때문에 분위기가 삼엄합니다. 궁륭 천장 밑 복도 좌우로 층층이 쌓인 서가가 인상적인 트리니티 대학 도서관은 황실의 실내를 닮았죠. 옥스퍼드 래드클리프 카메라 도서관의 원형 서가도 고위 인사들을 위한 연회장 같습니다. 클로스터노이부르크 수도원 도서관의 실내는 고대 로마 신들을 모신 판테온의 천장을 닮았고요. 서구의 유서 깊은 도서관 내부에는 대리석 조각상과 지구본이 기품 있게 들어서 있는데 천장은 눈속임 회화로 장식되어 신성한 예배당처럼 보입니다. 도서관은 변화를 기대하기 어려운 공간이죠. 한철을 풍미한 지혜들이 기록된 고서들은 서열상 상석을 차지합니다. 도서관은 개방된 지혜의 수장고이면서도, 다른 한편 외적을 막는 성채의 이미지도 갖고 있습니다. 켜켜이 쌓인 책들이 줄지어 선 서가는 일종의 성벽이죠. 국가 간 분쟁이나 내전에서 적진을 제압하는 가장 야만적 방법은 상대의 책을 불사르는 분서焚書입니다. 쌓아올린 지혜를 소각하면 결국 공동체마저 공멸하니까요.

　　개인 서가는 공공 도서관의 미니어처 격인데 개인 서가를 배경으로 한 손에 책을 쥔 인물의 바스트샷은 가장 친숙한 학자의 프로필 도상입니다. 토머스 게인즈버러Thomas Gainsborough가 그린 「앤드류스 부부의 초상」(1748~1749)과 동일한 효과를 주죠. 왜냐하면 그림을 의뢰한 로버트 앤드류스는 자기 소유의 대지가 그림에 반영되길 원했거든요. 그림은 오

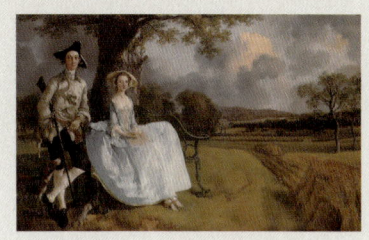

게인즈버러, 「앤드류스 부부의
초상」, 1748~1749

른 팔과 허리 사이에 엽총을 느슨하게 찬 사내가 자연 풍광을 배경으로
아내와 사냥개를 데리고 선 모습을 보여 줍니다. 이 그림은 엽총 든 사내
가 뒤로 펼쳐진 대지와 여성과 개의 소유자임을 증언하는 징표입니다.

견고한 도서관의 위용도 변화의 흐름을 거스르진 못합니다. 20세기
벽두에 도서관 파괴를 주장한 과격분자의 선언문이 있었죠. 1909년 필
리포 마리네티Filippo Tommaso Marinetti가 작성한 '미래주의 선언서'는 박
물관과 더불어 도서관을 "헐어 버리고 불 태워야 할" 퇴물로 지목합니
다. 미래주의자의 선동에도 끄떡없던 도서관이 오늘날 결국 변모하고 있
어요. 세계 최대 규모의 도서 본문 검색 서비스를 제공하는 구글은 향후
전 세계의 모든 책을 전산화하겠다는 야심을 품고 있답니다. 지식의 요
새 도서관이 과거의 외형을 유지한 채 영예를 지키긴 어려울 겁니다.

활자는 텍스트 파일화되었고 지면은 모니터에 자리를 내줬지만 여전
히 낡은 성채를 고집하는 중고서점의 위상은 건재한 것 같습니다. 사실
도서관도 전부 헌책을 보유하고 있으니 웅장한 중고서점인 셈이죠. 도쿄
진보초 역에 위치한 간다 중고서점 거리에 줄지어 선 서점들은 마치 성벽
처럼 보입니다. 이 헌책의 성벽이 존속하는 이유 중 하나는 이곳이 '여행
명소'이기 때문입니다. 지혜보단 이국적 볼거리를 얻기 위해 여행자들은
이곳을 찾습니다.

아파트 공화국

한국 아파트 문화를 서술한 연구서는 흥미롭게도 한국인이 아니라 프랑스 지리학자 발레리 줄레조Valrérie Gelézeau에 의해 집필되었습니다. 아파트를 볼품없는 건축미와 '도시 폭력'의 대명사로 이해한 서구인의 시선으론 아파트를 이상적 주거환경으로 추앙하는 한국인을 납득하기 어려웠던 모양입니다.

주상복합 초고층 아파트의 성주들이 확보한 넓은 조망권은 첨탑에서 영지를 내려다보던 중세 영주의 시선을 반복합니다. 초고층 아파트 난간에서 테니스 코트며 아파트 부대시설과 학교 운동장 따위를 아찔한 각도로 '내려 보며' 유년을 보낸 아이가 그런 경험을 하지 못한 아이와 동일한 인생의 노정을 걷긴 어려울 겁니다.

이런 추세라면 세계 최고층 인공 건조물 부르즈 할리파(828미터)를 추월하는 초고층 아파트 단지가 한국에 생기지 말란 법도 없죠.(부르즈 할리파의 건설사는 도곡동 타워팰리스를 지은 삼성물산입니다.)

시세 차액을 노려 청약경쟁에 뛰어든 자들에게 성주의 품위를 기대할 순 없지만 한국의 아파트 이름은 궁궐(팰리스) 아니면 성(캐슬)이어서, 결국 현대판 성주를 모집하는 거지요.

4

―

섹스 섹스 섹스

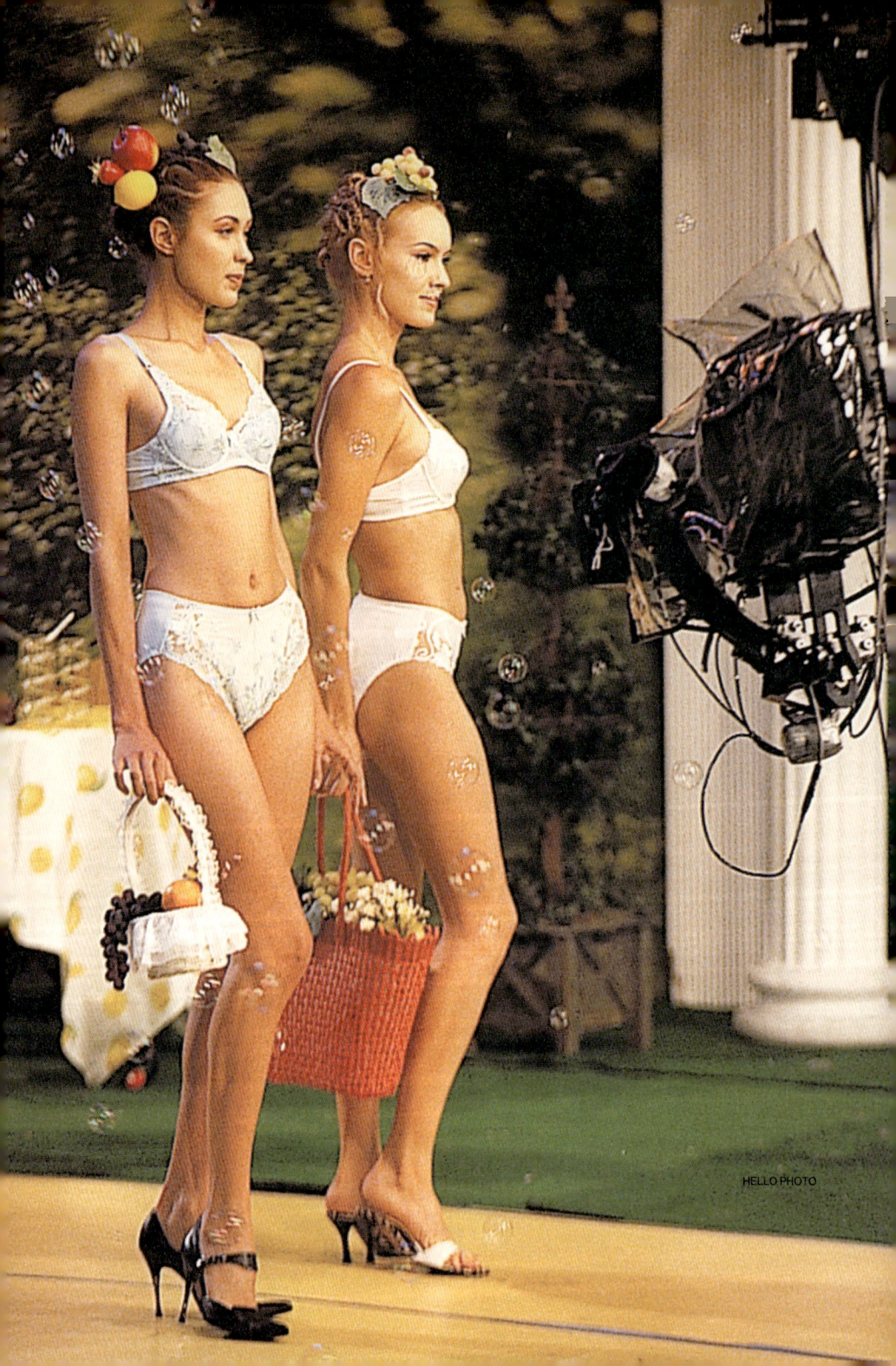

058

홈쇼핑 란제리 선전

'이 기회를 놓치면 평생 후회할' 홈쇼핑 품목 중 여성 속옷은 선정적인 판촉으로 차별화를 꾀합니다. 일개 내의를 불후의 명작으로 상찬하는 쇼핑호스트의 장황한 호들갑도 단 두 개의 용어로 환원됩니다. '볼륨'과 '자부심'이죠. 볼륨은 구체적이고 자부심은 추상적이지만 광고 방송은 정반대로 표현합니다. '아찔한 볼륨의 저중심 브라' 또는 '진정한 자부심을 입어 달라'는 식이죠. 재밌는 건 주 소비층이 여성일 수밖에 없는 란제리 선전의 주 시청자는 아마 남성일 거라는 추측입니다. 방송 시간대도 '뼈와 살이 타는' 심야에 주로 편성되는 걸로 보아 도열한 9등신 러시아 여성 모델에게 현혹된 동양인 남성의 쌈짓돈을 노린 전략이 아닌가 싶어요. 판타지란 자고로 깨지라고 존재해 왔잖아요? 조명도 무대도 없이 벌건 대낮에 배송 온 제품을 착용한 커플이 마주한 현실은 어떨까요? 서양 모델이 착용한 가터벨트를 6등신 체형에 입힌들 동일한 효과가 발생하진 않습니다. 이 같은 낭패가 반복되지만 여전히 새벽은 란제리 모델이 남성 고객을 맞는 진홍색 시간입니다.

섹스 섹스 섹스

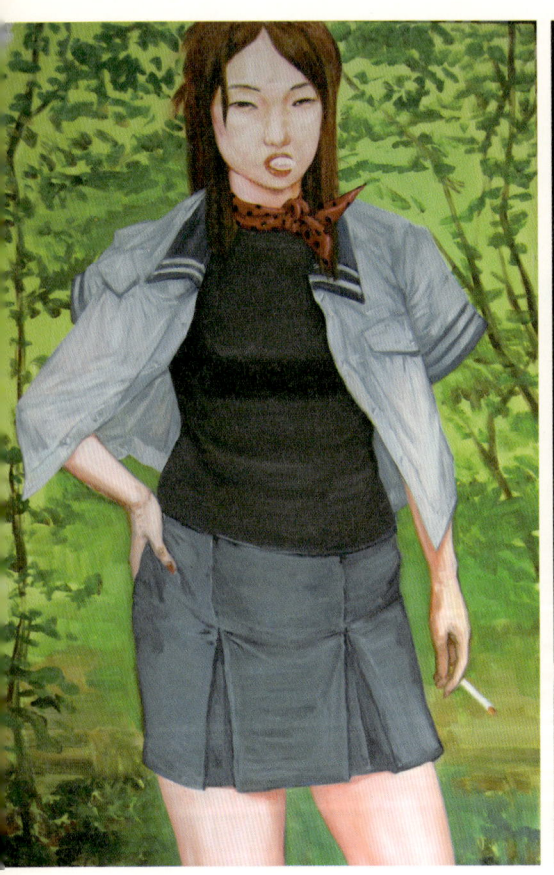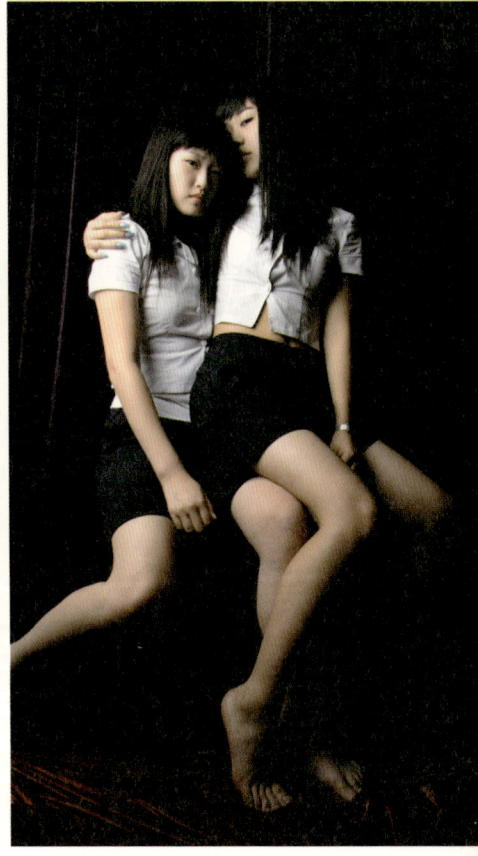

최경태, 「바블껌 프린세스」, 2003(왼쪽)
인효진, 「High School Lovers-Violet #02」, 2007(오른쪽)

교내에선 학생들의 인체를 단속하는 규율로, 교외에선 선정적인 코드로 호출되는 게
교복입니다. 교복의 괴상한 양면성 때문에 무수한 미술가들이 교복을 주제로 다뤘지
요. 그중에 퍽 화제가 된 두 예술가의 작품을 소개합니다.

154

059

여고생 교복

고삐 풀린 사춘기의 예측불허를 감시하려고 고안한 합법적 구속이 교복입니다. 교복의 착의는 통제권 진입, 탈의는 통제권 이탈의 기호입니다. '신성한' 졸업식 날 동병상련 3년지기에게 가해지는 무자비한 폭행은 교복이 견제와 감시의 충견임을 방증하는 해프닝일 겁니다. 교복은 착용 당사자보다 이와 무관한 구경꾼과 더 자주 연루되어 온 괴이한 의상입니다. 간호사, 치어걸과 함께 유혹의 삼종 세트이자 그 가운데 으뜸인 스쿨걸! 성년 여가수의 섹스어필이 시험되는 제일 높은 단계도 교복 소화 능력입니다. 체크무늬 주름치마, 루즈 삭스, 거기에 단화는 기본 옵션. 안대眼帶를 착용한다면 전 세계 아저씨의 코스튬 판타지는 총궐기합니다. '노팬티 세일러복을 입은 유명 스타'로 도널드 덕이 지목되는 썰렁한 농담도 있었지요. 풍기문란의 손쉬운 단속이자 금기된 욕정의 공공연한 소비 대상. 스쿨걸은 이렇게 양면성을 지닙니다. 넘실대는 욕망의 강물을 비좁은 윤리의 찻잔에 담은 아슬아슬한 광경을 여고생 교복에서 보게 됩니다.

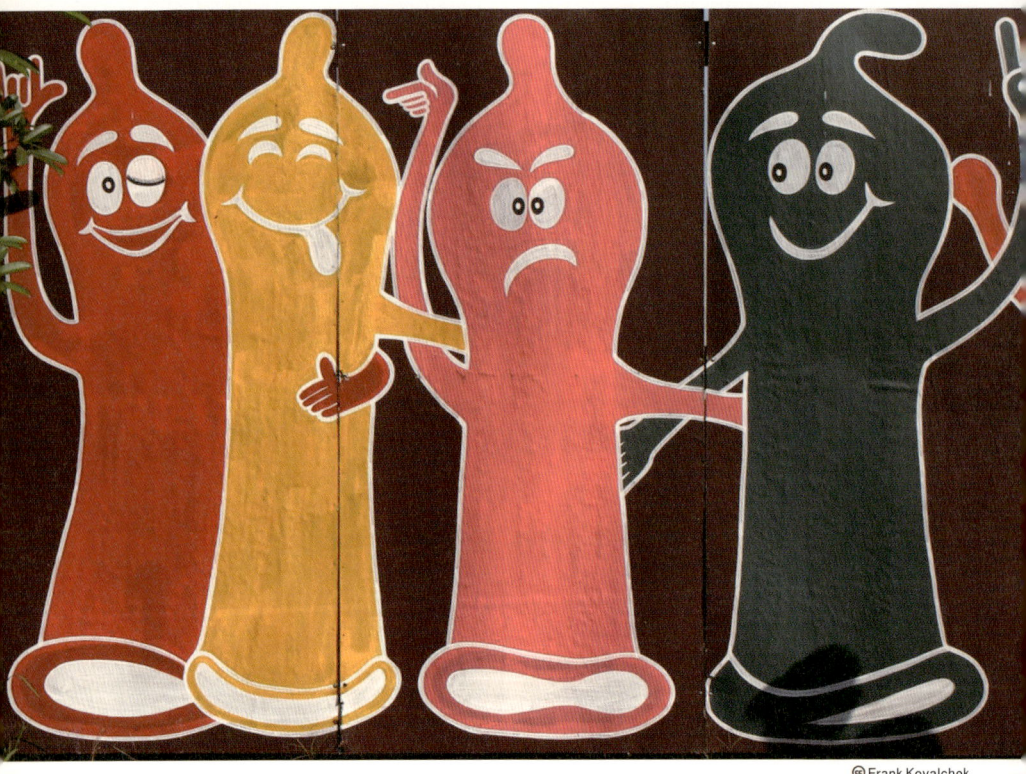

콘돔 사용을 권장하는 태국의 벽화.

© Frank Kovalchek

060

콘돔

불과 0.02밀리의 초박막의 차단 효과는 가공할 만합니다. 연인의 살과 살 사이를 가로막는 이 얄팍한 고무막의 착용 여부에 따라 생살여탈권이 오락가락하니까요. 이유인즉 미착용은 생명의 잉태와 최악의 경우 감염에 의한 사망을 초래하니까요. 수십여 피임법이 전래되는 가운데 안전성 90퍼센트를 자랑하는 이 녀석은 보건 위생 자체와 동격으로 취급될 만큼 유능합니다. 물론 막중한 역할에 비해 남성기를 고스란히 빼닮은 외관이 민망하지요. 한데 공인된 신용도와 국가적 홍보에도 불구하고 미착용을 고집하는 내막은 무얼까요. 비록 일순간일망정 맨살이 맞닿는 절정의 최면 효과가 죽음과도 맞바꿀 만하다고 육감이 증언하기 때문일 겁니다. 오르가슴의 순간에 "죽을 거 같다"처럼 맘에도 없는 신음을 내뱉는 건 근거가 있을 겁니다. 그래서 이 녀석의 물리적 질감을 최소화하려는 판촉 방식(가령 '민감하다skinless' 따위의 선전 문구)도 맨살의 촉감에 호소하려는 걸 테지요. 밸런타인데이에 폭증한다는 녀석의 판매량! 어린이날에 극성맞게 자식 호강시키는 부모 혹은 어버이날에 어색한 효도 상품을 배송하는 자식의 태도와 다를 게 뭡니까? 평소 '자주' 하자고요. 녀석의 명칭이 뭐지는 굳이 거론 않겠습니다. 미묘한 발음 실수로 갖은 수모를 당한 콘도와 콘도르여~.

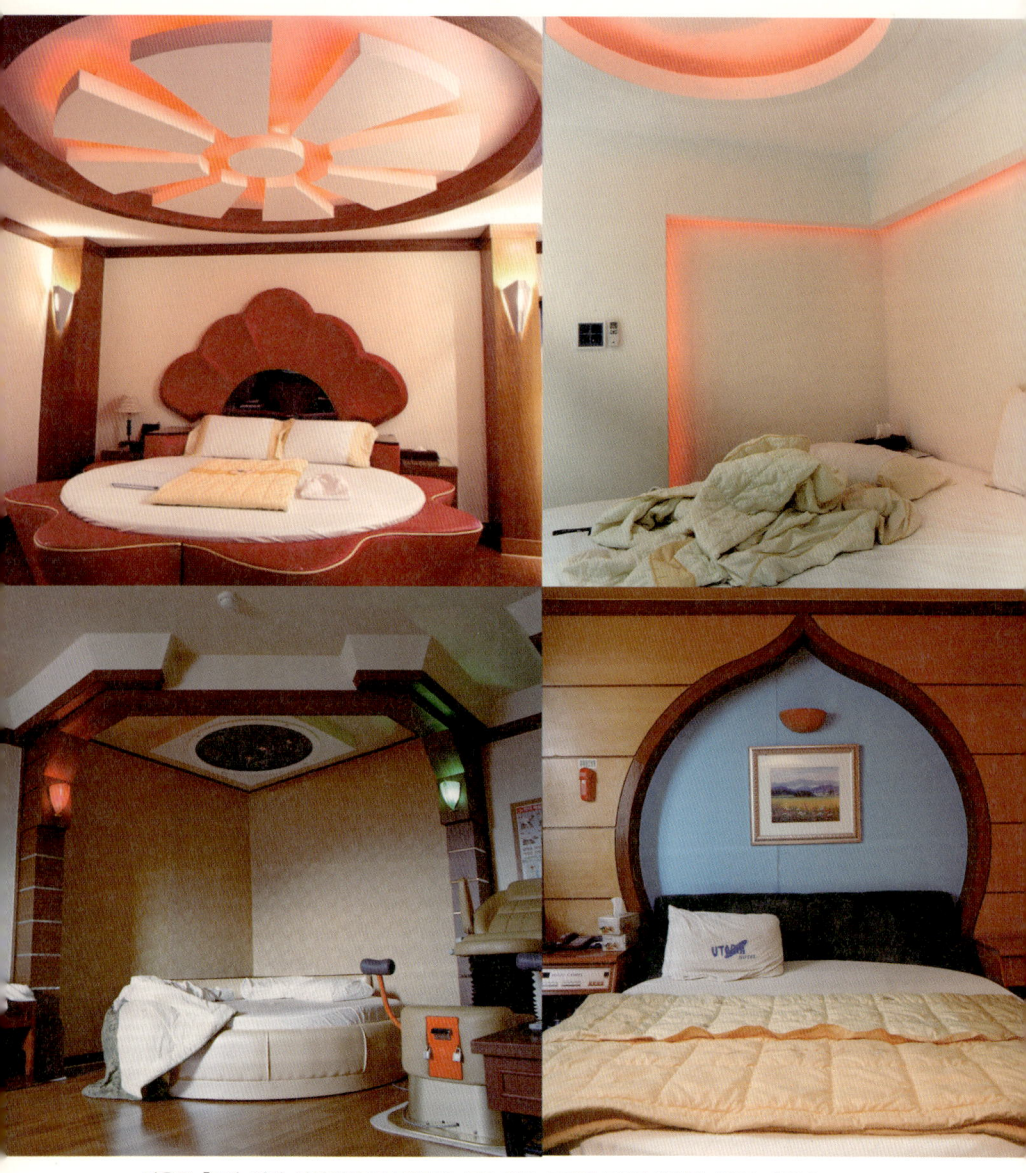

이은종, 「모텔」 연작, 시계 방향으로 압구정, 선릉, 일산, 부평의 모텔을 찍었다. 2001~2004

061

모텔 내부

시선을 사로잡는 궁궐 같은 외관을 마다하고 앞문보다 쪽문이 선호되는 거기. 저렴하다고 할 수 없는 대금을 지불하고도 카운터 직원과 눈 마주치기를 마다하는 거기. 수면 분량에 따라 대실과 숙박으로 구분해 합리적인 가격 책정을 지향한 거기. 과연 건물의 용도가 숙박인지라 전기보다 수도 요금이 높게 나오는 거기. 장담할 수 없는 위생과 청결을 역설적이게도 순백 일색의 침구류로 보상받는 거기. 수십 수백 등짝이 맞닿았을 시트에서 체취는 고사하고 표백제 냄새가 진동하는 거기. 소기의 목적(취침!) 달성이 안겨 준 허탈감과 밀려드는 숙박비 본전 생각에 제공받은 자양강장 드링크 서너 종을 죄다 마시며 타지도 않는 목을 축이는 거기. 등 뒤로 들려오는 직원의 환송 인사 "안녕히 가세요"마저 무시하고 황급히 자리를 떠야 안도되는 거기.

한숨 눈 부치러 가는 거기가 어쩌다 이렇듯 불편부당한 대접을 받는 공간이 된 겁니까? 어쨌건 대한민국은 구성원의 수면 부족과 그걸 달래 주는 '거기'로 포화 상태가 된 나라입니다.

섹스 섹스 섹스

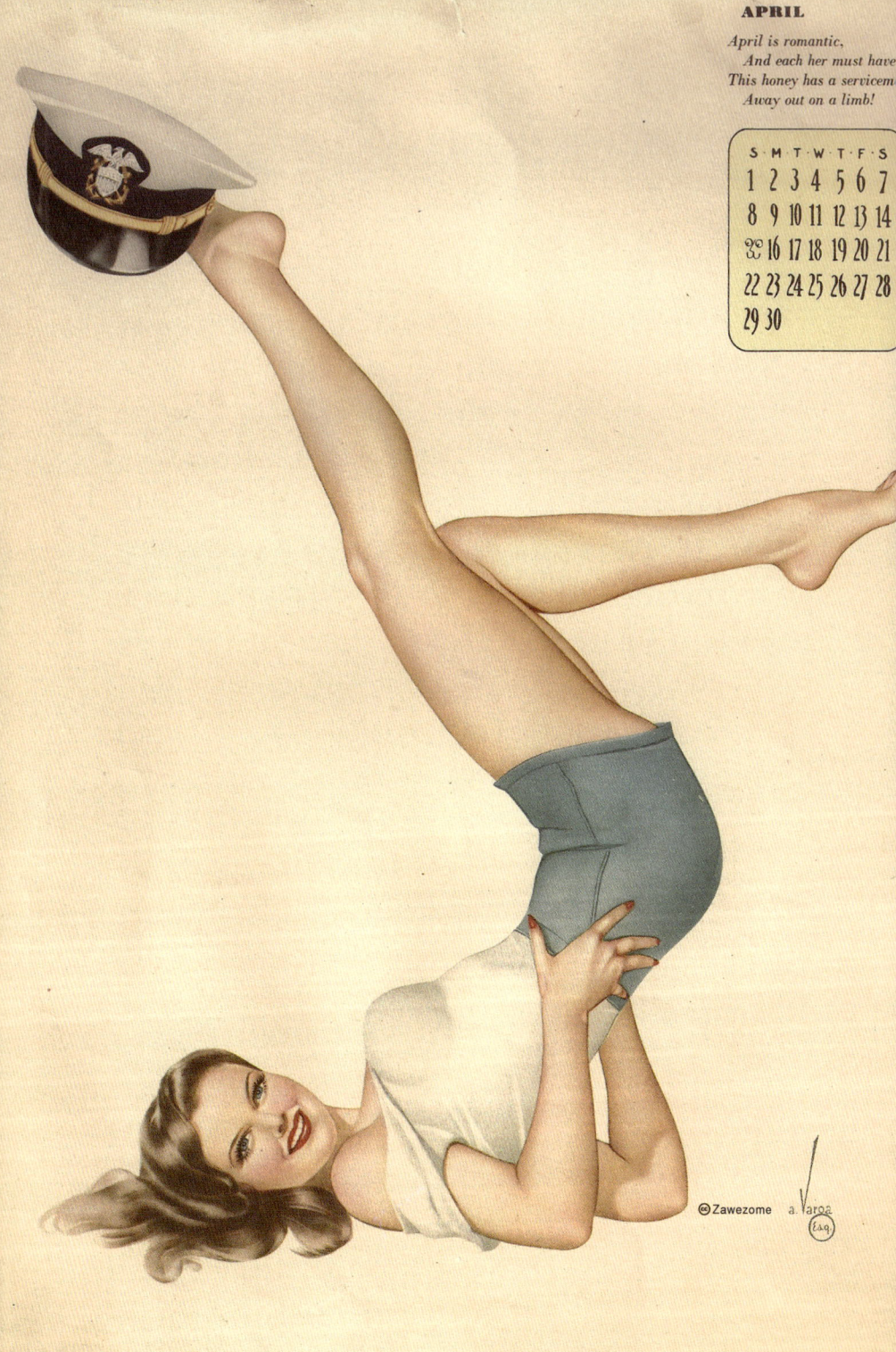

April is romantic,
  And each her must have
This honey has a servicem
  Away out on a limb!

S	M	T	W	T	F	S
1	2	3	4	5	6	7
8	9	10	11	12	13	14
☾	16	17	18	19	20	21
22	23	24	25	26	27	28
29	30					

©Zawezome   a. Varga

062

핀업걸

핀업pin-up의 시조가 된 40년대 리타 헤이워드와 50년대 베티 페이지는 본디지(결박)를 포함한 섹스 어필을 총동원해서 핀업의 모범 답안을 제시했습니다. 2차 대전 중 병사의 사기 진작을 위해 고안된 '벽보형 자위 기구'의 성능은 오늘날까지도 유효합니다. 벽 위에 큼지막한 여체만 덩그러니 매달아 놓기가 무안했던지 깨알 만한 숫자를 박아 소기의 '달력'으로 탈바꿈하여 당당히 품질경쟁에 임하기도 하니까요. 풍만한 종이 글래머의 호객 행위는 다분히 남성 기호적이라 자동차 용품 매장에선 신상품 엔진오일 교체를 사주고 선술집에선 주객의 엉덩이에 납덩이를 달아 몇 시간이고 붙잡아 둡니다. 핀업의 효험은 '부재하지만 존재하는 듯'으로 정리됩니다. 일테면 성인용 자린고비라 할 만 합니다. 천장에 매달린 조기를 응시해 미각을 보상받는 자린고비의 저렴한 마법은 접촉을 허하지 않고도 욕망을 달래는 브로마이드 비키니의 실체 없는 미인계와 일맥상통합니다. 선술집 고용주가 이 다부진 무급 여사원을 마다하지 않는 까닭입니다.

◀ 1940년대 핀업걸 캘린더

섹스 섹스 섹스

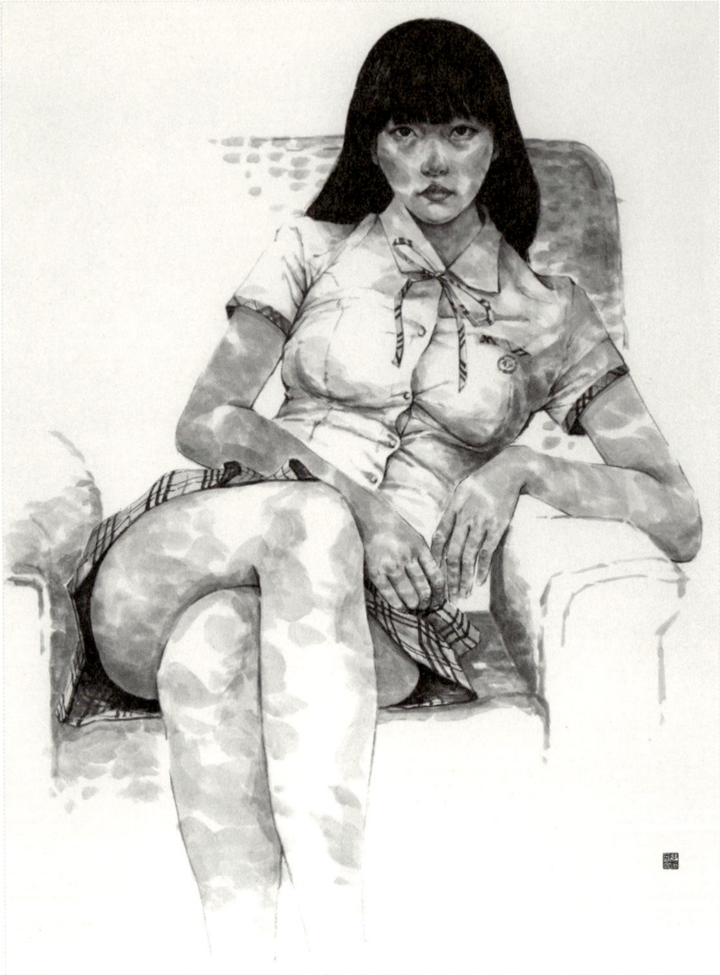

신영훈, 「재생 금지No Replay」, 2012

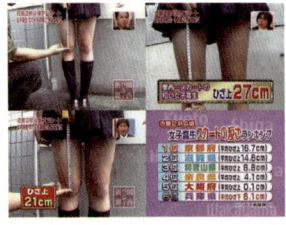

수년 전 일본 예능방송은 과감하게 거리에서 여학생의 치마 길이를 측정하는 기획을 내보냈습니다. 퍽 선정적인 기획물이지만 이젠 남의 나라 얘기가 아닙니다. 한국 여학생의 차츰 짧아지는 치마 길이는 이웃나라를 능가하는 수준에 이르렀습니다. 학업 스트레스와 치마 길이가 반비례한 결과겠지요.

063

미니스커트

피복의 가림 기능을 자진 포기하고 착용자의 신체 노출을 극대화한, 일
테면 의복 희생의 극단적 결과물이 미니스커트입니다. 단순히 '미니'라
줄여 부르니 명칭조차 희생시킨 셈이지요. 미니의 자격 조건은 '무릎 위
20센티'라는 까다로운 측량 기준으로 판단됩니다. 커트라인의 상한선마
저 '오버'한 초미니에게는 민망하기 짝이 없는 '똥꼬 치마'란 별칭이 붙기
도 합니다. 까다로운 이 의복의 착용은 세 요건을 전제합니다. 용기, 결단
력 그리고 서구적 체형입니다. 1967년 가수 윤복희가 국내에 처음 도입
한 미니는 앞의 두 조건은 충족했지만 체형 조건까지 통과한 건 아닙니
다(솔직히). 하여 용기와 결단력만 겸비한 동아시아의 숱한 6등신들이 대
동단결해서 미니를 남용했으니 결과적으로 미니에게 몹쓸 짓을 한 꼴이
지요. '예쁘다'와 '섹시하다'는 필시 상이한 어원과 뜻을 갖지만 남성적
언어문화에서 두 용어는 한 치도 다를 바 없는 동의어로 통합니다. 특히
미니 착용 여부에 따라 둘은 완전히 포개집니다. "요새 젊은 것들은 어쩜
저리도 예쁜 게냐!"는 탄성과 질시는 '신세대의 체형'이 능숙하게 미니를
소화하는 능력을 향해 있습니다. 미니스커트! 부피도 작은 것이 많은 걸
진술합니다.

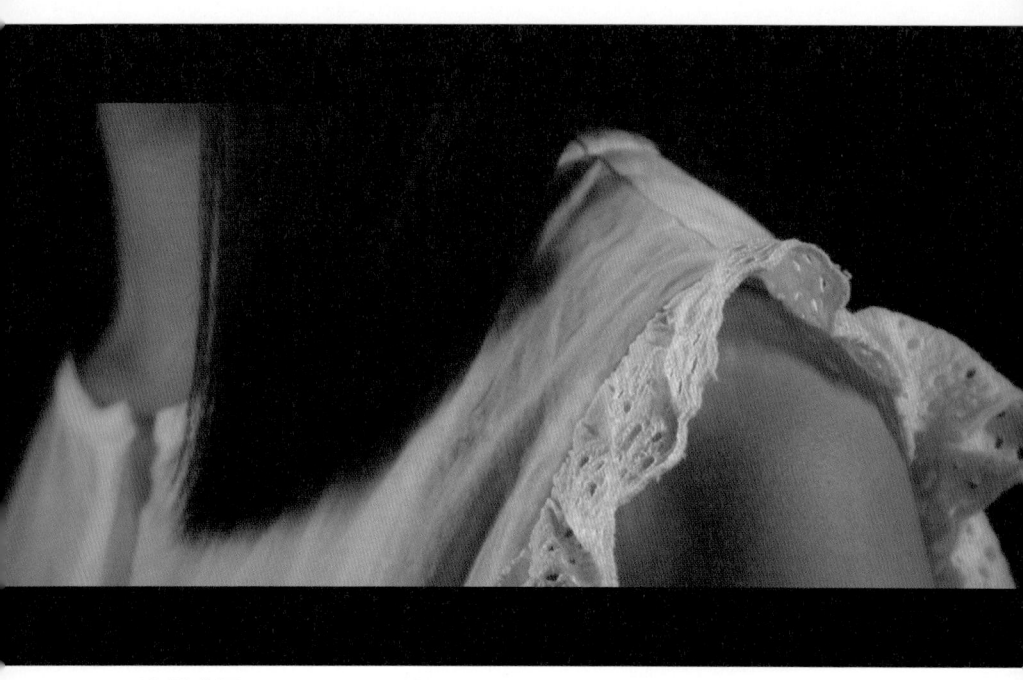

박지혜, 「미궁Labyrinthos」(스틸컷), 2013

064

레이스

레이스는 전적으로 여성의 것입니다. 순백, 꽃무늬, 리본 매듭, 비침, 문양, 이 모두 여성적 징표를 위해 복무해 온 레이스의 구성 요소입니다. 망사 재질의 투과성 위로 아로새긴 꽃무늬는 동일 패턴을 기계적으로 반복합니다. 레이스의 목적은 스스로를 뽐내는 게 절반, 보일 듯 말 듯 가린 속살에 주목시키는 게 다른 절반이지요. 때문에 레이스의 이중 과제가 가장 노골적으로 수행된 예로 나이트가운과 여성 란제리가 떠오릅니다. 그러나 레이스의 기세는 더러 겉옷으로 연장되기도 합니다. 시선을 사로잡는 효과는 겉옷에 포인트로 달라붙은 레이스의 몫이지요. 조건 반사적으로 란제리를 연상시키는 레이스는 메가톤급 섹스 어필을 탑재합니다. 속살을 감추듯 드러낸 양면성이야말로 레이스로부터 눈을 못 떼게 만드는 요인입니다. 레이스의 본령은 속살에 대한 관음증을 노골적으로 자극하되, 짐짓 꽃무늬 장식인 양 내숭 떠는 것입니다. 남성은 레이스를 통해 여성의 요염미를 감상하려 합니다. 그렇다면 레이스가 남성을 위해 고안된 건가요? 다시 처음부터. 레이스는 전적으로 남성의 것입니다.

섹스 섹스 섹스

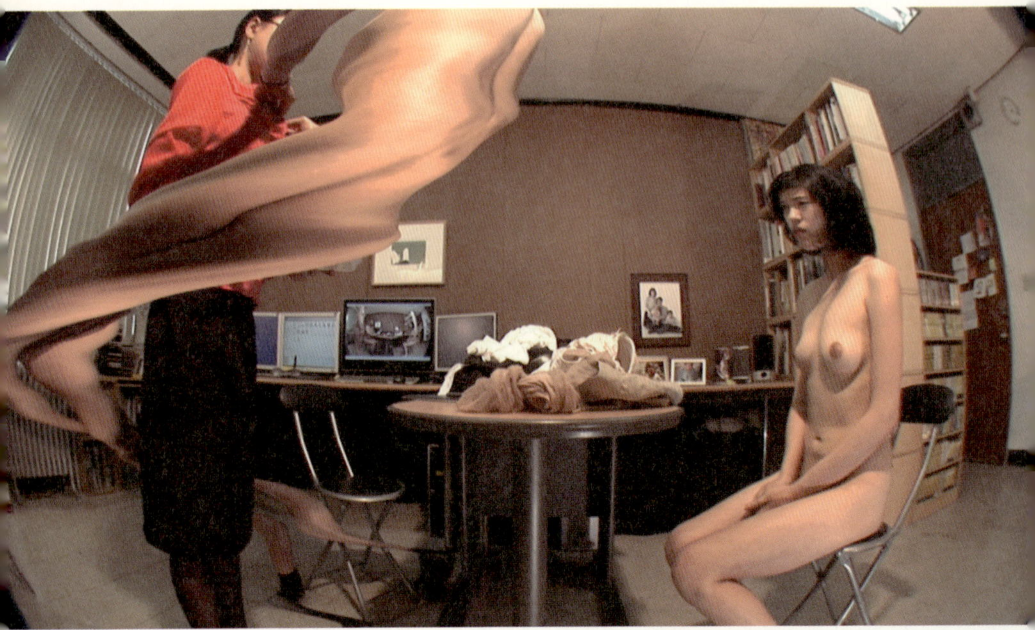

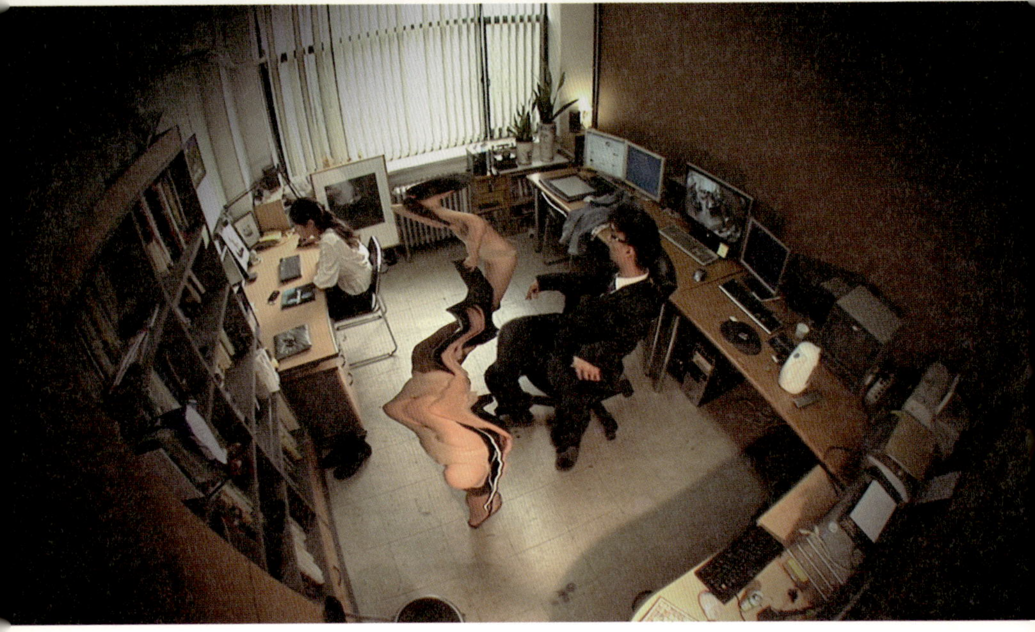

166

065

(남)교수와 여대생

교수와 여대생은 흡인력 강한 도상icon입니다. 두 단어의 조합으로부터 그저 '교육 서비스가 전제된' 사제 관계를 연상했다면 그건 정상인의 이해와는 거리가 무척 멀지요. 세간에서 이 둘의 결합은 '위계의 역학이 작용한' 사장과 여비서, 주인집 아저씨와 식모, 영화감독과 여배우 등 동종의 섹스 판타지에 포함됩니다. 또 교사와 여고생의 상위 버전이자 결정판쯤 되지요. 발육 좋은 여고생을 상품화하며 눈칫밥 먹자니 켕기는 업자들에게, 19금 경계선을 갓 넘어 성적 자기결정권을 지닌 여대생은 쉬운 말로 갖다 쓰기 편한 신상품입니다. 게다가 교수와 여대생은 일단 프리미엄을 먹고 들어가는 형편 아니던가요. 이들이 대학 구성원이라는 사실만으로도 지성(미)를 갖다 붙이고 싶은 세간의 정서를 이용할 수 있거든요. 이야말로 고학력 한국 사회가 연루된 국민 사기극이랄까요. 대학생의 머리를 두드려 본 이는 압니다. 그 속은 공명음이 울릴 만큼 텅텅 비어 있다는 사실을. 지성미는 무슨 개뿔.

ps. 한국의 연극판은 알몸 연극 「교수와 여제자」로 여전히 화제입니다. 무대 위로 남성 관객이 들이닥쳐 벌거벗은 여배우를 껴안은 소동도 있었다지요. 여배우 알몸을 객석에서 몰래 촬영한 중년이 붙잡히기노 했습니다. 일기 문화게 소동으 로 축소하기엔 교수와 여대생은 사회문제로 비화될 만큼 비중이 큰 도상이 되었답니다.

◀ 한계륜, 「누드의 민망함에 관한 연구 – 교수와 여대생」(스틸컷), 2007~2008

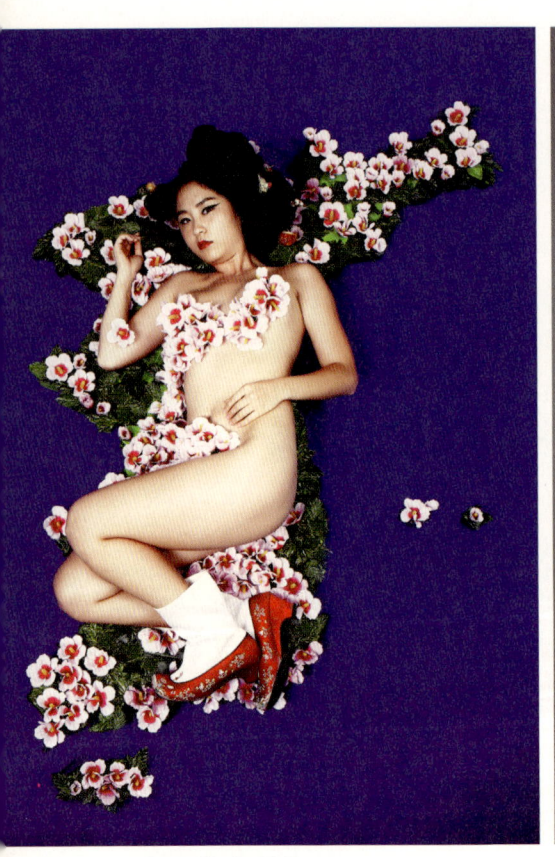
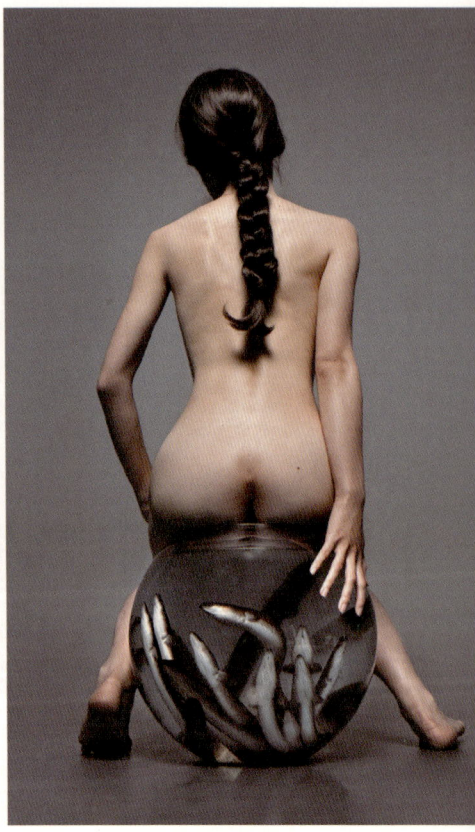

유쥬쥬, 「논개」, 2010(왼쪽)
장지아, 「앉아 있는 어린 소녀」, 2009(오른쪽)

066

누드

누드는 곡선, 양감, 비율 따위를 선명하게 드러내서 인체미의 최대치를 구현한 결과물입니다. 미용의 욕구는 인체를 명품 의류로 도배시키지만, 이런 저간의 사정과는 정반대의 전략이 누드입니다. 아무튼 알몸의 효과는 금세 가시화됩니다. 한물간 여성 연예인의 복귀 신고는 흔히 누드 화보집 출간이지요. '몸값'은 걸침이 없는 '생몸'일 때 최고치입니다. 해서 몸값이 꼭짓점을 찍고 하강곡선을 탈 때 조급한 연예인은 카메라 앞에서 알몸을 드러냅니다. 어디 이 뿐인가요. 보여 줄 것도 아니면서 생색내는 경우가 훨씬 수두룩하죠. 포털 사이트에 걸리는 뉴스 제목을 살피죠. '누드' '옷 벗겨' '알몸' '속 비쳐' '전라 노출'. 이 솔깃한 낚싯밥이 매달리면 누리꾼들은 이미 충분히 속고도 다시 한 번 속아 주러 뉴스를 클릭합니다. 누드 앞에서 학습효과란 거의 무의미하니까요. 나체주의자는 문명 이전에 벌거벗은 인류의 순수함을 정치적으로 지향하는 사람입니다. 한편 예술가는 누드의 미학적 가치를 추구하며 꾸준히 벗은 몸을 그립니다. 각기 다른 사유로 누드를 정당화하지요. 그렇지만 막상 까 보면 누드의 매혹은 전적으로 선정성으로 수렴됩니다. 단순화의 위험을 무릅쓰더라도 생물학적 조건반사는 누드를 설명하는 설득력 있는 해답입니다. 옆에 적힌 장황한 해설을 읽느니 누드를 다만 응시하고 싶어지니까요.

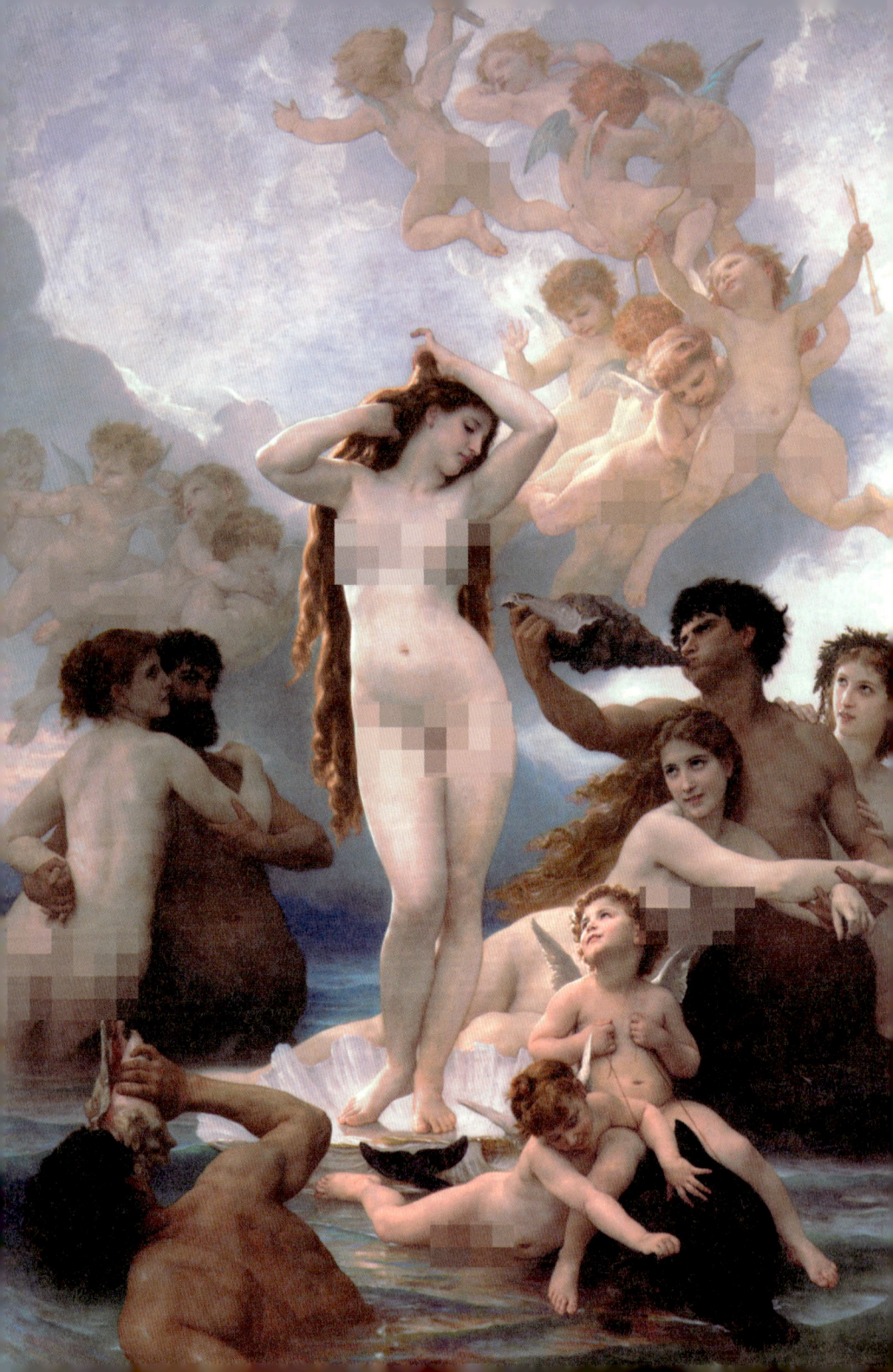

067

모자이크

모자이크는 독립된 색유리(또는 돌) 쪼가리들의 조합으로 구체적 형상을
만드는 장식 기술입니다. 기원전에서 유래를 찾는 유서 깊은 이 조형언
어는 노동 집약적 공동 작업의 산물이기도 합니다. 반면 현대에 회자되
는 모자이크란 컴퓨터용 편집 프로그램의 간단한 작동으로 단 몇 초만
에 제작되는데, 개별 단위pixel의 조합으로 구체적 형상을 도리어 은폐시
키는 검열 장치로 쓰입니다. 그래선지 원조 모자이크는 주로 예배당의 성
화聖畵 장식이, 현대의 모자이크는 성인물이 독점합니다. 검열을 뜻하는
일반명사인 오늘날의 모자이크는, 에로배우의 노출 부위와 신변 보호가
요망되는 제보자의 얼굴 위 그리고 구속된 정치인의 수갑을 가릴 목적으
로 동원됩니다. 화면에 떠다니는 네모 격자 바둑판 위로 관객의 해독 욕
망과 가리려는 자의 검열 의지가 대국을 벌입니다. '노모(No 모자이크)' 원
판 구입이 여의치 않은 평균치 인생은 해독 프로그램 수소문에 열 올리
지만, 한번 뒤집어쓴 모자이크는 해제 불가능이라는 전망이 우세하다지
요. 더구나 절망감을 더하는 건 '모자이크도 실눈 뜨면 살짝 보인다'는
간지러운 민간요법입니다.

◀윌리엄 아돌프 부게로의 「비너스의 탄생」(1879)에 모자이크 처리.

섹스 섹스 섹스

'성性'에 대한 긴 댓글

소유물처럼

프랑수아 부셰François Boucher가 1752년 그린 열네 살 소녀의 알몸 전신
화는 소파에 엎드린 소녀의 모습을 잡았기 때문에 관전 포인트인 가슴과
여성기를 모두 가렸지만, 지금 봐도 외설적입니다. 양다리를 벌린 아이의
장난기와 앳된 살결을 더욱 농염하게 포장하는 로코코식 장식은 고전주
의 누드화에선 볼 수 없는 퇴폐미가 있습니다. 그림에 등장하는 소녀는
프랑스 왕 루이 15세의 정부情婦 루이즈 오머피Marie-Louise O'Murphy입니
다. 왕은 총애하는 애첩의 가장 사랑스러운 순간을 박제된 새처럼 소유
하고 싶었을 겁니다. 명화집에 실린 왕의 정부 그림을 두고 외설물이라고
폄하하긴 어렵습니다. 그렇지만 외설이 아닌 근거도 희박하죠. 최소한 이
그림은 소유자의 욕망을 꾸준히 충족시킬 목적으로 제작되었다는 점에
서, 일반적인 외설 그림과 다르진 않거든요.

여성(파트너)의 알몸은 재생 도구의 발달사와 나란히해 왔습니다. 여
성 파트너는 그림이나 사진으로 소유물처럼 재현되었죠. 피에르 보나르
Pierre Bonnard의 그림 속에 자주 등장하는 애인 마그리트는 여러 컷의 누
드 사진까지 남아 있습니다. 사진이 희귀하던 시절에 애인의 알몸을 찍
은 거죠. 이 사진은 보나르의 유명한 욕녀bather 그림을 위한 참고자료 이
상의 의미가 있을 겁이다. 시간을 고정시키려는 욕망.

1983년 여성의 변사체를 둘러싸고 한국 사회가 발칵 뒤집힌 적이 있
습니다. 이 사건은 외신을 타고 해외에까지 보도되었죠. 1982년 겨울, 사

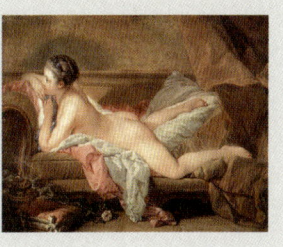

프랑수아 부셰,
「마리 루이즈 오머피의 초상」, 1752

진 촬영에 열중한 보일러 배관공 이동식은 "누드 배우로 대성시켜 주겠다"며 자신의 20대 내연녀에게 청산가리를 탄 감기약을 먹여, 고통 속에 죽어 가는 여인을 연속 촬영합니다. 세월이 지나도 이 사건은 쉽게 잊히질 않습니다. 범인이 자신의 범행을 예술을 위해서라고 믿었기에 그런 만행이 가능했겠죠. 한 일간지는 사진 일부를 지면에 소개해 독자의 관음증을 충족시켰습니다. 편집자는 사진 공개를 언론의 사명이라며 정당화했죠. 비운의 여성은 죽은 후에도 사진 속에 박제되었습니다. 다른 예술보다 강력한 사진의 위력은 이런 때 드러납니다.

세기의 바람둥이 돈 후앙Don Juan의 일대기를 담은 「돈 조반니」는 다 폰테가 리브레토를 쓴 모차르트 오페라 3부작 중 단연 최고입니다. 돈 조반니의 과도한 정복욕은 그의 하인 레포렐로가 작성한 명단으로 입증됩니다. 그 명단을 읊는 레포렐로의 아리아는 돈 조반니가 이탈리아에서 640명, 독일에서 231명, 프랑스에서 100명, 터키에서 91명, 스페인에서 1003명의 여성을 농락했다고 이야기하죠.

바기나 덴타타

"당신의 몸은 전쟁터다Your body is a battleground."는 서구 여성주의 운동사에서 가장 연륜 있는 캐치프레이즈입니다. 이 경구가 등장하는 미술가 바버라 크루거Barbara Kruger의 포스터 작품의 원래 용도는 낙태 옹호 집회를 알리는 선전지였답니다. 따라서 해석하기에 따라 문구에서 지칭된

섹스 섹스 섹스

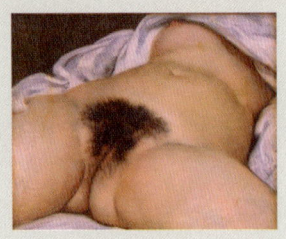

쿠르베, 「세상의 기원」, 1866

몸body은 출산/낙태가 이뤄지는 여성기로 읽힙니다. 전쟁은 여성기를 둘러싼 권리 투쟁이고요. 여성 인체의 최고 격전지는 이목구비가 모인 얼굴이 아니라 성기입니다. 여성기의 외관은 우연히도 숲이 우거진 계곡과 능선이 엉킨 실제 전쟁터를 닮았습니다. 성기 노출은 대다수 국가가 공식 법률로 규제합니다. 전쟁터가 노출되면 위험하다고 판단하는 모양이네요.

포르노그래피를 하드와 소프트로 나누는 경계선은 간단히 성기 노출 여부입니다. 귀스타브 쿠르베Gustave Courbet의 「세상의 기원」(1866)은 토르소 부위만 집중적으로 보여 줌으로써 고전 누드화보다는 포르노그래피의 문법에 근접해 있습니다. 오늘날 오르세 미술관 벽에 태연히 걸려 있지만 19세기 중반 그려진 이 문제작은 세기가 바뀔 때까지 미공개 상태였습니다. 「세상의 기원」은 천사, 여신 혹은 노예 따위로 명칭만 바꿔서 등장하는 여성 누드화의 계보로 볼 때 매우 특이한 존재입니다. 누드화의 존재 이유를 정면으로 응시했으니까요.

한낱 구경거리로 전락한 여성기에 자위권自衛權을 발동시킨 상상력이 '여성기 괴물' 바기나 덴타타vagina dentata입니다. 이빨 달린 여성기의 라틴어 '바기나 덴타타'는 생물학적으로 수세守勢의 형태인 여성기를 공세攻勢 형태로 바꾼 상상 속 여성기입니다. 허구적 상상이 만든 바기나 덴타타는, SF의 발명품인 우주괴물 프레데터와 흡사하죠.

바기나 덴타타는 인위적으로 제작되기도 합니다. 강간률 세계 최고

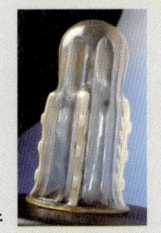
레이펙스

인 남아공에서 만들어진 강간 방지용품 레이펙스(Rapex, 후에 Rape-aXe로 개칭됨)는 질 안에 삽입하는 콘돔 모양으로, 안쪽에 갈퀴가 달려 삽입된 남성기를 꽉 물어 버립니다. 그걸 제거하려면 외과적 도움이 필요할 정도로 꽉 문다고 하네요.

바기나 덴타타는 민담과 설화에서 유래했지만 그것은 여성의 자위권 요구에 따른 인문학적 용어가 아니라 남성의 거세 공포 환상을 해설하는 정신분석의 용어입니다. 여성기는 남성의 응시에 따라 대상화되고 관리되어 왔습니다. 선배 여성주의자가 후배에게 그녀들의 성기를 거울로 직접 보고 그려 오라고 권하는 까닭도 여성이 정작 자신의 성기에 철저히 무지하기 때문이라고 합니다. 여성기의 구조를 소상히 아는 쪽은 언제나 '관심이 지대한' 남성이지 '그것의 주인인' 여성이 아니니까요.

거듭 여성기는 남성이 관리해 왔습니다. 미술사가 묘사한 여성기에는 체모가 없습니다. 체모를 유지한 여성기 그림은 현대에 와서 가능했죠. 존 러스킨John Ruskin의 '체모 경악 일화'는 남성의 환상이 만든 해프닝인데요. 사연인즉 이렇습니다. 미술 평론가 존 러스킨은 신혼 첫날밤 아내의 성기에 수북이 자란 체모를 보고 대경실색해서 달아났다고 전합니다. 체모가 말끔히 면도된 여성 누드만을 반복적으로 관람해 온 이 영국 신사에게, 털이 수북이 자란 여성기는 바기나 덴타타의 공포로 다가온 모양입니다.

섹스 섹스 섹스

난봉꾼의 유형학

신예가 난데없이 급부상하거나 한철 지난 스타가 꾸준히 배역을 얻으면 호사가들은 말을 만듭니다. 캐스팅 카우치casting couch는 배역을 미끼로 잠자리를 요구하는 것을 뜻하는데 연예계에선 전권을 쥔 감독이나 기획사 대표의 권한으로 암암리에 알려져 왔죠. 2009년 여배우 장자연이 자살하며 남긴 유서에도 '강요된 후원자'로 유력 언론사 사주, 연예 기획사 대표, 방송국 PD가 적혀 있었죠.

난봉꾼이 전부 같진 않습니다. 족보와 등급이 있죠. 리버틴libertine을 단순한 방탕아로 수렴할 순 없다는 얘기죠. 법률과 관습에 구애되지 않는 자유인이 바로 리버틴입니다. 전후戰後의 초현실주의자들은 선언문 초안에서 마르키 드 사드Marquis de Sade를 자유의 이상으로 간주했습니다. 사드가 쓴 『규방철학』에 등장하는 바람난 부인 생탕주는 자신과 놀아날 수 있는 자를 "신을 믿지 않는 인물"로 규정하기도 했죠.

유럽 전역을 돌며 여성을 농간하는 오입쟁이 돈 조반니는 종국에 죽은 기사장을 만나 최후를 맞죠. 그러나 이런 구태의연한 권선징악이 못마땅했던 걸까요? 2000년 아르농쿠르Nikolaus Harnoncourt가 지휘한 코벤트 가든 공연은, 원작과 달리 지옥불에서 되살아난 돈 조반니가 묘령의 여인과 희희덕대며 관객석을 내려다보는 것으로 마무리됩니다. 아르농쿠르는 후세에 영감을 준 돈 조반니를 리버틴으로 해석한 걸까요?

불륜은 윤리적 무능, 평판의 실추, 재산의 탕진 등 여러 자기파괴를 동반합니다. 그럼에도 불륜은 멈추지 않죠. "인간의 정신은 그 근본 뿌리를 성행위에서 찾을 수 있는데 그것은 마음의 평화를 앗아가는 결과를 낳는다. 그렇지만 인간은 그 행위를 바꾸고 싶어 하지 않는다." 예일대 외과학 교수 셔윈 널랜드Sherwin B. Nuland의 말입니다. 믿거나 말거나.

　　라스베이거스의 밀납인형 박물관 마담 터소Madame Tussauds에서는 당대 명사들을 등신대로 본뜬 인형들을 전시 중인데요. 이 중 리버틴의 인형이 있습니다. 백발이 성성하고 눈주름이 처진 80대의 노인, 성인 잡지《플레이보이》의 창업자 휴 헤프너Hugh Hefner입니다. 방문객 가운데 유독 젊은 여성 관객들이 헤프너 인형과 기념촬영을 하려 든다네요. 휴 헤프너는《플레이보이》2000년 1월호 인터뷰에서 "종교가 신화에 불과한 건 명백해요."라고 답했죠.

여성 가치, 남성 가치

남성이 '번식 가치'가 높은 젊고 예쁜 여성을 짝짓기 상대로 선호하는 반면, 여성은 신뢰할 수 있는 '안정된' 나이의 남성을 원합니다. 이는 모든 문화권에서 공통적으로 관찰되는 현상이며 남녀의 짝짓기 선호도에 대한 진화론 관점의 해설입니다. 토대야 다르지만 인간관계를 마케팅의 관점으로 재구성한 『32세, 남편을 찾아라』의 저자 레이첼 그린월드Rachel Greenwald도 '몸값 곡선이 하강하는' 32세 이전에 배우자를 찾으라고 여성에게 독려합니다. 한국 대중문화의 블루칩이 된 걸그룹(삼성경제연구소는

섹스 섹스 섹스

2009년 히트상품 7위로 '걸그룹'을 선정했습니다.)에서 팀의 막내는 고작 10대 중반이지만 농염미를 겸비한 후에야 가요 시장에 풀립니다.

상종가인 자신의 인체를 매물로 내놓는 영악한 소녀들이 해외 토픽에 더러 보도됩니다. 처녀성을 인터넷 경매에 올린 22세 미국 여대생 내털리 딜런Natalie Dylan과 그녀를 벤치마킹한 18세의 루마니아 소녀 앨리나 페르세아Alina Percea입니다. 두 소녀는 순결의 대가로 학비를 대려고 낙찰액을 제시했고 특히 '부유하고 자상한 남자'를 만나고 싶다는 조건까지 달았습니다. 이 세기의 이색 경매에서 페르세아는 1만 유로(1750만 원)를, 나탈리 딜런은 무려 1백만 달러(11억 원)를 손에 쥐었답니다. 진화적으로 우월한 위치를 과시하려는 수컷의 생리를 스스로 확인하려고 10억 대의 소동도 벌어지는 겁니다.

여성의 대상화를 비판한 예술가 가운데 가장 엽기는 안드레아 프레이저Andrea Fraser일 겁니다. 그녀는 2003년 미지의 남성 화상에게 수천 달러를 받는 대가로 호텔방에서 성관계를 맺고 그 장면을 녹화한 영상을 전시장에서 상영했습니다. 작품 제목은 「무제Untitled」(2003). 화상과 예술가의 관계를 풍자한 제도 비판적 작품이라는 게 작가의 해설입니다. 이런 작품은 호평받기 어려운데 작가의 취지보다 관음의 목적이 훨씬 무겁게 느껴지기 때문입니다. 알몸 호소는 양날의 칼이어서 메시지의 절박함을 알리기엔 유리하지만 눈요기로 전락하기도 하지요. 여성주의 전략의 딜레마입니다.

5

—

색깔론

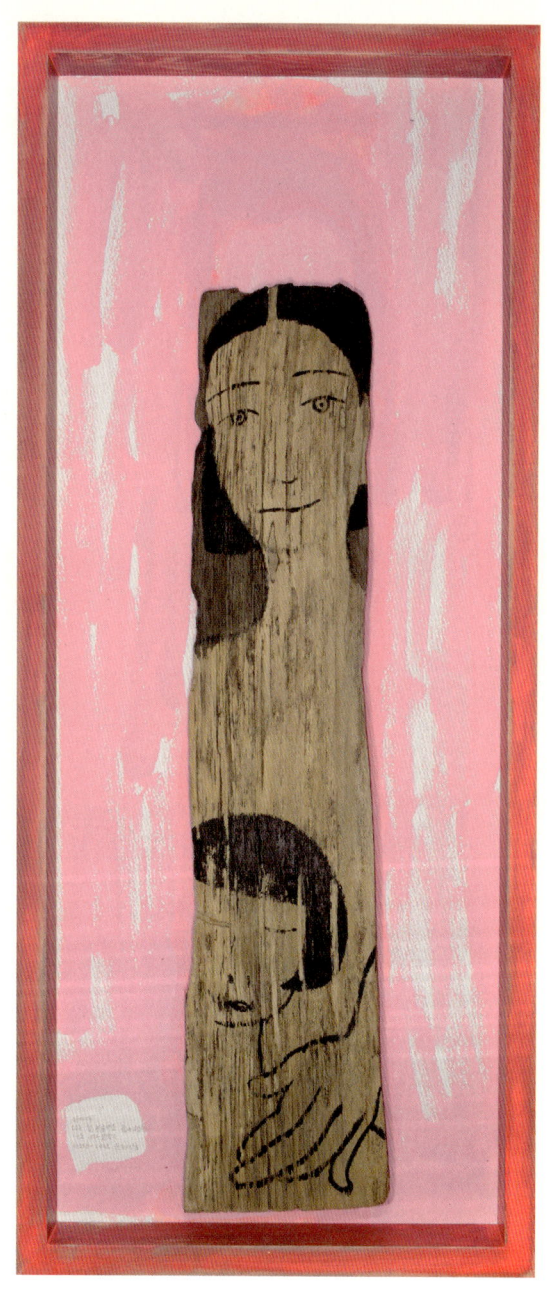

윤석남, 「너와 8. 아이야, 너는 늘 분홍색을 좋아했단다. 나도 너와 같았지」, 2013

068

분홍색

여자 아동복이 어째서 분홍 일색인지 늘 궁금했습니다. 여자아이에게 유독 분홍색에 끌리는 본성이 숨어 있는 걸까요? 관련 연구가 있는지 모르지만 충분히 가능한 추정일 겁니다. 해서 부모가 아이의 분홍색 선호를 집단적으로 존중해 준 결과 세상의 모든 여자아이들이 분홍 일색으로 통일된 걸까요? 그렇진 않을 겁니다. 여자아이와 분홍색의 연관성은 옷을 사 입히는 어른 세대의 무의식적 택일과 관련성이 더 높아 보입니다. 아이에게 옷이란 '입는' 무엇이기보단 '입혀진' 무엇이니까요. 분홍으로 단장한 소녀의 모습은 바비 인형의 인간 버전인 양 대동소이합니다. 분홍색은 양면성을 가집니다. 외설적 성인물도 분홍색 포장지를 뒤집어씁니다. 동화의 세계와 정반대에 있는 포르노그래피와 성욕과 관련된 색 기호가 여자아이가 독점하는 분홍색이라고요! 외설물이 분홍색을 선호하는 배경에 대해선 시시콜콜 설명하지 않으렵니다. 어린아이를 노리는 불미한 사건이 연달아 발생하는 사회 분위기를 감안할 때, 미발육 상태인 아이의 인체는 유별난 변태에겐 색다른 유혹일 수 있겠지요. 그래선지 소녀에게 분홍 옷을 입히는 세계적인 현상은 위험한 욕정을 '바라보기'에만 제한하려는 합의 같기도 합니다. 아무튼 진실은 이렇습니다. 하나, 절대 다수의 소녀가 분홍으로 온몸을 감싸고 있는 현실. 둘, 그 색이 '성인용' 판타지와 연관이 깊다는 사실. 셋, 아이에게 분홍 옷을 입히는 건 어른의 선택이라는 점. 때문에 분홍은 동심과 본능을 아슬아슬하게 매개하는 색입니다.

색깔론

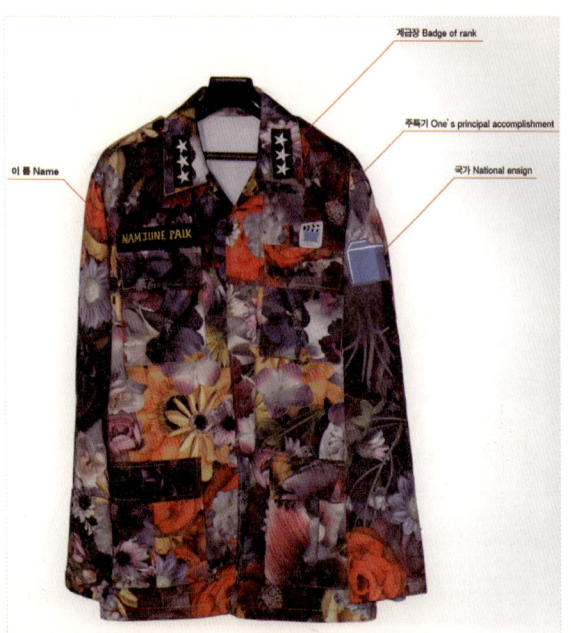

계급장 Badge of rank

주특기 One`s principal accomplishment

국가 National ensign

이 름 Name

NAM JUNE PAIK

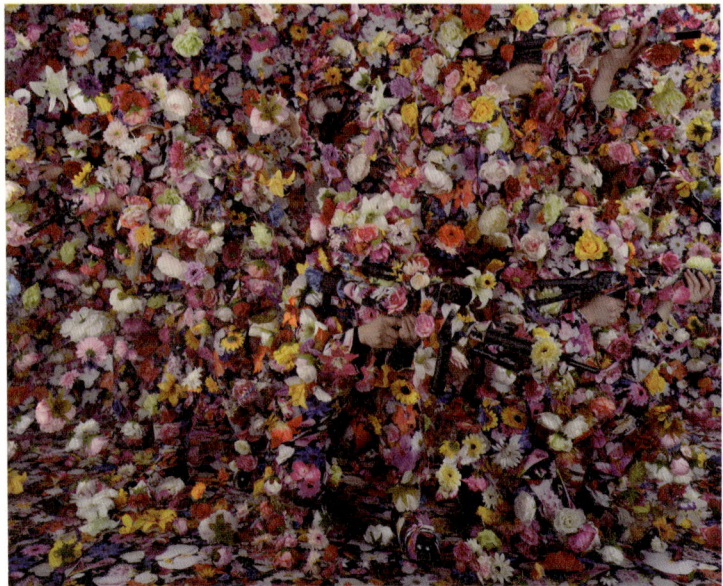

이용백, 「천사−전사」, 2005(위) / 2011(아래)

069

밀리터리룩

미국 그 자체였던 영화 「람보I」의 흥행몰이로, 기능성보다는 장식성의 요건을 충족시킨 군복이 1985년 한국 사회에서 공전의 히트 상품으로 부상한 적이 있습니다. 밀리터리룩military look의 의복사는 1939년《라이프》지가 커버 스토리로 다룰 정도로 관록이 깊습니다. 저소득 인부의 작업복 겸 일상복이던 이 무명용사는 어느덧 패션 리더처럼 격상되어 듬성듬성 일상의 의복에 개입합니다. 작업복에서 유행을 선도하는 코드로 가파르게 진급하는 과정 자체가 일종의 전쟁을 닮았습니다. 업그레이드된 밀리터리룩은 단순한 개조의 수준을 넘었지요. 아슬아슬한 핫팬츠와 탱크톱 나아가 란제리에 이르기까지 품목을 가리지 않고 진격합니다. 적의 총탄을 피할 목적으로 고안된 이 남성적 의상은 이제 적군(남성)의 심장을 송두리째 무장해제하는 여성의 기호품으로 변신하기도 합니다. 군에서는 '개구리복'으로 불리는 이 야전 군복은 복무 중인 사내에겐 군바리의 증거이지만, 연예인이 뒤집어쓰면 도발적인 섹시 코드로 둔갑하기도 하지요. 같은 의상이 상반되는 두 역할을 모두 소화할 수 있다는 점 때문에 진정 위장복인 거지요. 변화에 적응을 잘하면 옷이건 사람이건 생존은 보장받는 법입니다.

색깔론

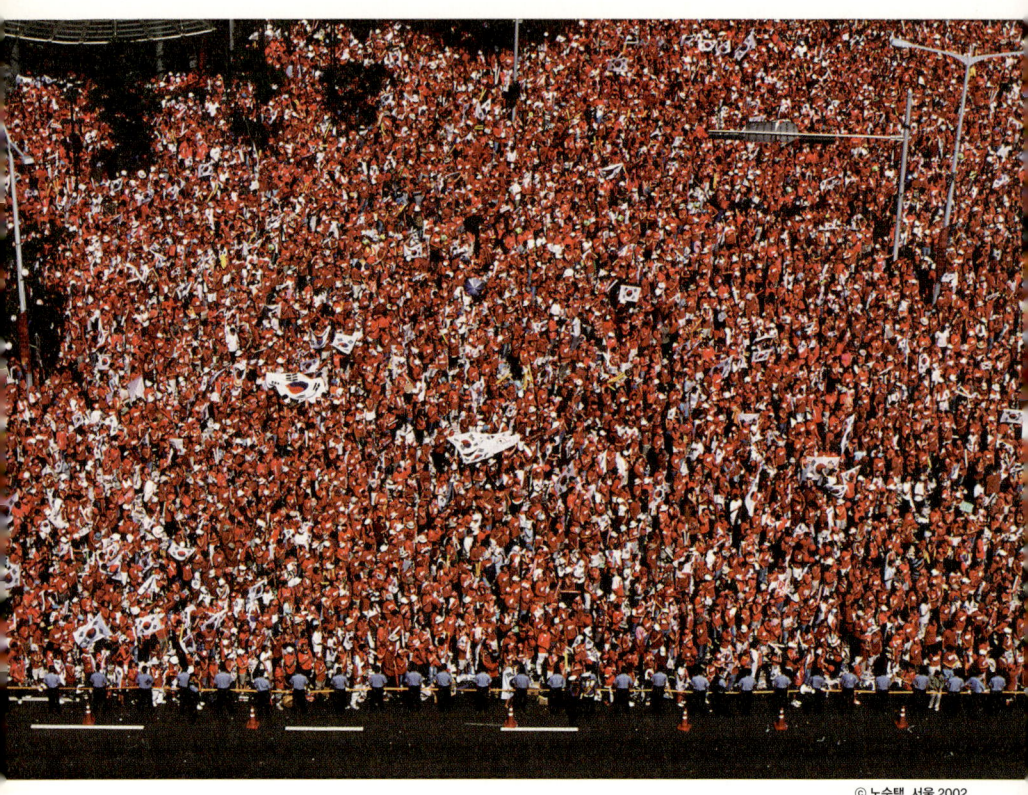

© 노순택, 서울 2002

070

빨간색

시감각에 대한 호소력 때문에 색채마다 특정한 가치들이 한 묶음으로 짝지어졌습니다. 생명의 급수, 피 그 자체이기도 한 빨간색은 온순한 정서와 연결된 적이 없습니다. 정열, 섹스, 광기 그리고 성혈과 근친 관계를 맺은 빨강은 위험과 금지를 경고하는 신호로 쓰였습니다. 전쟁의 신 마르스와 악마의 몸을 채색할 때도 빨간색으로 호전성을 강조했습니다. 대한민국에서 빨간색은 양가감정을 촉발합니다. 긴말 필요 없이 정치판의 색깔론은 사회주의의 대표 색채였던 빨강의 지난 전력과 연관이 큽니다. 대한민국에서 원죄를 이고 사는 빨간색이 축구 대표팀 응원단의 명칭과 대표팀의 복장으로 선택된 건 너무 아이러니합니다. 이 '집단 빨갱이 놀이'가 용인될 수 있는 이유는 스포츠 애국주의와 쉴 새 없이 연호하는 국호가 전제되었기 때문일 테지요. 애국주의를 뒤집어 쓴 응원단의 양해마저 석연찮게 여긴 일부 신앙인들은 백의천사 응원단이라는 대안을 내놨지만 공감을 얻는 데 실패했습니다. 까닭이 뭘까요? 빨간색이 선동하는 정열과 원초성에 대한 중독성 때문이기도 하지만, 빨간색을 정치적 색깔론에서 분리시켜 단지 RGB 삼원색의 하나로 간주하려는 시민의 성숙함이 싹 텄기 때문이겠죠. 천만 다행이에요.

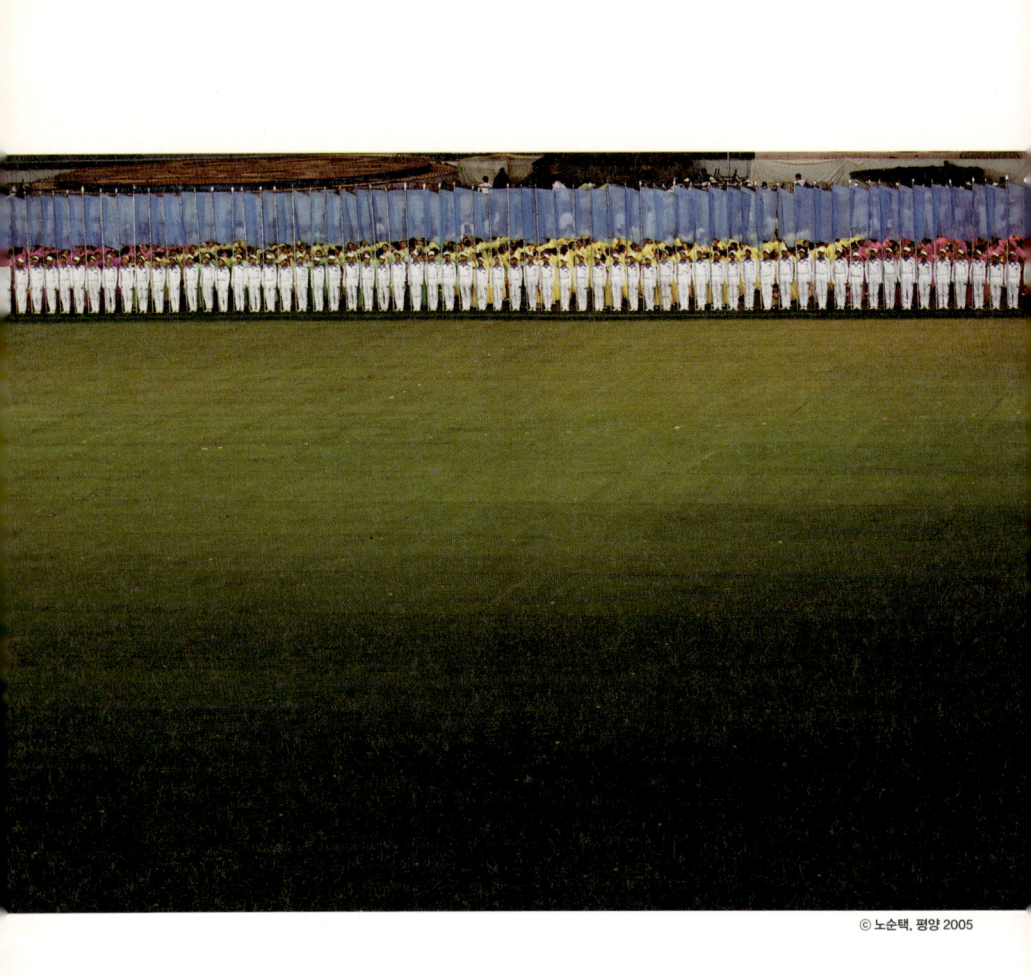

© 노순택, 평양 2005

071

녹색

녹색이 평화와 환경의 대변자로 기억되는 까닭은 식물의 유니폼이 초록 일색이고 환경 단체들이 내건 로고가 너나 할 것 없이 녹색인 데서 기인하는 바 큽니다. 마음의 안정을 도모하는 자연 친화적 색채는 칠판도 접수합니다. 일군의 교육생은 녹색 패널 위로 벌어지는 판서에 눈을 고정시킵니다. 이때 녹색은 일방적인 주입 교육의 바탕화면이 됩니다. 엄격한 규칙과 승부가 녹색과 관계를 맺는 예는 더 있습니다. 운동 경기는 결국 초록(잔디)으로 도배된 필드에서 시작되고 끝납니다. 축구장, 골프장, 심지어 비좁은 당구대까지. 그러나 자연 친화를 위장한 인위적인 녹색은 정반대 효과를 초래할 때도 있습니다. 가령 위장과 살상이 목적인 전투복! 녹색의 난폭성은 헐크의 흥분한 피부색, 상대를 위협하려고 박살 낸 투명에 가까운 녹색 소주병 등에서 발견됩니다. 그렇지만 녹색은 태생적으로 강경 발언하는 품새와는 거리가 멀었나 봅니다. 보행 신호등을 두고 '파란불'이라 우겨대도 너그러운 녹색은 화를 내지 않습니다. 그건 필시 녹색불인데.

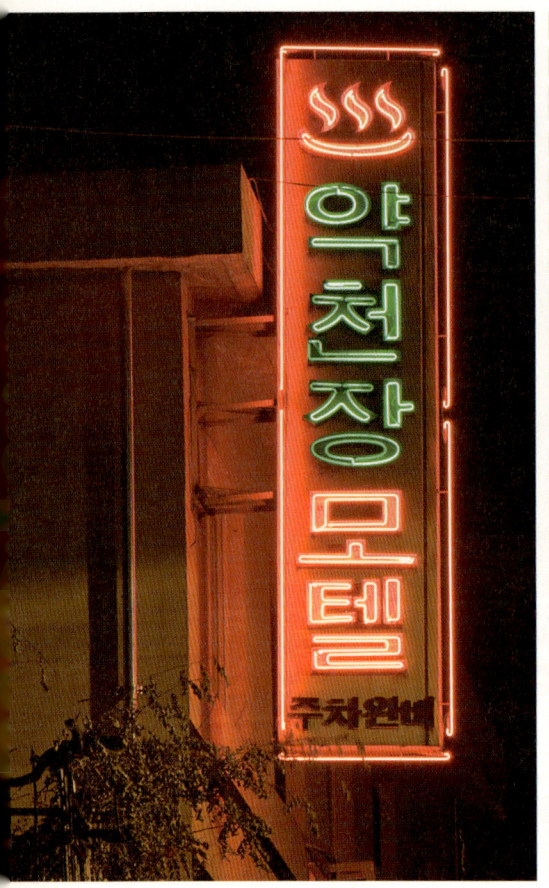
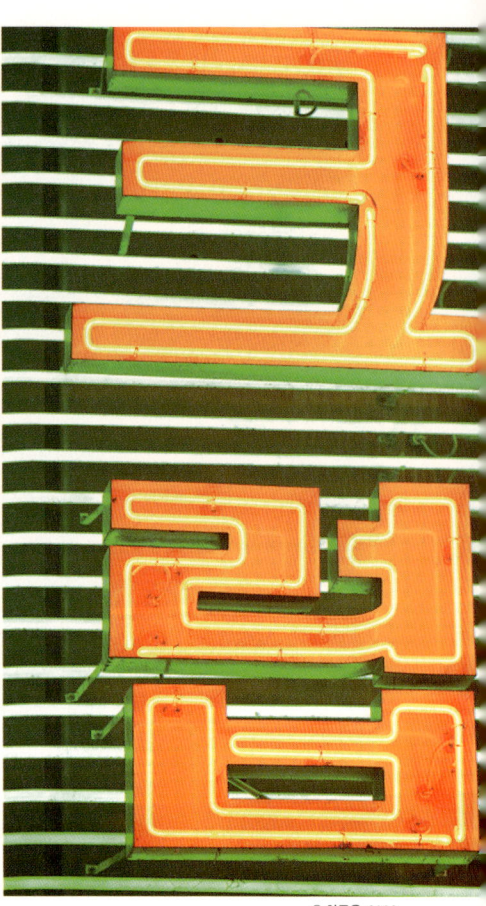

072

적록 조명

도심의 야경을 지배하는 건 두 가지 색입니다. 빨간빛의 십자가를 앞세운 하나님의 군대와 적록 조명을 탑재한 숙박업소의 네온 조명이 대항군으로 맞섭니다. 야경은 성聖과 속俗 사이의 전쟁을 대리 수행하는 것 같습니다. 교회의 조명이 절제와 순수로 신자를 유인한다면 숙박업소의 조명은 욕정에 사로잡힌 현대인의 영혼을 낚아채려는 미끼입니다. 세상도 변하지요. 빨간색과 녹색으로 평준화된 야경에 풍성한 색채 감각과 디자인의 도전이 밀려 왔습니다. 그 모든 도전을 적록 연합군이 물리쳤습니다. 적록 조명으로 호객하는 숱한 업소들의 통일감 뒤에는 적록이 보색이라는 사실이 있습니다. 신경생리학에선 보색의 상반된 배색이 긴장감을 유발한다고 풀이합니다. 러브호텔이 보색의 대표 선수 빨간색과 녹색을 충돌시켜서 뜨거운 피들의 애정 심리를 자극하는 이유일 테죠. 연정의 본질이 긴장감 유발과 나란히하는 한, 러브호텔의 적록 조명 지지는 한동안 계속될 겁니다. 그럼 교회가 빨간색 조명을 선호하는 이유는 뭘까요? 경전에서 상찬하는 '보혈寶血'을 시각화하다 보니 굳어진 관행이 아닐는지요.

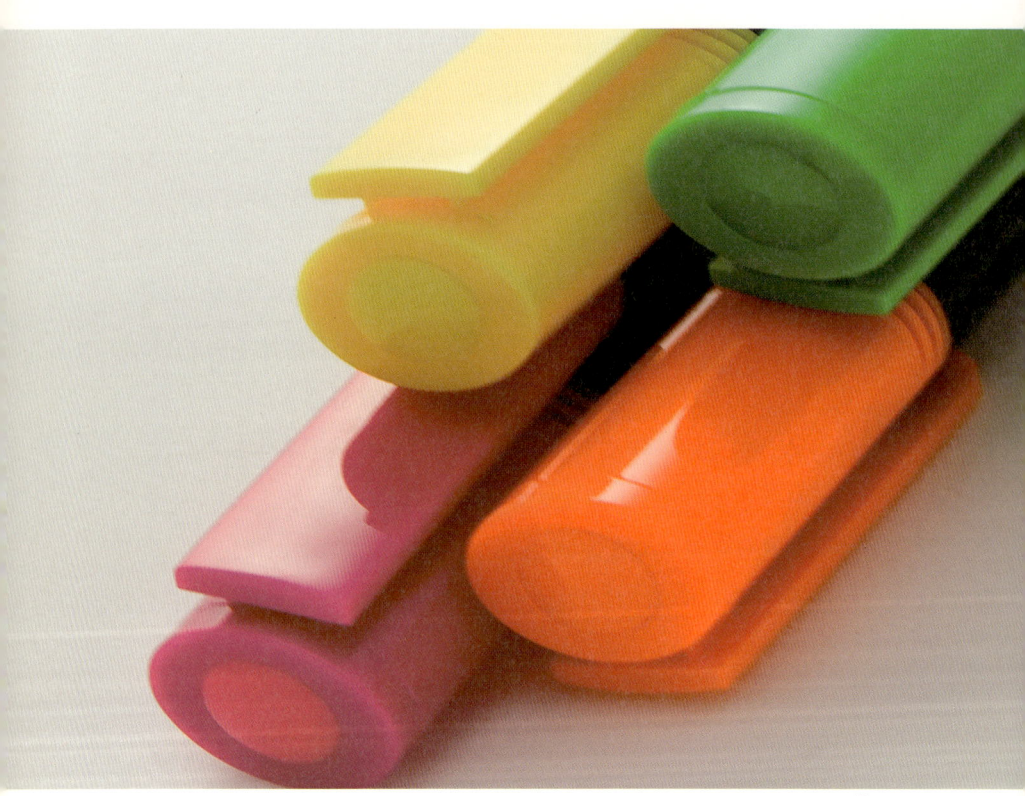

073

형광펜

밑줄 긋기란 방대한 전문으로부터 중요한 지문을 가려내는 세계적인 표시 관행입니다. 그렇지만 밑줄은 강조하려는 활자의 밑단을 더럽히고 때로 원문의 가독성을 해치는 폐단도 가져옵니다. 어쩌면 형광펜의 발명은 원문을 크게 훼손하지 않고 그것을 부각시키려는 욕구가 반영된 결과 같습니다. 형광펜은 밑줄을 긋기보다 지문 전체를 덮습니다. 때문인지 형광펜의 굵기는 채색될 활자의 높이에 맞춰 제조됩니다. 형광펜은 필기를 위한 도구가 아니라 인쇄된 활자 가운데 일부를 두드러지게 하는 보조 장치입니다. 궁극적으로 형광 안료를 뒤집어쓴 지문은 명시도가 높은 번들거림으로 비천한 지문들과 차별되어 보입니다. 이것은 종교화에서 성자의 두상을 감싸는 광배와 흡사한 효과를 지닙니다. 예수의 이목구비는 광배로 인해 장삼이사와 대비를 이루니까요. 제일 선호되는 형광펜이 노란색이듯, 종교화에 묘사된 광배 역시 노란색(금색)이 압도적으로 많다는 군요. 광배 쓴 성자를 직시하기 힘든 것처럼, 형광펜이 도배한 책도 더러 눈이 시려 읽기 어렵습니다.

색깔론

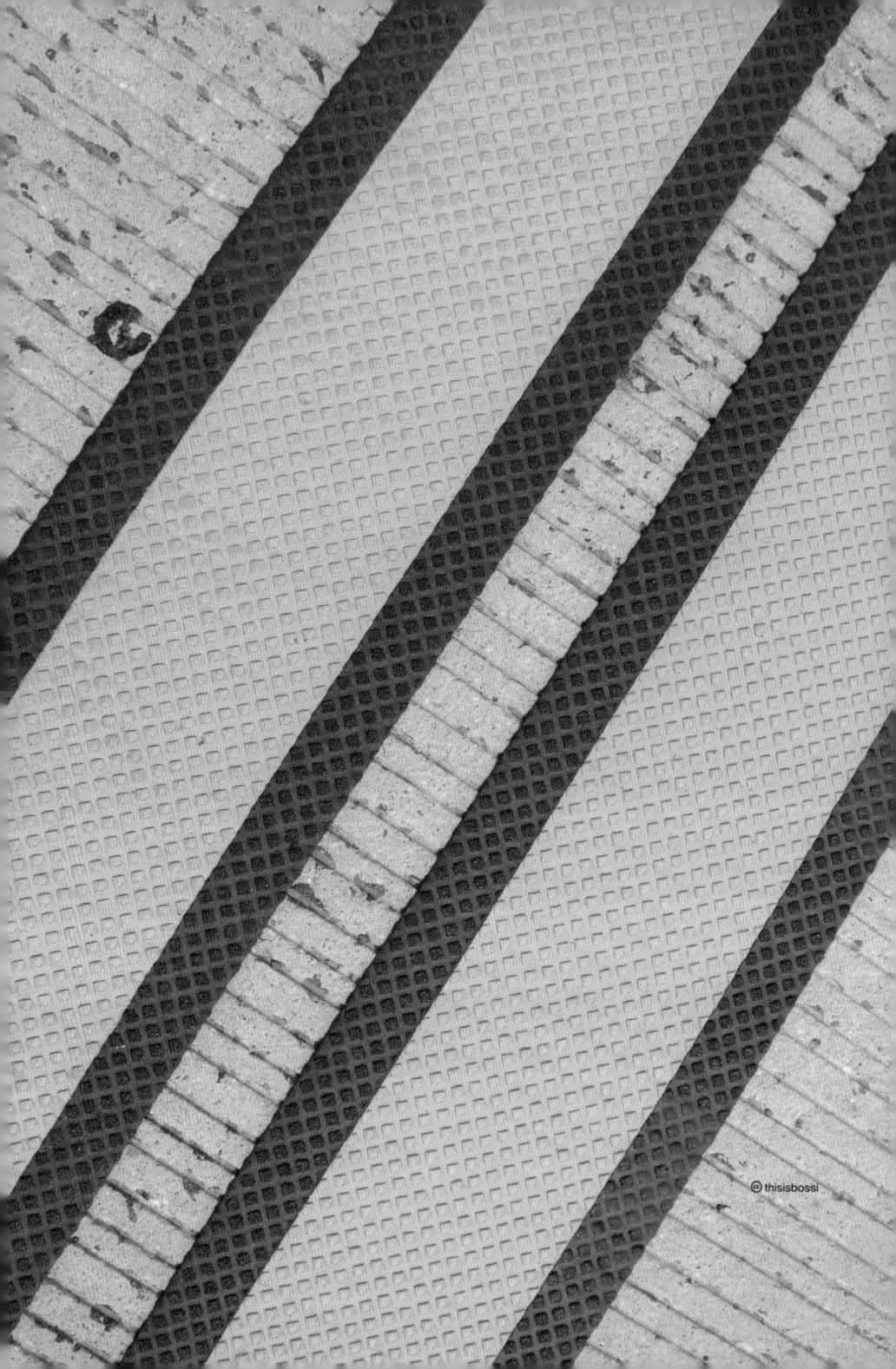

074

노란색

명도明度에서 꿀릴 게 없는 노랑은 주의와 주목이 요망되는 모든 곳에서 일등공신입니다. 잿빛 양복 부대 틈새로 채도 높은 노란 스커트는 주변의 시선을 송두리째 차지하겠다는 의도입니다. 무채색 검정 아스팔트의 정중앙을 가른 노란 줄의 도도함은 "넘어오면 죽는다!"는 엄중 경고입니다. 약속이나 한듯 노랑은 절기 중 봄과 늘 한 배에 태워집니다. 태동, 생동, 새침, 청순, 거기에 설익음까지 노랑이 커버해야 할 몫은 많습니다. 주의와 설익음 그리고 생동을 모두 겸비한 어린이 보호 차량에 노란 도색을 권장하는 관련 법령이 있을 만큼 노랑에 대한 신뢰는 두텁습니다. 그러나 노랑의 본질이 황색으로 번역될 때 초래되는 인상은 생경하고 상이하고 무엇보다 부당합니다. 중국의 황하黃河는 흙탕물임에도 노랑이라 주장하니 말입니다. 한편 노쇠와 관리 소홀의 결과물을 노란색으로 포괄하는 예는 우리를 당혹하게 합니다. 요컨대 '누런'으로 수식되는 모든 대상의 몰골이 그렇습니다. 누런 치아가 그 대표격! 이야말로 진정 '황색'의 구현인데 말입지요.

075

(흰색) 티슈

측정 불가의 동선을 그리며 떨어지는 티슈 한 장의 고공 낙하. 제조사의 홍보물 덕분에 친숙한 이미지입니다. 이건 경쾌하고 날렵한 깃털을 연상시키지요. 경량화된 티슈의 몸짓은 사뿐히 내려앉는 백의 천사처럼 청순하고 순결합니다. 톡 잡아 뽑으면 동일한 모양을 갖춘 티슈가 새로이 등장하는 순환 구조도 재활용 불가의 철학을 구체화시킨 듯 아름답습니다. 상자 위로 반쯤 삐져나온 주름 잡힌 백색 종이는 대리석 조각상의 옷주름마냥 신성합니다. 그러나 티슈가 표방하는 지상 최대의 순결 프로젝트는 '단가가 싸다는 이유로' 남용되는 형편입니다. 화장지 고유의 용도보다 두툼한 비닐 포장지에 담겨 그 위로 홍보 문구를 박은 소위 판촉용 티슈가 난립합니다. 순결을 '얇고 하얗게' 이미지화한 티슈는 항간에서 양가적 대우를 받습니다. 천상의 가치처럼 수호되지만 실은 제일 쉽게 훼손되는 게 순결의 숙명입니다. 순결과 티슈의 운명은 동형적입니다. 티슈의 종말은 순결이라는 관념적 가치를 온몸에 싸안고 쓰레기통으로 투척되는 것입니다.

◀ 줄리 베나, 「기념물Monuments」, 2010

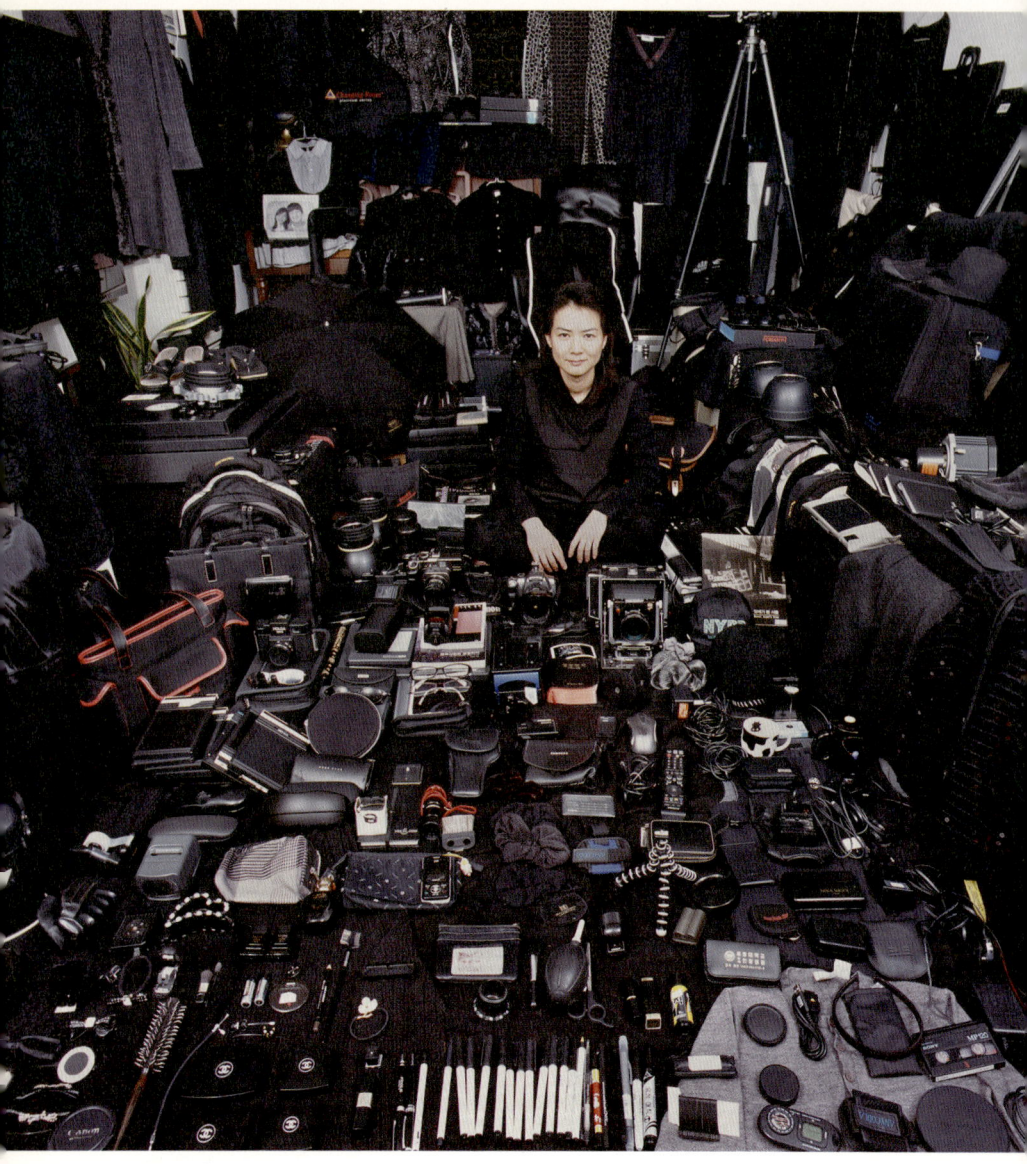

윤정미, 「정미와 정미의 검정색 물건들」, 2008

분홍색과 여성, 파란색과 남성의 긴밀한 관계를 기록하면서 색채와 사회 정체성 사이의 관계를 탐구한 예술가 윤정미 본인의 자화상입니다. 검정색 장비가 에워싼 그녀의 초상은 우연하게도 검정색 드레스 코드를 즐기는 예술가의 일반적 기호를 대변하는 것 같습니다.

076

검정색

현대 추상미술의 기틀을 세운 칸딘스키가 볼 때 검정색은 '침묵하는 색채'이자 '죽음'과 동의어라고 하네요. 그래서일까요? 평소 검정색과 연동되는 심상은 그의 주장에 힘을 보탭니다. 야쿠자, 경호원, 암살범에 급기야 장례식에서 입는 상복까지 모두 검정 유니폼을 입은 모습으로 연상될 정도입니다. 부정적인 의미가 만드는 불편함에도 불구하고 검정색은 선호도가 높은 색상으로 군림합니다. 최고가의 세단, 파티 연미복, 연주회 의상의 드레스 코드는 예외 없이 품위와 중후함의 색 블랙이니까요. 검정색이 지닌 이 양면성은 어떻게 해명될까요? 검정은 빛을 흡수하는 성격이 보여 주듯 속내를 은폐하는 위장술에 능합니다. 검정색의 바탕에는 내약외강, 즉 겉으론 센 척하면서도 속은 나약한 자의 두려움이 깔려 있는지도 모릅니다. 위세 등등한 검정 정치학은 만인의 올바른 판단을 흡수하는 블랙홀에 지나지 않습니다. 그래서 하는 말인데 나이 들었다고 검정색에 기울지 말고 부디 과감하게 원색 옷도 챙겨 입자고요.

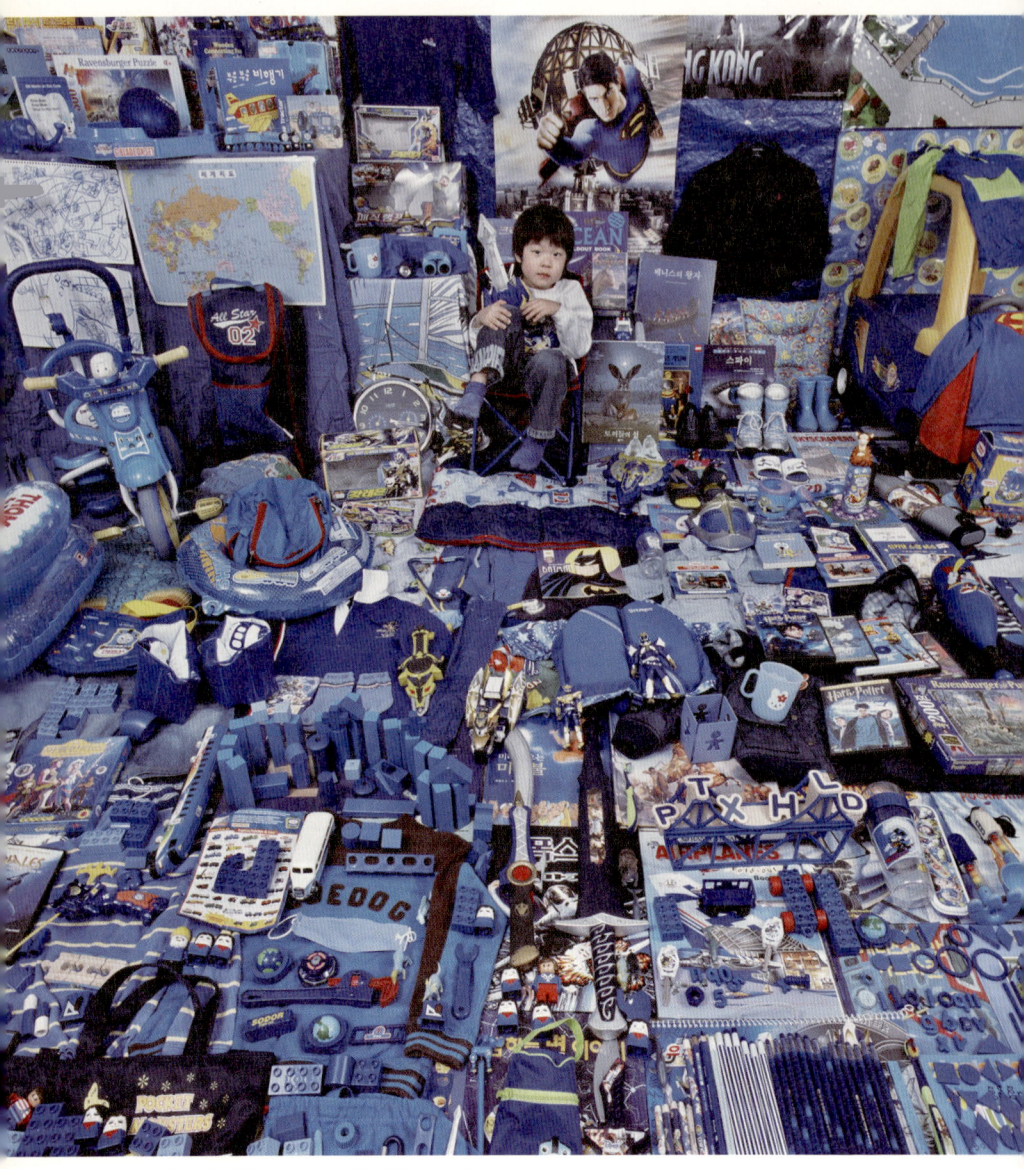

윤정미, 「승혁과 승혁의 파란색 물건들」, 2007

077

파란색

사시사철 푸른 하늘의 정기를 받아서일까요. 참으로 무궁무진한 색채의 스펙트럼 가운데 파란색의 선호도는 '왕 중 왕'이지 싶습니다. 그 어떤 파격적 디자인 도입에도 결코 꿈쩍하지 않는 건, 비단 청색(0순위)과 적색(1순위) 사이를 단조롭게 오가는 국가대표 선수단 유니폼만은 아닐 겁니다. '경축'자가 들어간 시도군 발주의 관공서 행사의 플래카드와 임시 선전탑은 군청색이 접수한 지 오래됐고요. 공무원 정복과 작업복, 스테디셀러 청바지는 물론이고 수의마저 파랗게 물들입니다. 오로지 단 한가지 색으로 수렴되는 대중의 청색 근본주의 때문에 전 세계 보수 정당의 로고는 대체로 파란색 지명도에 의존한다고 하네요. 빨간색이 근거 없는 원죄에 사로잡힌 데 반해 파란색은 빨간색의 대항군으로 간주되면서 선한 가치를 대표하는 양 반사이익을 얻지요. 욕심을 접을 때도 됐건만 화훼 산업은 유전공학과 합작해 파란색 변종 장미 개발에 한창 공을 들였지요. 시장 점유율 5퍼센트를 장담한다는 이유 때문이라나요. 상황이 이럴진대 핑크 악마나 연두 도깨비 응원단의 탄생은 꿈도 꿀 수 없는 분위기지요. 하여 블루blue의 다른 뜻이 '우울하다'인 겁니다.

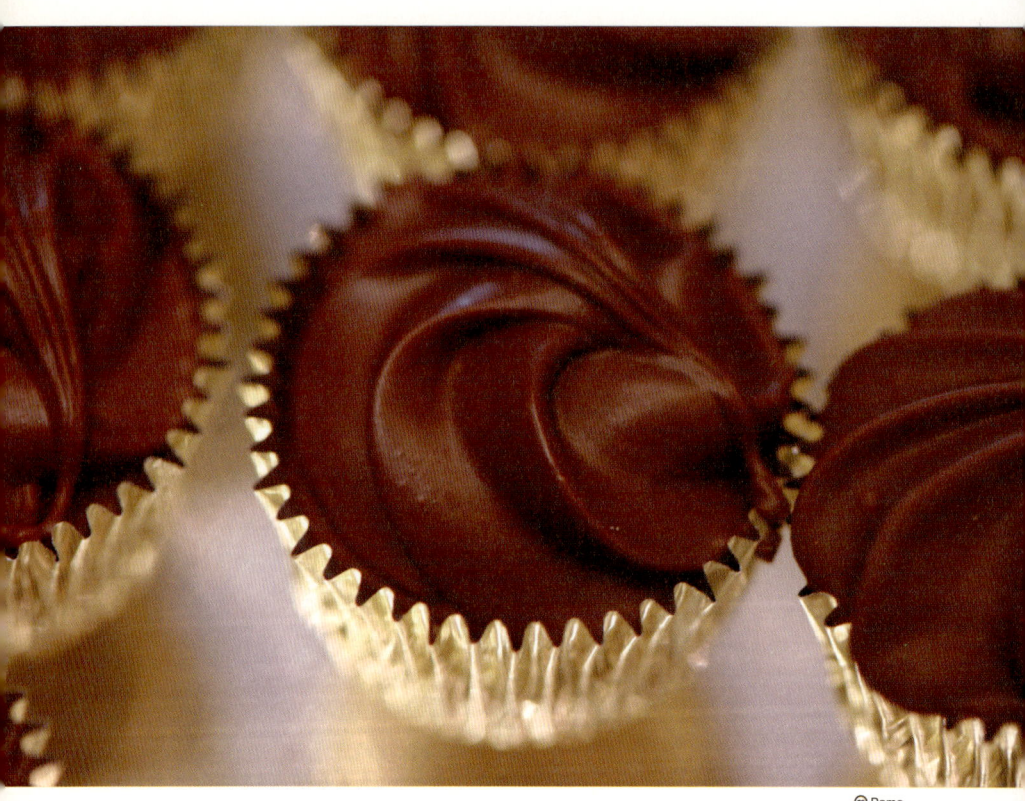

(갈색) 초콜릿

영화로도 재연된 어린이 동화 「찰리와 초콜릿 공장」에선 동심을 실현하는 최적소로 초콜릿 공장이 설정됩니다. 칙칙한 갈색 덩어리에 쏟아지는 세대와 시공을 뛰어넘는 열광과 인기를 알 만하죠? 초콜릿 중독은 쾌감을 촉발하는 세로토닌 분비 때문이라고 풀이되곤 합니다. 특유의 달콤 쌉쓰레한 맛과 쾌감 유발은 사랑의 본질과 닮기까지 했지요. 사랑 고백에 늘 초콜릿 선물을 대동하는 이유인지도! 그렇지만 연인 관계의 유지에 초콜릿 성분이 기여하는 몫은 화학적이기보다 '기분학적'입니다. 브라운 계열의 색, 물컹물컹한 감촉 그리고 인상적인 향내. 초콜릿 탐닉을 결정하는 세 가지 감각 성분은 이렇습니다만 이 모두를 동일하게 공유하면서도 정반대로 입맛을 떨어뜨리고 눈살을 찌푸리게 만드는 초강수 갈색 덩어리를 우리 모두 잘 알고 있습니다. 그렇지만 둘 다 우리에게 쾌감을 준다는 점에서는 똑같네요. 갈색 초콜릿 덩어리는 입 구멍을 통과하며 '채움의 미각'을 자극하는 반면 또 다른 갈색 덩어리는 아랫구멍으로 배출되며 '비움의 촉각'을 충족시키니까요. 여하튼 모두 가치 있는 갈색 덩어리입니다.

'색깔'에 대한 긴 댓글

분홍빛 굴곡

일본 가마쿠라 시의 하세 역에서 만난 공중화장실은 남녀 칸을 구분하려고 화장실 내부를 서로 다른 색으로 도배했습니다. 한쪽이 하늘색이니 다른 쪽은 보나마나 연분홍. 두 색이 각기 어느 쪽 성性과 연결될지는 누구나 알 수 있죠. 분홍=여성, 파랑=남성 공식은 세계적 묵인입니다.

매장에 걸린 맘에 드는 분홍색 백팩 앞에서 구입을 망설이다 발길을 돌린 남학생이 있습니다.(아마 많을지도.) 과학 저술가 내털리 엔지어Natalie Angier는 색상이 만드는 성 구분법이 우리를 "일방적인 태도에 익숙해지게 만든다"며 분개합니다.

분홍색과 여성성을 묶는 결사체는 도처에서 봉기합니다. 야간 안전 귀가를 보장하며 등장한 여성 전용 택시는 런던, 모스크바, 두바이에 이어 서울에서도 '핑크 택시'라는 이름으로 등장했습니다.(이용 실적은 지극히 저조하다고.) 2009년 중국 건국 60주년 국경일 열병식에서 천안문 광장을 가로지른 행군부대 가운데 여군만 분홍 제복을 입어 홍일점을 찍었습니다. 분홍 제복에 백색 부츠의 여군은 전투력보단 미모력을 내세운 듯.

예술가 윤정미는 성장기 아이들의 소지품 색상을 분류하고 기록하던 중 재미난 사실을 발견했습니다. 남자아이는 파랑색, 여자아이는 분홍색 일색이라는. 파랑과 분홍 소지품들로 대비된 아이들의 '이분화된' 방 사진 작품을 전시장에 걸자 사회학적 장관이 펼쳐졌습니다. 분홍색은 여성용 색일 뿐 아니라 남성을 위한 외설물을 대변하는 색이기도 합니다. 동심과 성인물 사이를 분홍이 매개하는 아이러니. 그래서 윤정미가 촬영한 분홍 소지품들로 채워진 소녀의 방은 농염한 에로티즘도 뿜어냅니다.

조직원을 실명 대신 색으로 호칭하는 「저수지의 개들」(1992)의 한 장면. 미스터 핑크Mr. Pink라 호칭된 조직원이 분홍은 맘에 들지 않는다고 투정하자, 보스는 "너는 호모자식faggot이니까 핑크가 맞아."라며 묵살합니다. 그러자 그가 내놓는 체념조의 불평. "허 그래. 미스터 핑크라, 마치 미스터 보XMr. Pussy 같잖아."

분홍은 초대형 대지미술의 형태로 여성기를 가시화합니다. 1983년 5월 7일 마이애미 비스케인 베이의 섬 11개가 일제히 분홍 직물로 띠를 두르며 장관을 연출했습니다. 크리스토와 장 클로드 부부Christo and Jeanne-Claude가 기획한 「에워싼 섬」(1980~1983)은 4년짜리 대형 환경미술인데, 어둡고 숲이 우거진 섬을 마름모꼴 분홍 직물로 에워싼 모양새 때문에 성적 은유를 제거하고 이 작품을 독해하는 건 불가능합니다.

19세기엔 남자아이에게 분홍색을, 여자아이에겐 파란색을 입히는 게 의상 코디의 정석이었답니다. 붉은 계열이 남성적 과단성을, 파란 계열이 성모 마리아를 상징하는 파란 외투를 뜻했기 때문이라고. 이런 색채 이분법은 최소한 1940년대까지 지속됩니다. 에로물도 분홍색이 독점하진 않았습니다. 중국에선 포르노 영화를 노란 영화yellow movie, 黃色電影라 부르고 서구에선 1940년대 음성적으로 거래된 포르노 영화를 파란

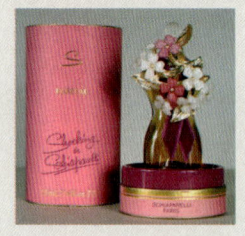
쇼킹 향수

영화blue movie라고 불렀으니까요.

　끝으로 '분홍=여성기' 등식의 기원은? 여배우 매 웨스트Mae West의 인체를 본뜬 토르소 모양 향수병을 분홍 상자에 포장한 엘사 스키아파렐리Elsa Schiaparelli의 1928년 향수 제품 '쇼킹Shocking'에서 유래했다는 설이 유력합니다. 그렇지만 분홍색과 여성 사이의 연관성은 그냥 육감으로 아는 게 정확합니다.

색채 과학과 색채 미신 사이

괴테J. W. Goethe는 자신의 말년 역작을 손보느라 1790년에 쓴 초고를 무려 20년 이상 첨삭했습니다. 대표작 『파우스트』(1808)를 능가할 희곡이라도 쓴 걸까요? 아니, 과학 이론서의 모양새를 갖춘 『색채론』(초판 1810)이 그겁니다. 궁정 고문관에게 빌린 프리즘으로 색의 생성 원리를 수립하려던 대문호는 색을 밝음과 어둠이라는 이분 구도로 놓고 인간 성정과의 연관성을 탐구하려 했습니다. 마치 선악 이분법으로 세상을 바라보려던 당시 종교적 세계관처럼. 왠지 현대의 대표적 사이비 과학인 혈액형 점이 떠오르죠?

　문필가에서 색채 이론가로 변신한 괴테는 책에서 노랑과 파랑을 축으로 이론을 전개합니다. 노랑을 긍정과 밝은 성품에, 파랑을 부정과 어두운 성품에 귀속시켰죠. 괴테의 색채관 때문인지 『젊은 베르테르의 슬픔』(1774)에서 실연의 슬픔으로 권총 자살하는 베르테르는 시종 파란 재킷을 착용합니다. 소설에 열광한 유럽은 베르테르 열풍Wertheromania을 따라 파란 재킷의 낭만주의로 물들기도 했죠.

시각예술가 칸딘스키Wassily Kandinsky도 『예술에 있어서 정신적인 것에 대하여』의 한 장을 색채 이론에 할애합니다. 노랑과 파랑을 대비시킨 점에선 괴테와 같은데요. 한 발 더 나아가 칸딘스키는 시각이 아닌 다른 감각도 색으로 가시화할 수 있다고 믿었죠. 요컨대 노랑이 레몬 맛(미각)과 고음(청각)을 표상한다는 식으로요. 그는 색채가 온도 차이를 갖는다고 믿었죠. 노랑과 따뜻함, 파랑과 차가움. 칸딘스키의 주장에 누구건 대략 공감할 겁니다. 색이 만국공용어라고 파악한 칸딘스키처럼 대중도 색마다 언어를 갖는다고 믿는 것 같습니다.

건축, 마케팅, 영업, 정치, 광고에 이르기까지 색채 이론은 민첩하게 투입됩니다. 정치인이 생태주의 공약을 유권자에게 입증하려면 녹색을 자주 등장시킬 것이며, 드라마에 순수한 여성으로 출연하는 배우는 작품 발표회장에서 순백 의상을 차려입도록 기획사가 권할 겁니다. 대형 할인마트 생수 코너 앞에는 파란 네온등이 켜져 있습니다. 청량감을 극대화하는 이런 조치는 꼭 괴테나 칸딘스키의 색채 이론을 알아야만 할 수 있는 건 아닙니다. 색채와 감각을 연결시키는 건 조건반사에 가깝습니다.

괴테나 칸딘스키의 색채론이 인문학적 관심에서 비롯됐다면 색채 이론을 정교한 과학으로 다듬으려는 시도도 있었습니다. '빨간 방-파란

색깔론

방 실험'은 색이 유발하는 상이한 효과를 입증한 연구죠. 피실험자를 두 그룹으로 나눠 각각 빨간 방과 파란 방에 입장시킨 후, 피실험자들에게 시계를 보지 않고 20분이 경과되었다고 느껴질 때 방에서 나오라고 요구했습니다. 빨간 방 실험군이 20분이 채 되지 않아서 전부 퇴실했고, 파란 방은 시간을 초과해서야 퇴실했답니다. 예견된 결과라며 고개를 끄덕일 독자들이 꽤 있을 줄로 압니다.

우범 지역 가로등을 파란 조명으로 교체해서 범죄 발생률을 유의미한 수치까지 끌어내린 일본의 사례가 있습니다. 빨간색은 625~740나노미터의 광 파장이고 파란색은 440~490나노미터의 광 파장입니다. 빨간색은 혈압을 높이고 자율신경계를 자극하지만 파란색은 그 정반대 효과를 유도한다고 생리학 실험은 말합니다. 광 파장 환원주의랄까요.

광 파장 환원주의는 괴상한 색채 이론도 만듭니다. 대체의학으로 분류되는 색채치료chromotherapy를 볼까요. 색채 치료가 막스 뤼셔Max Lüscher는 색채심리 검사를 통해 여덟 가지 색에 관한 논평을 수록했는데요. 파란색은 만족-고요-조화-안정, 빨간색은 자신감-권력-악마-사랑, 초록색은 자존감-긴장-방어, 노란색은 발전-슬로건-위안 등과 연결된답니다. 색채 치료는 환자가 선택한 색으로 환자의 상태를 진단하고 처방하며 색채의 물리적 파동과 시각 자극으로 환자의 중추신경계를 활성화시켜 심적 안정을 유도하는 치료라고 합니다.

1945년 인체에 작용하는 색의 기능에 관한 연구를 시작한 현대 신경

심리학의 창시자 쿠르트 골드스타인Kurt Goldstein은 병리적으로 빨간색이 파킨슨병 환자의 상태를 악화시키는 반면 녹색은 개선시킨다고 주장했습니다. 1990년에 제이콥스와 후스트마이Jacobs & Hustmyer는 색과 생리 및 심리 반응에 관한 공동 연구를 발표합니다. 빨강은 교감신경계를 자극하고 혈압을 불규칙하게 하지만 파랑은 평온을 유지시키고 집중력을 높인다는 내용입니다. 그럼에도 색채 치료는 사이비 과학으로 평가절하됩니다. 부풀려진 성공 사례와 환자의 기대 심리에 의존하는 플라시보 효과 때문이지요.

맹신된 색채 이론은 마케팅, 포장, 영업 등에도 반영됩니다. 사무공간이나 공장은 파란 계열로, 거실이나 식당은 노란 계열로 도색하라는 이른바 '맞춤형' 도색은 그럭저럭 넘길 만한데요, 자칭 '컬러 카운슬러'의 충고는 듣기 민망할 정도예요. 가령 교제 6개월이 지나면 상대방이 바람필 확률이 높으니 '이성적 색채'인 파란 물건을 집안 곳곳에 배치하라는 조언까지 있거든요.

색채 이론은 이현령비현령입니다. 안전한 퇴로를 마련해 항상 도망칠 준비가 되어 있죠. 파란색을 우울하고 수동적인 색이라고 했다가 쾌활하고 신선한 색이라고 둘러대죠. 빨간색은 악마나 범죄와 연결 짓지만 때론 열정과 사랑을 뜻한다고 낯빛을 바꾸죠. '대략 맞으면' 맞은 걸로 쳐줍니다. 사이비 과학은 사회가 미개할수록 창궐합니다.

옐로 나인틴스

옐로 나인틴스Yellow 19th는 반 고흐나 고갱 같은 후기인상주의자들이 ⑲세기말의 초조와 불안감에 화폭을 570~580밀리 파장의 노란빛으로 물들이던 시절을 뜻하는 용어입니다. 반 고흐의 기이한 개인 이력은 노란색에 광기의 딱지를 붙였습니다. 「밤의 카페」(1888)에 대해 화가 스스로 "광기의 장소라는 생각을 표현"하고 "지옥 불처럼 창백한 유황색의 분위기"를 전달하려 했다고 밝혔죠. 그는 상징주의자 에두아르 뒤자르댕Eduoard Dujardin의 말처럼 "사물에 감정을 부여하기" 위해 노랑을 선택했는지도 모릅니다. 반 고흐가 노랑색에 집착한 이유에 대해 독주 압생트 중독으로 황달(사물이 노랗게 보이는 병)이 생겨서라는 건조한 해석도 있습니다.

노랑을 광기와 굳이 결부하지 않더라도 이 색은 군중의 결집을 선동하는 경우가 많습니다. 세계 정치 격변기마다 노란색의 잔뼈는 굵어졌습니다. 1986년 아시아 최초의 여성 대통령을 탄생시킨 필리핀의 배후로 집단적 노란색 문화가 있었죠. 계엄령 선포로 장기 집권한 마르코스Ferdinand Marcos가 정적 아키노Benigno Aquino, Jr.를 공항에서 암살한 후 그의 장례식장은 노란 티셔츠와 노란 깃발로 뭉친 추종자들로 채워졌습니다. 노란 열풍은 부인 코라손 아키노Corazon Aquino와 국민의 힘 혁명People's Power Revolution으로 하여금 정권 교체를 가능하게 했습니다. 코라손 아키노 대통령은 공식행사마다 노란 의상을 착용해 남편의 정치적

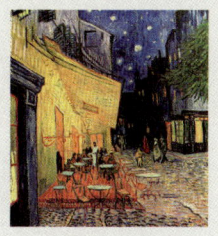

반 고흐, 「밤의 카페」, 1888

유지를 지켰고 마르코스를 지원한 미국 레이건 행정부의 영부인 낸시 레이건Nancy Reagan의 빨간 의상과 늘 대비를 이뤘습니다.

필리핀의 노랑 파동에 버금가는 정치적 광경은 한국 현대사에도 두 차례 반복되었습니다. 비주류 정치인 노무현은 2002년과 2009년, 살아서 한 번, 죽어서 한 번 한반도 남단을 노랗게 물들입니다. 2002년 16대 대선 때, 2009년 퇴임 1년만의 사망으로 인한 국민장國民葬 때입니다. 1983년 필리핀의 노란색 인파처럼 노란색 인파 10만 명이 모여들었으니까요.

노란색이 정치적 풍운과 나란히한 건 이 색이 원거리에서도 쉽게 식별되기 때문일 겁니다. 하지만 노란색의 식별성은 역차별도 허용합니다. 나치 독일은 유대인의 몸에 노란별을 붙여 게토에 고립시켰습니다. 중세 유럽 사회는 배신자, 매춘부, 가롯 유다, 이단자, 유대인을 식별하기 위해 노란색을 동원했고요. 중국 광둥성 공안당국은 불법 매춘으로 검거된 남녀 100여 명을 노상에 한 시간 동안 세워서 공개 모욕을 줬는데 이들에게 노란 셔츠를 입혔지요.

세계의 선거철은 색들의 싸움입니다. 정권 교체를 노리는 정치세력은 '색깔 혁명'으로 신호탄을 쏩니다. 그루지야의 장미 혁명, 우크라이나의 오렌지 혁명, 키르기스스탄의 튤립 혁명 등이 있지요. 야당 후보는 색깔 캠페인으로 민심을 저울질합니다. 2009년 이란 대선에서 패한 야당 미르 무사비Mir Hossein Mousavi 후보는 추종자들을 결집하려고 녹색을 쏩

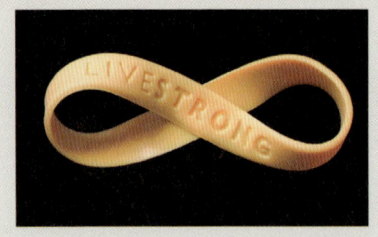

니다. 색깔 혁명의 시나리오는 이렇습니다. 서구 미디어의 눈에 띄기 쉬운 색을 하나 정하고 자신의 정체성과 결합하면 언론에 쉽게 노출되고 강한 인상도 남기죠.

영국 리버풀에는 비틀즈의 싱글 「노란 잠수함」을 기념하는 노란 잠수함 조형물이 있습니다. 노랑은 색채심리학자에겐 행복과 밝음의 연상 색채로, 반 고흐 연구가에겐 내면의 광기로, 1983년 이래 필리핀 정세를 지켜본 서방 언론에겐 동아시아 민주화의 슬로건으로, 21세기 초 한국 사회에선 비주류 정치인의 불운과 동거를 합니다. 그런가 하면 독일 나치와 중세는 배타주의의 표식으로 노란색을 악용했고요. 동일한 색이 걷는 노정은 이렇게 상이합니다.

경쟁 선수들을 하나둘 가뿐히 재치고 방투 산 고갯마루를 넘어 이탈리아의 전설적 사이클 영웅 마르코 판타니Marco Pantani와 경합을 벌인 랜스 암스트롱Lance Armstrong의 2000년 투르 드 프랑스Tour de France 경주는 명장면으로 꼽힙니다. 구간 우승은 판타니에게 돌아갔지만 당시 승자의 표식인 노란 상의 '마이요 존느Maillot Jaune'는 암스트롱이 착용했습니다. 항암 치료를 마치고 복귀해 투르 드 프랑스 1999~2005년까지 무려 7연패의 세계기록을 보유한 암스트롱이 입은 노란 저지 상의는 개인종합 1위에게만 주는 투르 드 프랑스의 전통입니다. 랜스 암스트롱 재단은 2004년 항암 치료 및 교육을 목적으로 손목 밴드를 만들어 홍보합니다. 손목 밴드의 노란색은 암을 극복하고 투르 드 프랑스에서 7연승한 암스트롱의 노란 저지에서 가져온 것으로 인간 승리를 뜻합니다. 그러나 암스트롱은 2010년 이후 금지 약물 투약(도핑) 의혹이 끊임없이 제기되었고 2012년 도핑 혐의가 최종 인정되어 1998년 이후 그가 세운 모든 성적이 박탈되고 영구 제명까지 당하죠. 덕분에 노란색의 명예까지 실추되었습니다.

다시 2000년 방투 산 경합 이야기. 근소한 차로 1위로 통과한 판타니는(후에 암스트롱은 자서전에서 신화적인 사이클 영웅 판타니를 위해 고의로 1위를 내줬다고 진술합니다.) 암스트롱과 대조적으로 분홍 저지를 입고 있습니다. 투르 드 프랑스와 더불어 세계 도로 일주 사이클 대회의 쌍두마차 격인 지로 디 탈리아Giro d'Italia는 개인 종합 1위에게 분홍 상의 '마글리아 로사Maglia Rosa'를 입히지요. 판타니의 분홍 저지는 지로 디탈리아의 영광을 프랑스에서 재현하겠다는 이탈리아 출전 팀의 의지로 볼 수 있습니다. 그러나 몸에 쫙 붙는 진분홍 상하의를 걸친 건장한 사내가 자전거 위에서 용을 쓰는 장면은 분홍색의 의미론이 무엇이건 코믹하게 보입니다. 하지만 1940년대까지 분홍은 소년의 색이었다니 웃을 일은 아니지요.

색의 전쟁 – 빨강 대 파랑, 검정 대 하양

색채 전쟁의 백미는 당파 싸움 같습니다. 빨강 대 파랑의 대전이 그중 최고입죠. 빨강과 파랑의 대립은 색채 투쟁사에서 잔뼈가 가장 굵습니다. 영국과 프랑스 왕실은 각각 빨간색과 파란색 전통을 취합니다. 짐이 곧 국가다? 색이 곧 국가다!

재야 정치인 김대중과 동교동계 가신 그룹은 집권한 1998년 이후에
도 빨간색 의상을 애써 외면했습니다. 박정희, 전두환, 노태우로 이어지
는 3대 25년 군사 정부가 김대중과 그의 정치 동지를 고립시키려고 좌익
혐의를 뒤집어씌웠고 이때 빨간 덧칠이 동원되었기 때문이라네요. 분단
사회의 유권자는 주홍빛 낙인 앞에 동요합니다. 색채는 사람을 규정합니
다. 색깔론은 이성이 아닌 감정을 선동하는 공세이고 효과도 바로 나타
납니다.

2009년 1월 백악관 집무실, 8년만의 정권 교체를 앞두고 생존하는
역대 전현직 미 대통령들이 모였습니다. 공화당 부시 부자는 파란색 타
이를, 민주당 카터와 클린턴은 빨간색 타이를 매고 있었습니다. 상생과
화합의 메시지를 담으려고 양 진영은 상대 정당의 대표색 넥타이를 골랐
습니다. 아이러니하게도 미국의 보수우익 공화당의 대표색은 (좌파의 색)
빨강인 반면 민주당은 (우파의 색) 파랑이었습니다. 이날의 넥타이 맞교환
은 상대방의 정치 이념을 존중하는 외교적 제스처라고 하네요.

1890년 이래 성인 대상의 색 선호도 조사에서 단 한 차례도 선두 자
리를 내준 적이 없는 파란색은 정치적 이념 면에서 우파의 색이죠. 파란
색의 인기 비결은 열정의 '부재'에 있는 것 같습니다. 열정은 매력이자 동
시에 두려움이죠. 러시아 혁명과 1960년대 마오쩌둥을 신봉하는 홍위병
에서 보듯, 빨강은 극좌파의 횡포로 쉽게 연결되는 색입니다. 파란색의

높은 선호도는 그것이 '중간은 가는 색'이란 의미이기도 합니다. 중립 성향의 국제기구, 즉 유네스코, 국제연합, 유럽의회, 유럽연합 등이 로고의 색으로 파란색을 쓰는 건 이 때문일 겁니다. 파란색의 보수성은 왕족을 푸른 혈통blue blood이라 일컫는 언어 습관에서 기원을 찾을 만하죠.

빨강 대 파랑의 이데올로기 싸움은 미디어가 대리합니다. 20세기 냉전 시절 미국의 보수 미디어 재벌 월트 디즈니 사는 소련과 미국의 관계에 빗대 색으로 선악을 구분했죠. 검정 망토를 입은 사악한 마녀가 붉은 사과를 미끼로 파란 의상의 선한 백설공주를 해치려 한다는 설정.

색깔 대리전은 오늘날 가장 극성맞습니다. 색은 화려한 수사법보다 몇 갑절 강한 전파력과 파괴력을 지니니까요. 매스미디어가 특정 색에 힘을 실으면 반대 진영은 음모론으로 맞서는 식입니다. 까다로운 영화 평론가 로저 에버트Roger Ebert가 "1977년 「스타워즈」의 감동을 이었다"며 별 4개를 준 2009년 최대 SF 화제작이자 최초의 3D 영화 「아바타」에 관해 이례적으로 미 공화당 성향의 정치 칼럼니스트가 비판을 내놨는데요. 「아바타」가 미 보수주의와 군산복합체를 비판하고 있다는 게 요지입니다. 무엇이 그런 해석을 가능하게 했을까요? 파란색 피부의 선한 주인공 나비족이 민주당을 암시한다고 풀이한 거예요. 이런 비판적 논평이 발표되고 정확히 20일이 지난 2010년 1월 25일 「아바타」는 세계 역대 흥행 순위 1위를 갈아치우는 기염을 토했습니다. 맹목적인 공화당주의자에겐 관객이 그저 유권자로 보일 것이고 「아바타」가 민주당 홍보 영상물로 이

해될 만합니다. 색깔론은 수세에 몰릴 때 만지작거리는 저열한 카드인데 유감스럽게도 잘 먹힙니다. 「아바타」 논평에서 보듯 상상력이 빈곤한 이에겐 색깔론이 영원한 비빌 언덕이죠.

상반된 색을 둘로 나눠 색채 이론을 전개한 괴테와 칸딘스키의 경우처럼 양립 구도로 무언가를 설명하는 건 흡인력이 강합니다. 피아 식별과 의제 설정이 선명해지니까요. 중간색을 용인하지 않는 색채 전쟁은 사회 양극화를 초래합니다.

어쩌면 빨강의 진정한 매력은 자의 반 타의 반으로 그 색이 뒤집어쓴 선천적 불온성에 있는 것 같습니다. 한국에서 홀대받는 정치의 색 빨강은 평화의 색 초록과 공생하며 러브모텔 네온사인이 되어 열정을 희석한 채 생존합니다.

전통적 앙숙인 빨강과 파랑이 태극기 안에서 공존한다는 건 아이러니입니다. 국기 정중앙에 배치된 적청색 태극 문양에서 남북 분단을 떠올리는 것도 어색하지만 만물을 생성한다는 『주역』의 음양을 연상하는 것도 고리타분합니다.

구체제는 자신의 권위를 화려한 색으로 과시했지만 프랑스 혁명과 종교 혁명은 구체제의 흔적을 청산하려고 색파괴주의chromoclasme의 첨병인 검정을 골랐습니다. 19세기가 검정색 일색이었던 이유는 앙시앵 레짐의 총천연색을 공평히 뒤덮을 검정색이 필요했기 때문입니다. 그럼에도 오스카 와일드Oscar Wilde의 지적처럼 검정의 한계는 "지루하고 단조

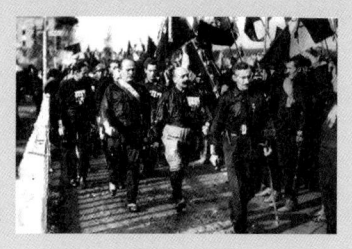
검은 셔츠단

롭고 우울"하다는 거죠.

　다채로운 가치를 지워 버리려는 검정의 속성 때문인지 맹목적 애국주의도 검정과 동화되기 쉽습니다. 이탈리아 파시스트의 검은 셔츠단 집회나 일본 극우파의 시위에서 보듯 전 세계 극우파의 집회 참석자는 엄숙한 검정 유니폼 일색입니다. 한국도 그렇고요. 의협심, 저돌성, 과묵함, 애국주의를 향해 저돌적으로 내달리는 자에게는 검정색이 충만합니다. 패션 감각 무딘 사람의 어설픈 선택도 대개 검정 의복이죠.

　검정의 맞은편에 천사의 표정을 띤 흰색도 부정의 의미로 해석될 때가 있습니다. 라캉주의 여성학자 뤼스 이리가라이Luce Irigaray는 19세기 하얀 천사, 베일을 쓴 어머니로 그려진 여성을 젠더 연구로 분석하면서 백색으로 통일된 여성은 여성성의 부재(무색)와 무력화를 의도하는 가부장 사회의 술책이라고 비난했습니다.

　레드 컴플렉스가 심한 한국에서 빨간색을 예외적으로 용인해 주는 순간은 국가 대항전에서 빨간색 응원단이 국가를 응원할 때입니다. 2002년 한일 월드컵을 1년 앞둔 2001년 국가 대표팀 서포터즈 '붉은 악마Red Devils' 응원단석의 맞은편에 흰색 응원단이 나타났습니다. 이름하여 '백의 천사White Angels', "붉은 악마가 나쁜 인상을 준다"며 개명운동까지 벌인 목회자와 개신교도가 중심이 되어 결성한 응원단이죠. 개신교 계열 일간지는 "투톱 체제 응원단"이라고 애써 힘을 실어 줬지만 이들의 존재를 아는 이는 거의 없습니다. 백의 천사 응원단은 색채에 과도한 의미를 부여해서 빚어진 소동의 산물인 거죠.

한 번 더럽혀지면 본질까지 위협받는 하얀색은 주변 색의 접근을 경계하면서 저 홀로 고상한 척 애쓰는 색입니다. 하얀색의 비타협성은 선민의식에 뿌리를 둡니다. 종가의 전통과 순혈주의를 강조하는 색. 19세기 후반에서 20세기 중반까지 미국 사회를 인종적 배타주의로 물들인 KKK 단원의 하얀 두건도 과대망상을 순백으로 정당화한 사례지요.

상반된 가치를 한 몸에 떠안은 극단적 색 검정. 검정은 빨강과 투톱으로 악마성을 대표하죠. 검정에겐 빨강의 열정마저 없으니 그저 암울할 뿐입니다. 기독교의 이원론적 세계관은 검정을 빛의 부재와 신의 부재로 낮잡았고 악마의 혐의까지 뒤집어씌웠죠. 흑마술, 검은 돈, 공갈blackmail, 1940년대 범죄영화를 이르는 느와르 필름Noir film 그리고 유럽 인구의 절반을 앗아간 흑사병黑死病, Black Death까지(감염자의 피부를 어둡게 만든 질병의 결과 탓도 있지만) 부정적인 이미지마다 검정 딱지가 붙었죠. 지리상 발견으로 백인의 지배권이 확대되자 지배와 피지배를 가르는 기준점은 피부색이 되었죠. 하지만 백인종의 피부는 연분홍에 가깝고 흑인종은 진갈색에 가깝습니다.

인종 차별이 희미해진 1980년대 글로벌 팝스타 마이클 잭슨Michael Jackson의 피부색이 1990년대로 넘어오며 차츰 하얗게 탈색되어 백인을 능가하는 수준까지 하얗게 변했습니다. 이런 변신을 두고 구설이 일자, 마이클 잭슨 측은 백반(멜라닌 색소가 사라져 피부가 하얗게 변색되는 병)과 낭창이

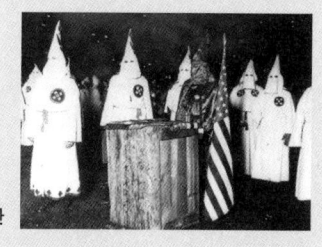
KKK단

라고 해명했습니다. 인종적 열등감 때문에 피부 색소를 제거하는 시술을 했다는 루머가 떠돌았기 때문이죠. 하지만 기가 막히도록 '예쁘게 색이 빠진' 낭창 해명은 그가 세상을 떠난 지금까지 여전히 의혹으로 남아 있습니다.

빛과 그림자라는 상징계의 싸움에선 악마의 검정색이 천사의 흰색에 불리한 형국일진 몰라도, 현실계에선 검정이 우세할 때가 많습니다. 구체제에 맞선 부르주아 신교도들이 자신의 검약과 절제의 가치관을 검소한 검정빛으로 약호화한 것처럼, 검정은 중후함과 품위의 약호로 승격되어 대중이 추앙하는 색이거든요. 헨리 포드의 히트 상품 모델 T의 대부분은 검은 도색으로 출고됐죠. 검은 안경, 검은 정장, 검은 타이 그것도 모자라 검은 가죽장갑을 착용한 샤넬의 수석 디자이너 칼 라거펠트Karl Lagerfeld의 파워 드레싱도 오늘날 검정 페르소나의 역전극을 웅변합니다.

6

—

미신들

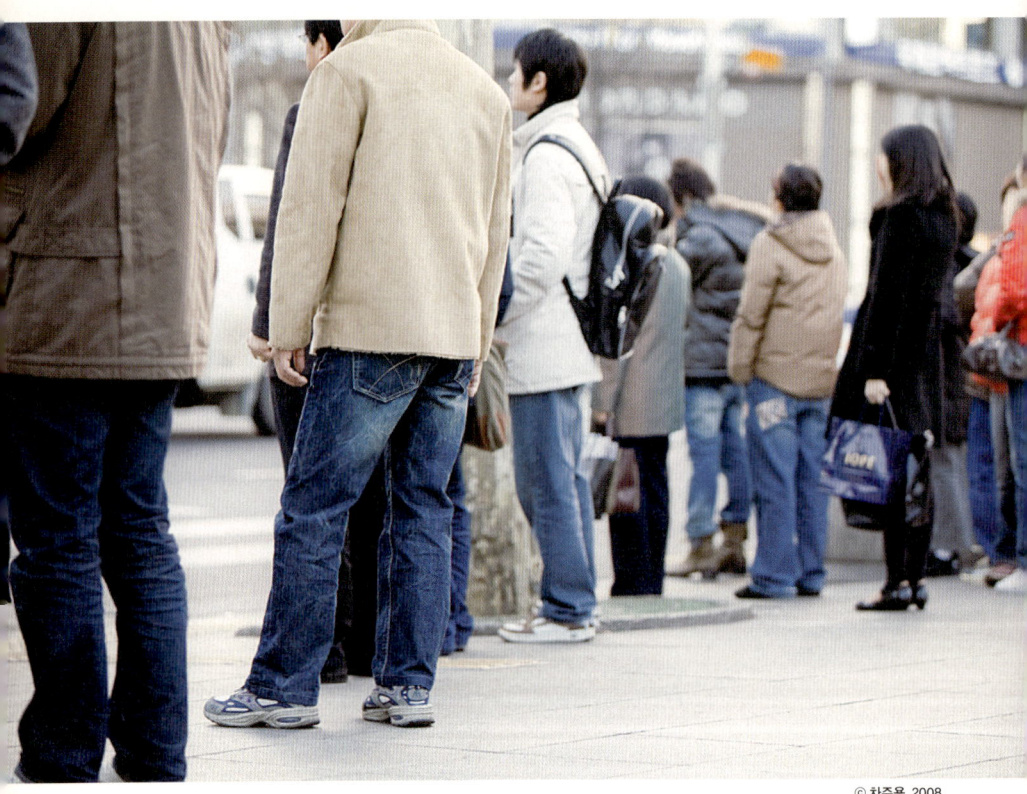

© 차주용, 2008

079

청바지

청바지의 진화는 유구한 의복 역사의 곁가지를 넘어, 고정관념의 무용성을 연대기로 입증하는 산 증인으로 대우받을 만합니다. 본래는 천막 원단으로 만든 광부의 작업복에서 '육체 노동자의 아이콘' 같은 의상으로 출발했습니다. 그런 것이 영화배우 제임스 딘과 만나 반항문화의 아이콘으로 진급합니다. 단벌에 1억 5000만 원짜리 명품 청바지가 한정 판매됐다는 '세상에 이런 일이' 식의 외신도 보도되었지요. 하지만 천출賤出의 낙인이란 집요해서 연회장에서 때로 용인되는 캐주얼과 달리, 청바지 출입은 결례로 인식되는 완고한 정서가 아직까지 만만치 않습니다. 그렇지만 후일 고정관념이 가로막았던 성공 사례가 얼마나 많았는지 기억하십시오. 10여 년 전, 한국의 어느 대학생은 청바지에 반짝이와 레이스를 부착해 해외시장에 팔아 억만장자가 되었다지요. 일명 '파티 청바지'라나! 청바지에 대한 고정관념은 많습니다. 데뷔 당시 자신의 농염미를 청바지와 청재킷 상하의 세트로 단장한 연예인은 많잖아요? 반면 동일한 상하의 세트를 차려입고도 혐오대상이 된 사례가 역사적으로 존재합니다. 21세기에는 종적을 감췄지만 80~90년대 한국에선 청바지와 청재킷을 상하로 맞춰 입은 인물들이 공포의 대상이었어요. 들어는 보셨는지? 일명 '청사복 체포조(백골단)'라고. 한 손에 곤봉을 쥔 청사복 체포조는 심지어 '스노 진snow jeans' 차림으로 거리를 내달리며 시위자를 구타했습니다. 공안 정권의 아이콘이었죠.

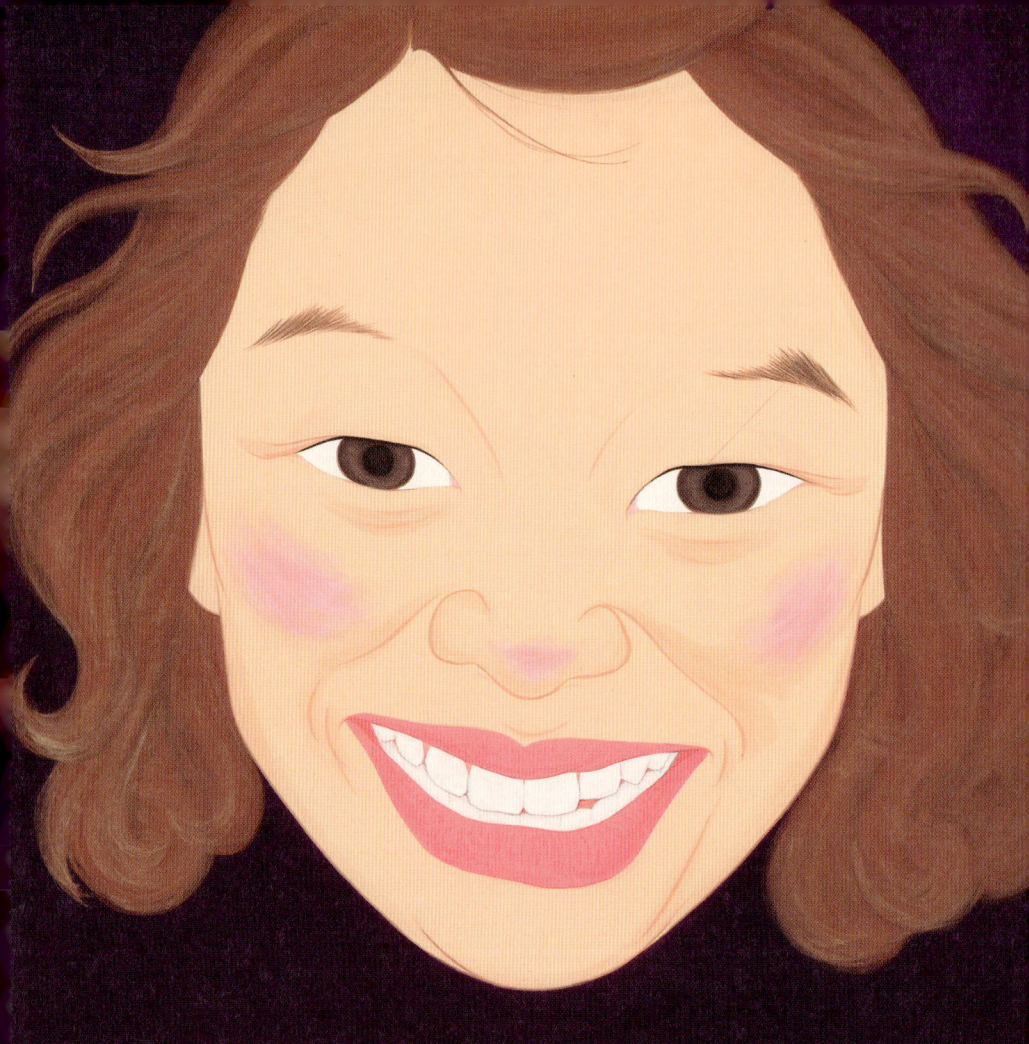

씨발

거짓말로웃기

080

웃음

웃음처럼 한 치의 의심 없이 전폭적으로 권장되는 게 또 있을지 의문입니다. 웃음은 처세·건강·신뢰 회복 모두에 효과가 높은 상품으로 소개되지요. 그것을 증명하는 물증까지 제시되면서 설득력을 발휘합니다. 출세한 명사의 웃음 예찬론을 인용하는 주입식, 크게 웃을 때 근육 231개가 움직인다는 의학적 견해가 가세하는 웰빙식, 한 시절 코미디 프로그램의 명칭으로도 채택된 소문만복래라는 불멸의 신앙까지, 웃음 앞에 대항군은 없어 보입니다. 무조건 웃으라는 처방전은 단순한 유행을 넘어 도그마로 자리 잡은 형편이지요. 하지만 무언가가 강권된다면 항상 진정성을 의심할 수밖에 없죠. 더욱이 서비스업 종사자의 훈련받은 웃음이 스트레스 부메랑으로 돌아온다는 사회면 보도는 웃음의 위험을 경고합니다. 감정 노동자에겐 감정 수당을 별도로 지불해야 한다고 주장할 만큼. 부조리한 세상에서 웃음만 권유하는 건 이미 가질 만큼 가진 자의 자만일 수도 있지요. 분노하고 비판해야 할 때마저 웃어넘기자는 낙관론은 길든 돼지가 되는 지름길이지요. 정작 억지웃음이라도 꼭 필요한 사람을 애써 고른다면 항시 굳은 표정으로 등장하는 배우 최민수 정도가 아닐까요.

◀ 조장은, 「씨발, 거짓말로 웃기」, 2008

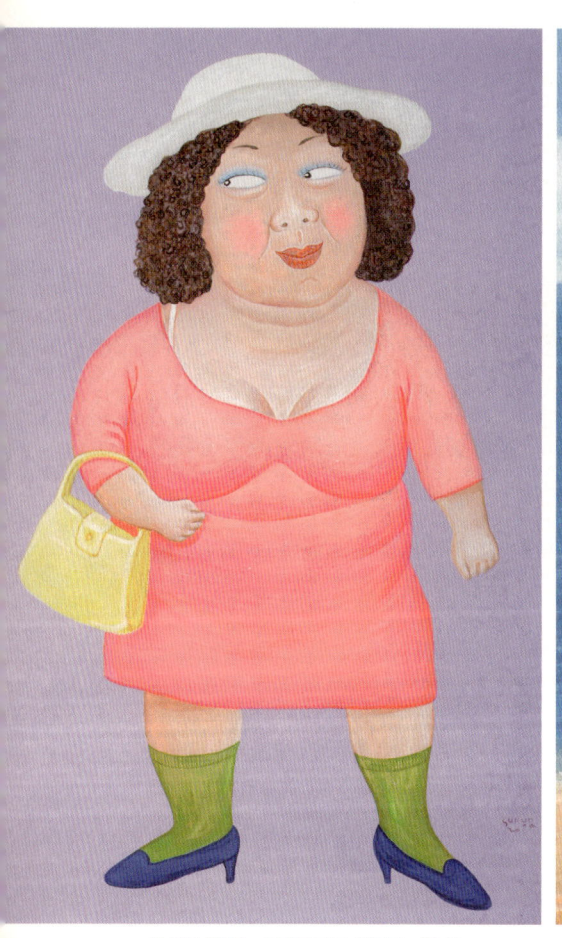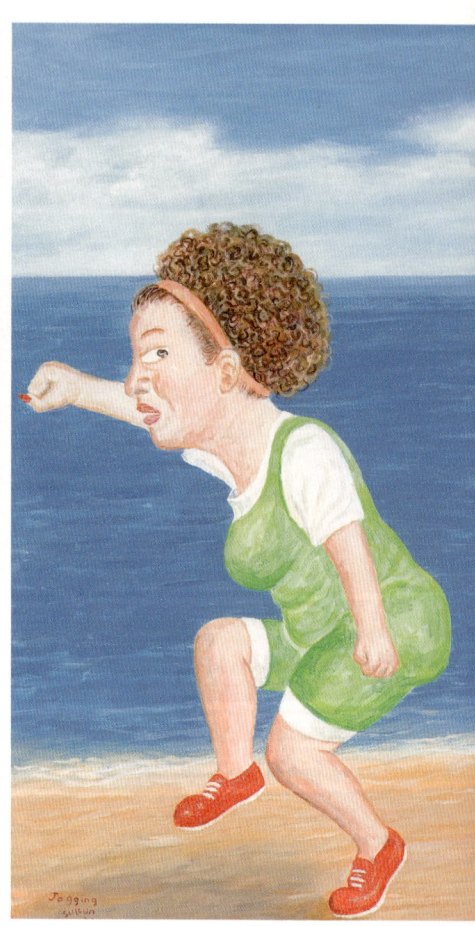

최석운, 「외출」, 2009(왼쪽) / 「조깅」, 2011(오른쪽)

아줌마 파마

헤어스타일도 무릇 뜨고 지는 패션일진대 세칭 아줌마 파마는 고정된 시장이 보장된 미용계의 스테디셀러입니다. 명칭부터 아줌마 파마로 통하니 그 고유의 억척스러운 생활력과 척박함이 애꿎은 머리 모양 탓으로 들리기도 합니다. 비용까지 지불하고서 전 국민의 놀림감이 되는 기구한 운명 아줌마 파마! 그런 코믹한 효과 탓에 아줌마 파마는 예능 산업에서도 엄연한 소품으로 취급됩니다. 멀쩡한 캐릭터를 망가뜨릴 때 가장 설득력 있는 둔갑술이 그의 머리에 아줌마 파마를 뒤집어씌우는 거죠. 한데 정작 실제 아줌마 파마의 주체인 시골 할머니들의 선호 이유는 다른 데 있다고 합니다. 패션이니 소품이니 하는 분석 따위는 제쳐 두고 청춘과 함께 사라진 머리숱을 과장스럽게 부풀리는 가장 저렴한 위장술이 바로 아줌마 파마라네요.

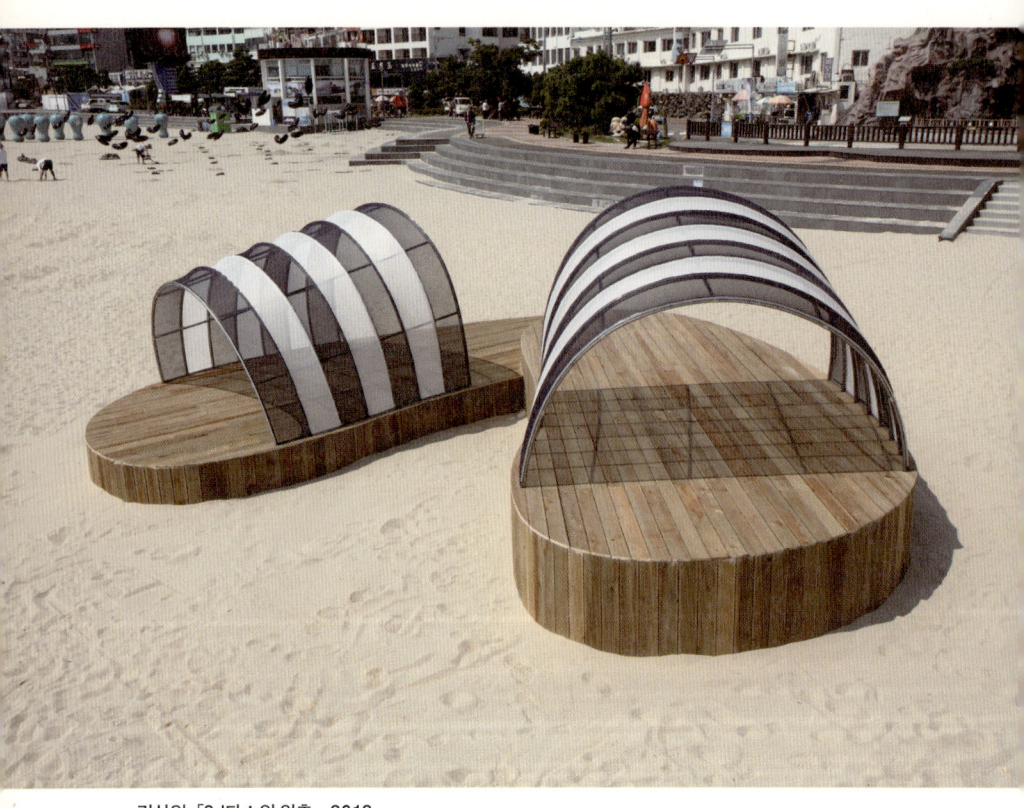

김상일, 「3d다스의 외출」, 2013

082

삼선 슬리퍼

전국의 일선 학교, 고시원, 산재된 오만 사업장의 구성원들의 발바닥을 하나로 엮어 주는 연결망이 있습니다. 삼선 슬리퍼입니다. 가히 실내화의 네트워크를 통일시킨 군주쯤 될 거예요. 다국적 유명 스포츠 브랜드 '아'사의 고유 로고인 세 개의 줄을 로열티도 내지 않고 무단 도용한 건데, 견제도 받지 않고 오래도록 생존하는 무서운 슬리퍼입니다. 때문인지 세간에선 삼선 슬리퍼를 '삼디다스'로도 부릅니다. 삼선 슬리퍼의 미학은 단순합니다. 군청색 본체에 흰 줄 셋을 두른 게 전부니까요. 2005년 초 젤리 슈즈라는 대항군을 만났지만 부동의 1위 자리를 내주진 않았습니다. 삼디다스의 본의 아닌 대리 홍보에 감사는 고사하고 '아'사는 급기야 자사 삼선 슬리퍼의 차별화로 맞대응했는데요. 코르크로 밑창을 깔고 삼선에 은색, 핑크색을 올려 차별화했죠. 가격은 삼디다스의 10배! 그러자 창의적인 삼디다스 광신자들은 흰 줄을 채색해서 다시 '아'사의 전략을 무력화시켰지요. 튀지 않고 중간은 가는 삼선 슬리퍼의 무난한 철학 때문인지 전국의 발바닥이 삼선으로 획일화된 지 이미 오래. 이젠 묻고 싶습니다. "좀 딴 거 없어?"

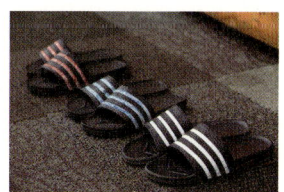

© 차주용, 2008

미신들

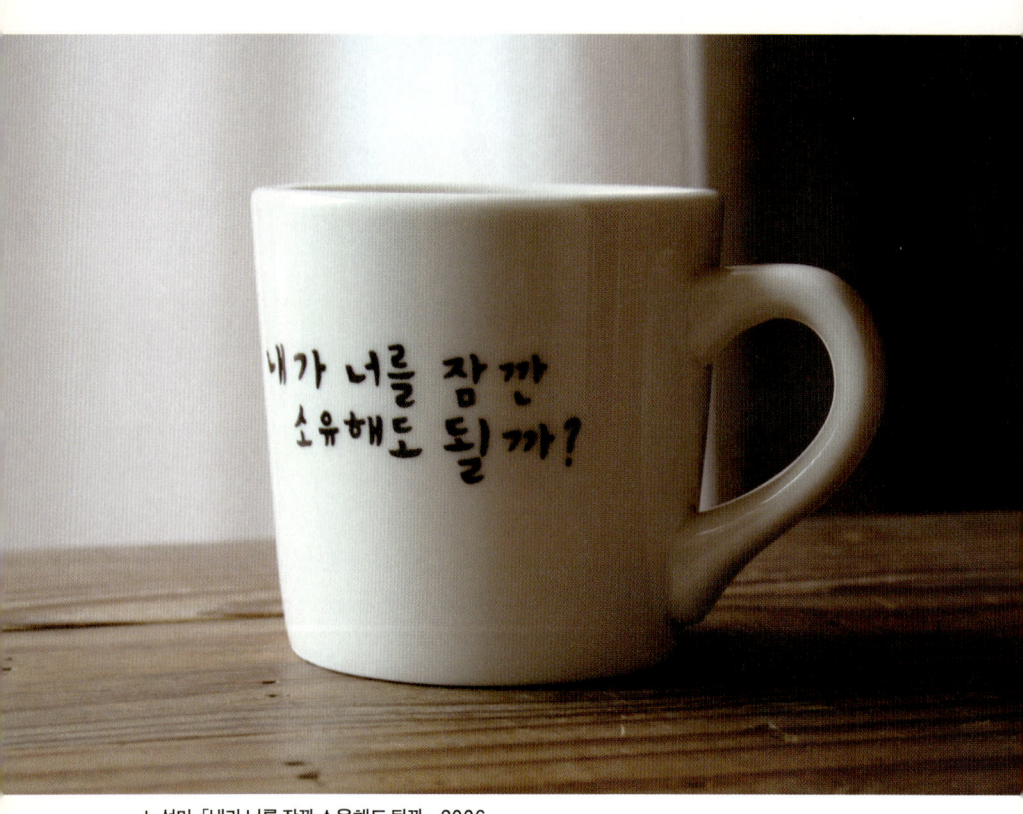

노석미, 「내가 너를 잠깐 소유해도 될까」, 2006

083

머그잔

희소한 몇 개의 변형을 빼면 머그잔의 일반론은 절단한 빈 원통의 옆구리에 손잡이를 부착한 멋없는 사기그릇입니다. 두툼한 외관과 넉넉한 용적률은 더운 음료를 담기에 부족함이 없지요. 그러나 전국 가정을 장악한 머그잔의 보급률은 시원찮은 의문도 남깁니다. 대한민국이 언제부터 커피 강국이었나요. 머그잔은 찻잔을 대표하진 않습니다. 그것은 준비된 선물의 상투성과 갖은 무료 경품의 대명사일 뿐이지요. 머그잔은 냉수를 담거나, 화초에 물을 줄 때, 심지어 연필꽂이 대용 외에도 다용도로 출동했다가 주저 없이 분리수거되는 처지의 애물단지입니다. 고민 없이 선택할 수 있는 선물 품목 0순위인 머그잔은, 그래서 선물과 인간관계가 직면하는 유한성과 파기 가능성을 시사합니다. CNN이 조사한 가장 받기 싫은 '끔찍한' 크리스마스 선물 10위권에 머그잔이 포함된 사정도 집집마다 쌓여만 가는 이것의 처치 곤란을 웅변하죠. 입이 닿는 상단부에 고의로 구멍을 내어 음료를 흡입하기 곤란하게 장난을 친 고대 그리스의 퍼즐 머그의 발상을 보세요. 잔으로서의 용도는 포기했지만 일상의 진부함을 흔들어 주는 발명품이잖아요? 일상이 예술이 될 때란 이런 순간이죠. 이 정도 머그잔이라면 서랍에 처박힐 이유가 없지요.

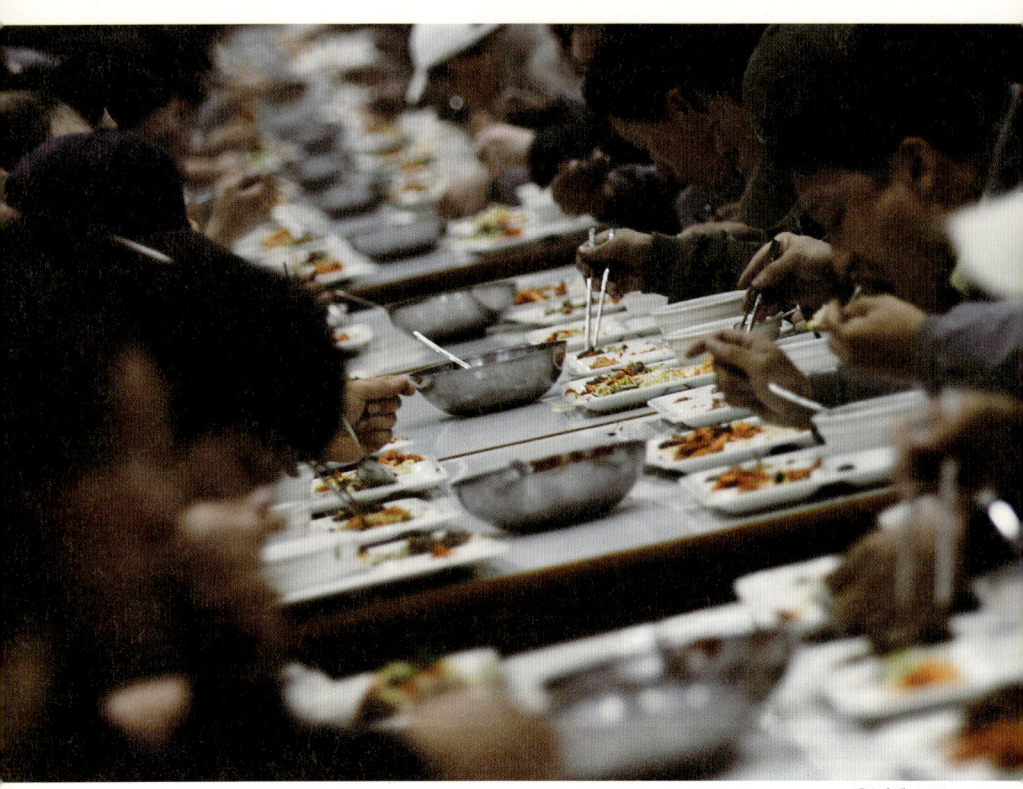

084

식판

압착기에 눌린 표면은 굴곡과 함께 눈부신 광채를 발산하지만, 스테인리스 식판의 금속성 반질거림은 그 이면에 놓인 정량 배급의 식문화와 통제된 집단생활을 반어적으로 은폐하는 포장이기도 합니다. 식판 배식은 시작부터 끝까지 엄격한 질서가 요구됩니다. 차곡차곡 쌓인 식판마냥 기다랗게 늘어선 배식 줄서기, 식판에 패인 홈의 개수와 한정된 메뉴(일식 삼찬)의 일관성, 세척의 용이함과 견고한 내구성이 강조되는 식판 재질은 배식을 기다리는 사람의 처지를 거울처럼 반사합니다. 식판 위에 비친 그들의 초상은 무료급식을 기다리는 행려, 호주머니 가벼운 노인, 군 막사에 갇힌 사병, 그리고 입원 치료 중인 환자인 경우가 많습니다. 선택의 자율권에서 멀리 떨어져 통제권 아래에 있는 사람들이죠. 하지만 식판 거울이 비루한 자의 형편만 반영하는 건 아닙니다. 식판 밑면으로 무료 배식을 거드는 대가 없는 봉사와 희생이 가려 있으니까요. 희망과 절망이 교차하는 은빛 사각 식판은 그 자체로는 어떠한 말도 하지 않지만 추상 조각을 능가하는 가슴 찡한 형식미를 품고 있습니다. (저는 학교 식당 밥을 좋아합니다.)

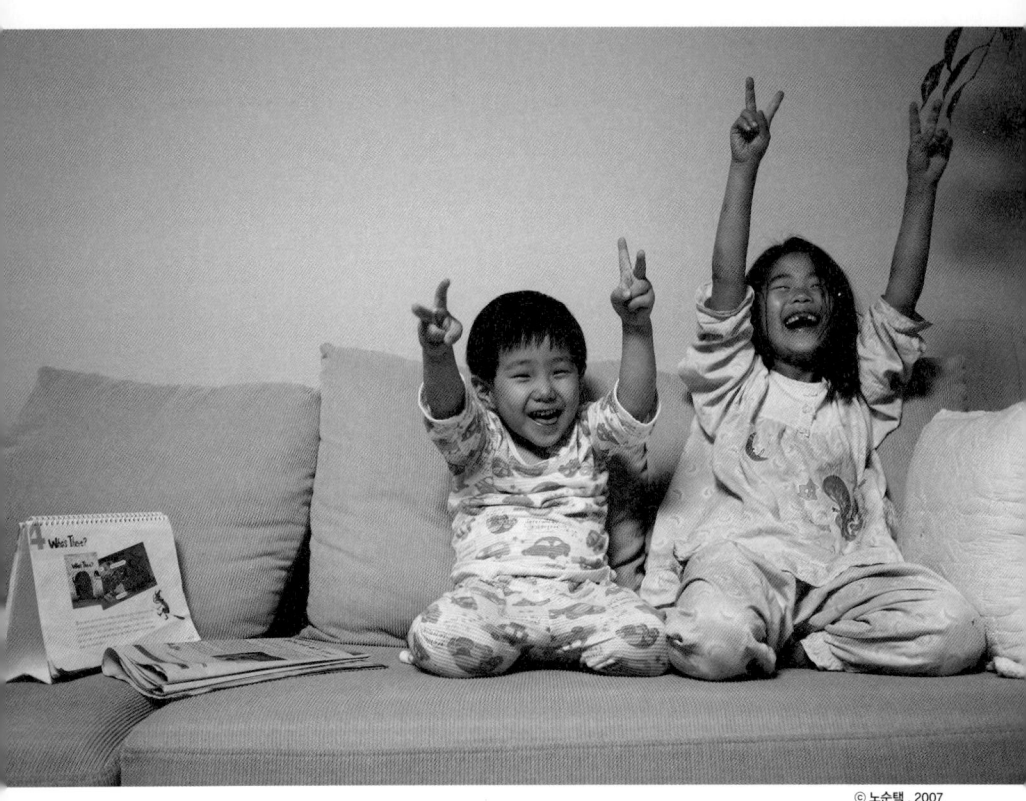

085

브이(V)

두 손가락을 치켜든 알파벳 V는 승리와 곧잘 연관되지만 손등이 상대를 향한 V는 모욕과, 70년대 일본 사회의 V는 평화와 통했습니다. 불명예 퇴진한 미 대통령 닉슨이 택한 마지막 포즈도 양손 V였다니 어리둥절 알쏭달쏭입니다. V의 위상은 거의 모든 인물 스냅사진에서 발견될 정도로 보편화되었는데 오늘날 V의 의미는 뭘까요? '별 뜻 없음'이 맞겠지요. 디카 보급 이전 촬영자는 피촬영자에게 일종의 준비 신호를 붙였으니, 치즈와 김치가 제일 상투적인 예령이었고 이로 인해 어색한 미소들이 연출되었습니다. 상황 반전된 오늘날 준비 신호는 피촬영자의 몫입니다. 그게 바로 V죠. 승리나 평화 같은 특정 메시지를 전할 목적은 없습니다. 친구와 짝이 되어 찍는 셀카의 유행이 소위 샴쌍둥이 포즈(얼굴을 서로 맞대고 찍는 포즈)의 양산을 낳았다지만 여전히 포즈의 대세는 V입니다. 해서 카메라 없이는 가능해도 V 없이는 불가능한 게 사진 촬영이라는 허망한 공감대가 만들어진 오늘날, 사진의 시대에 V는 과연 승리, 그것도 압승의 표시가 맞나 봅니다.

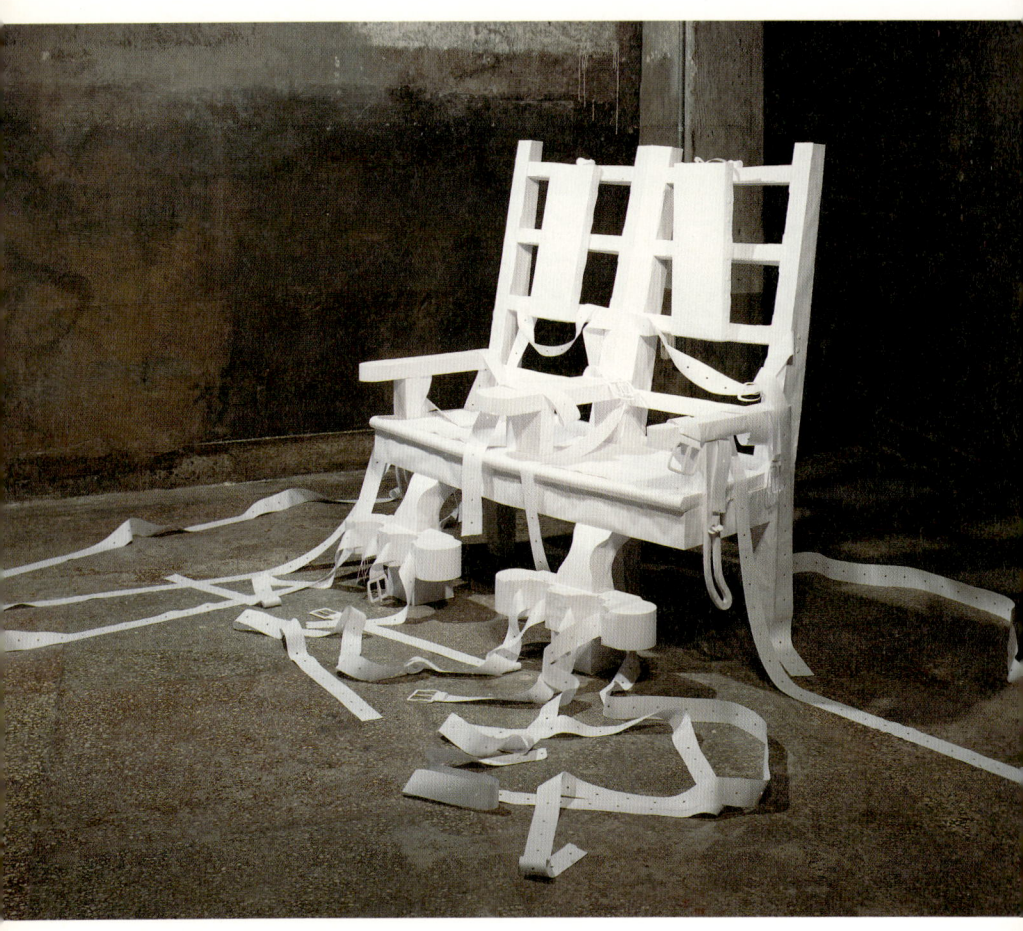

박원주, 「고독공포를 완화하는 의자」, 2004

사형 집행용 전기의자를 모방한 이 설치 작품의 재료는 A4용지입니다. 정말 A4용지를
이어 붙여 만든 전기의자 작품이란 말입니다.

A4 용지

가방에 살짝 넘치는 세로 사이즈 때문에 반을 접어 보관합니다. 황금분할에 다소 못 미치는 1.4142 대 1은 완벽한 비율이라고 할 순 없습니다. 그럼에도 A4 용지는 공문서 및 여하한 서류의 국제 표준입니다. 그것은 결재 서류, 리포트, 복사지, 이면지, 메모지까지 포괄합니다. 디지털 혁명의 상징적 문구 '종이는 사라질 것이다'의 도발은 사무실 여기저기 쌓인 A4 뭉치를 통해 완벽한 허구임이 입증되었습니다. 모니터 속 바이트의 편집된 정보조차 백색 네모 격자 위에 옮겨질 때 가치를 행사합니다. 인간의 이성은 오로지 A4 위에서 존재합니다. 해서 우리의 추상적 사고는 정확히 210×297밀리미터의 구체적 크기 속에 갇혀 있습니다. 가용한 양면 중 한 면은 쓰고 반대 면은 버리는 게 통례입니다만 물자 절약 차원의 이면지 사용이 권장되지요. 그러나 이행률이 저조한 까닭은 뒷면이 훼손된 반쪽짜리 순백 위에 자신의 영혼을 옮기는 것이 정신적 순결에 흠집을 낸다고 믿기 때문인가 봅니다. 특히 상관에게 올리는 보고서와 중대한 발표문에 이면지를 쓰는 일은 없다시피 합니다. A4는 타불라 라사 tabula rasa(텅 빈 서판)의 철학입니다.

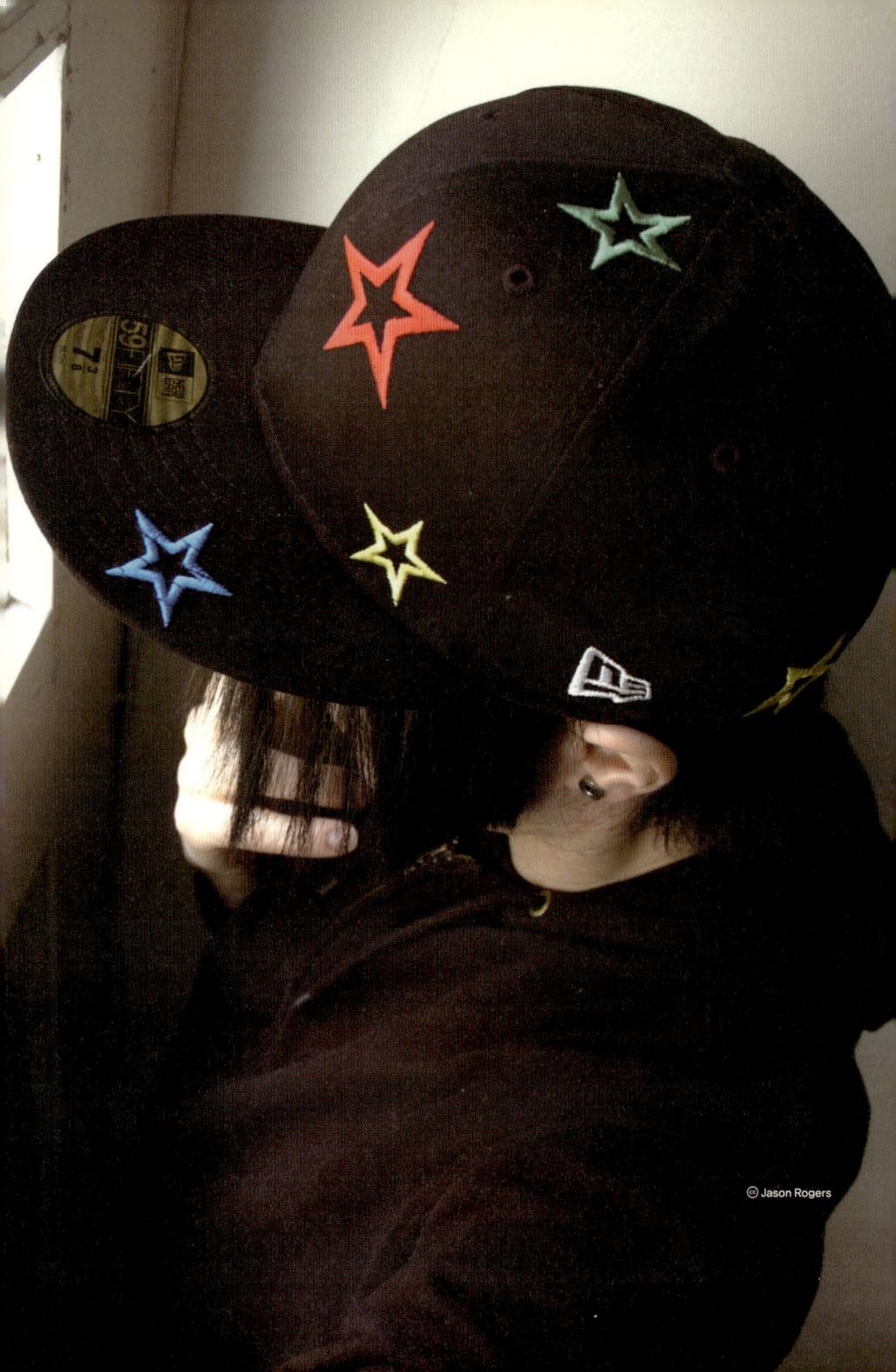

087

야구모자

아이라인 주변에 챙 달린 모자를 캡cap 또는 야구모자라 부릅니다. 더위
와 직사광선을 피하려고 50년 전 야구장에 보급된 캡은, 신분 불문하고
만인의 정수리에 올라앉았습니다. 캡은 바야흐로 유비쿼터스합니다. 챙
의 상하 조절로 착용자는 물론 그를 관찰하는 타자의 시야를 차단합니
다. 자신의 코 아래만 보여 주니 사생활 중 반쪽은 보호받은 셈이죠. 착용
자에게 챙은 자동차 핸들 같은 역할입니다. 시야 조절과 프라이버시 주
도권이 코 위에 있으니, 행여 모자를 낚아채 얼굴을 확인하려는 극성스
러운 팬의 급습이 있더라도 벙거지 모자에 비해 캡이 유리합니다. 많은
용의자의 소환에 캡은 동행하며, 공공장소 외출이 부담스러운 연예인의
사적 업무에도 캡은 값싼 경호원입니다. 이와는 대조적으로 타의로 캡이
착용될 때도 있습니다. 착용자를 익명화하고 신분과 업무만 싸늘하게 강
조한 '주차 관리'가 크게 적힌 모자가 그런 경우지요. 그렇다면 용의자도
유명인도 주차요원도 아닌 가까운 친구가 전에 없이 캡을 쓰고 나타났다
면? 그건 머릴 감지 못해서라고들 답하더군요.

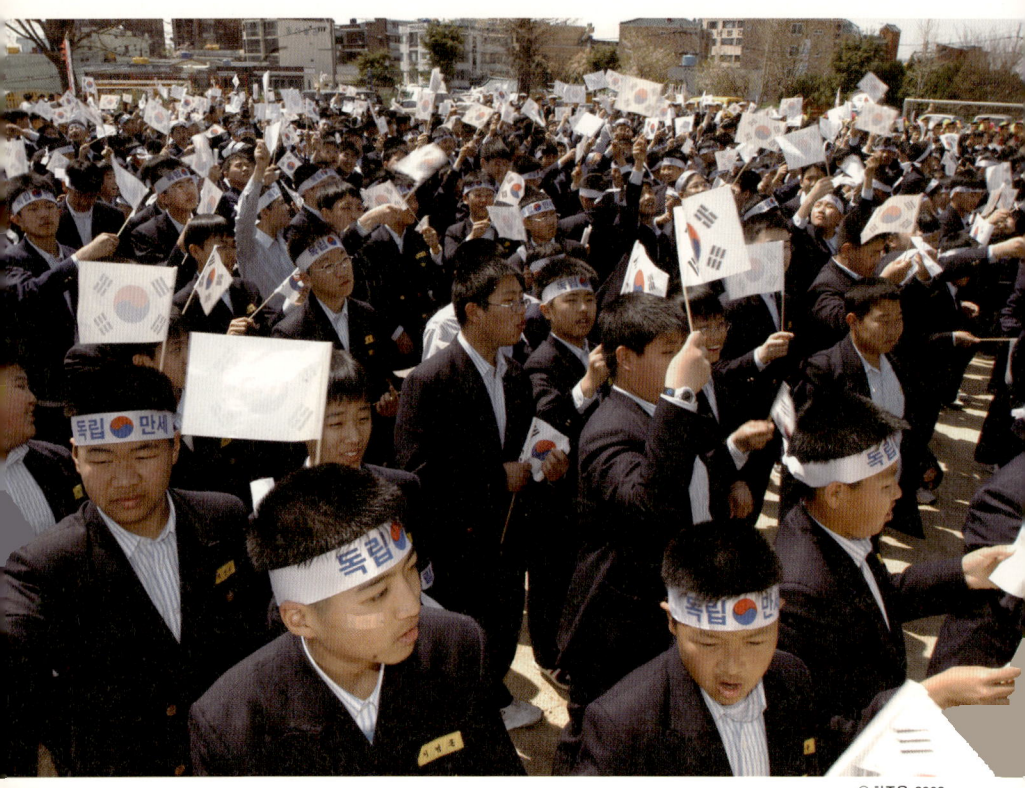

088

스포츠머리

두발은 두피에서 자라는 털 이상의 사회성을 가지며 인간관계를 망라하는 기호입니다. 역사적으로 머리 장식은 구성원의 서열과 섹스 어필을 부각하는 표지였고, 두발 단속은 처벌의 긴요한 수단입니다. 스포츠머리는 예술가에게 곧잘 발견되는 까까머리와 다 자란 머리의 중간쯤에 위치한 몰개성한 헤어스타일입니다. 앞머리를 겨우 움켜쥘 정도만 남긴 이 짧은 머리는 자의보다 타의로 선택되며, 명칭 속에 포함된 스포츠와도 무관합니다. 강요된 집단생활은 스포츠머리로 시각화됩니다. 학생, 병사, 수인, 포로 그리고 조폭의 일원이 죄다 고만고만해 보이는 까닭은 착용한 유니폼의 통일감보다 숱 없는 이목구비의 총합이 계란판처럼 몰개성한 탓입니다. 스포츠머리는 미관을 포기하고 신념에 올인한 자의 것이기도 합니다. 그것은 곧잘 정진, 금욕, 투혼을 표징합니다. 하지만 스포츠머리가 강요될 시, 그걸 보는 관점은 정반대입니다. 가위를 든 이에겐 단정의 기준이며 잘린 이에겐 굴욕의 상처입니다. 브래드 피트의 장발과 배용준의 꽁지머리 혹은 동물의 왕 사자의 갈기를 스포츠머리로 쳐 버리면 과연 단정할지 궁금하네요.

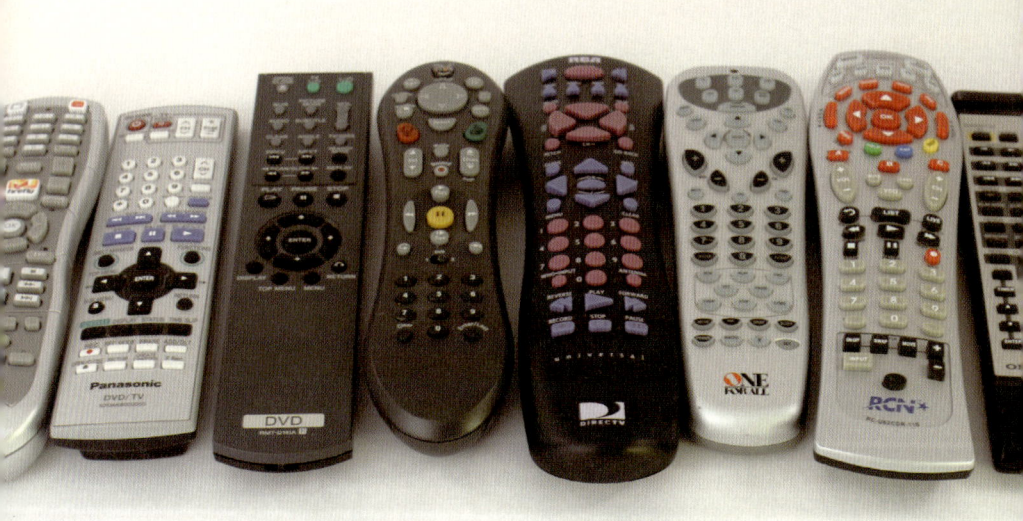

redjar

089

리모컨

리모컨의 입지는 두뇌에 비유될 수 있습니다. 성인 기준 1500그램 내외의 무게와 부피로 자신의 수십 배에 달하는 몸통을 지휘 통제하는 두뇌와 같은 영도력 말이에요. 원격조종장치 리모컨은 나와 가전제품 사이의 관계를 완결 짓는 앙증맞지만 없어선 안 될 미니 가교지요. 리모컨의 존재 이유는 물리적 이동에 소요되는 시간과 노동을 감소시키는 데 있습니다. 그러나 하드웨어의 진화로 기능이 보강되면서 손바닥 크기의 리모컨 위로 40개가 넘는 버튼이 올라왔고 이용에 앞서 사용법 학습을 선결해야 하는 과제가 생겼습니다. 설령 그 복잡한 매뉴얼을 '마스터'하면 상황 종료냐, 그렇지도 않아요. 전원이나 녹화 같은 빨간색 실행키를 제외하곤 죄다 회색 혹은 검정색 일색인 리모컨 본체는 식별하기가 여간 어려운 게 아니에요. 게다가 숨겨 놓은 다리라도 달린 건지 시야에서 감쪽같이 사라지곤 합니다. 채널 조작에 소모되는 시간의 수십 배를 리모컨 찾는데 허비하는 부조리! 우리와 가전제품 사이는 리모컨을 매개로 좁혀졌건만 정작 우리와 리모컨 사이의 거리는 멉니다. 형광색 리모컨이 왜 널리 보급되지 않을까요?

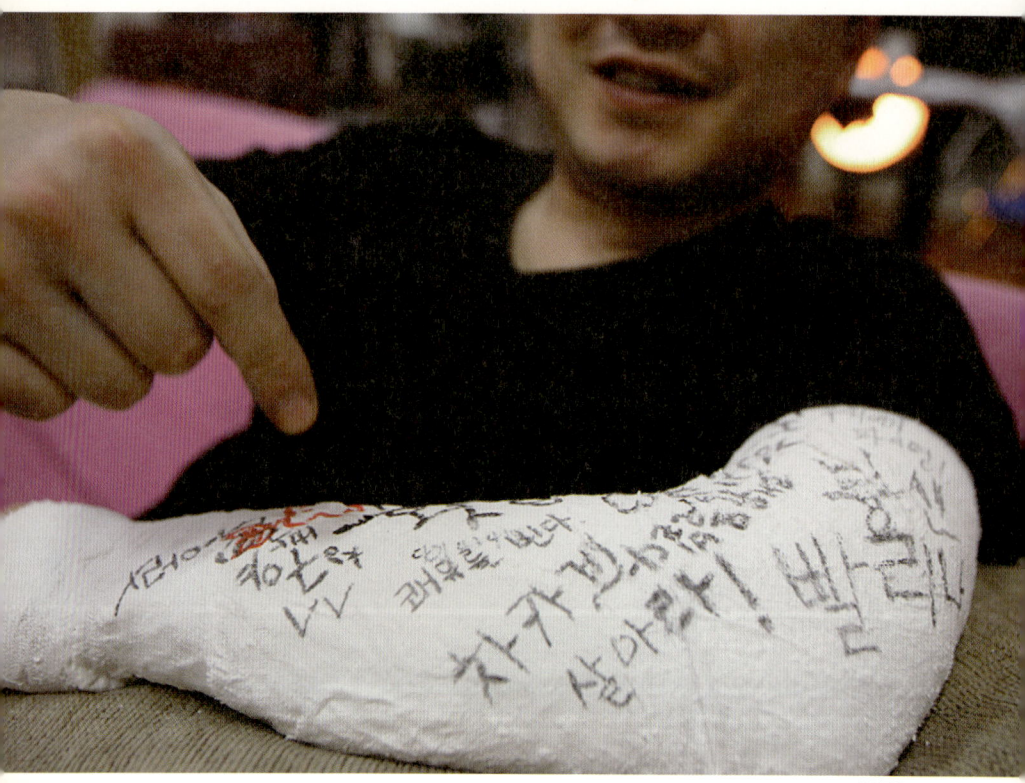

© 차주용, 2008

090

깁스

예외를 감안하더라도 교도소 감금은 범법자에게 가해지는 형벌의 일종
인데, 인신구속으로 행위자의 정신과 육체의 자유를 박탈하는 사법적
강제입니다. 깁스 시술은 사고당한 팔다리에 추가적인 손상을 방지하려
고 외부와의 관계를 차단하는 정형외과적 시술입니다. 높다란 담이 둘러
싼 감옥의 사각지대는 내부인만 아는 비밀입니다. 백색 석고붕대가 감싼
순결한 포장 때문에 그 안에 감춰진 팔다리의 실태는 외관상 알 도리가
없습니다. 가려울 때 긁지 못하는 심경, 누가 알까요? 형기를 마치고 철문
을 나선 출소자는 새사람이 되길 다짐하지만 그의 길은 험난합니다. 변
화된 세상과의 부적응은 눈부신 햇살에 두 눈 찡그리는 장면으로 곧잘
영화에서 묘사되어 왔습니다. 깁스를 풀고 노출된 팔다리는 가늘고 왜소
하며 또한 낯설어 보입니다. 출소의 희망을 담아 형무소 벽에 남긴 숱한
낙서는 쾌유의 기원을 남긴다는 점에서 깁스 위에 적힌 친구들의 낙서와
동형입니다. 드물게 전과 전력을 과시하는 꼴불견이 있는데 주제 파악 못
하고 오만한 언행 앞에는 "목에 깁스 했냐?"는 대꾸가 제일 잘 먹힙니다.

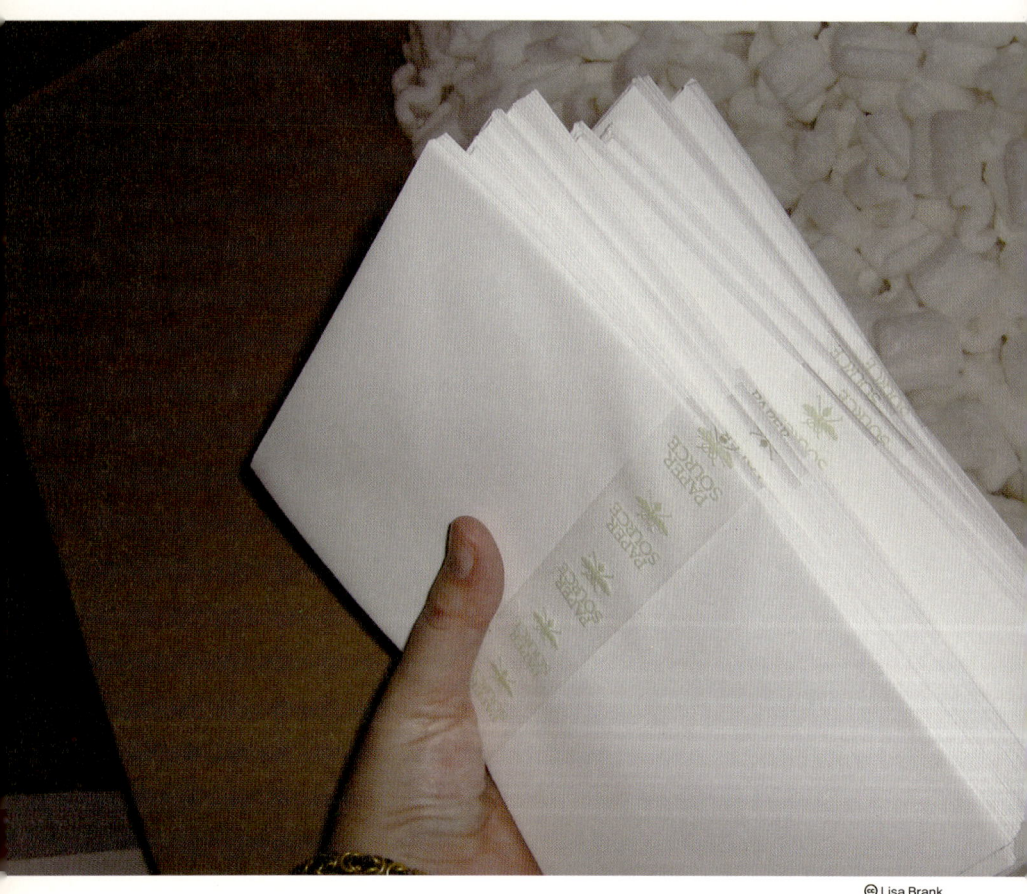

© Lisa Brank

091

편지 봉투

백색 직사각형이 주종인 편지 봉투는 고시된 규격을 따른 결과입니다. 엄격하게 관리되는 거죠. 그도 그럴 것이 세 번 혹은 네 번 고이 접힌 송신인의 사연을 신속하고 안전하게 수신인에게 전달하는 책무를 띄고 있으니까요. 규격은 동일하지만 안에 담긴 내용물은 천차만별. '슬림'하기 짝이 없는 편지 봉투의 두께는 구구절절 방대한 사연을 납작하게 압축합니다. 얇게 눌러 배달된 소식 앞에서 수신인의 궁금증은 증폭됩니다. 겉봉에는 받는 이와 보낸 이의 신상 정보만 기재될 뿐, 철저히 위장하는 백색 직사각형의 양면성 때문에 봉투에 속 깊은 고백이 실렸는지 검은 현찰이 담겼는지 오리무중입니다. 종이 편지의 왕래가 거의 멸종한 오늘날, 낭만은 실종되고 부정한 금품 살포의 증거물로 종종 제시되는 형편이니 편지 봉투의 위상이 굉장히 추락했습니다. 어쨌건 세상에서 제일 선망되는 봉투는 노동량을 현찰로 환산한 급여 봉투이고 제일 기피되는 봉투는 채변 검사 때 배부되는 똥 봉투입니다.

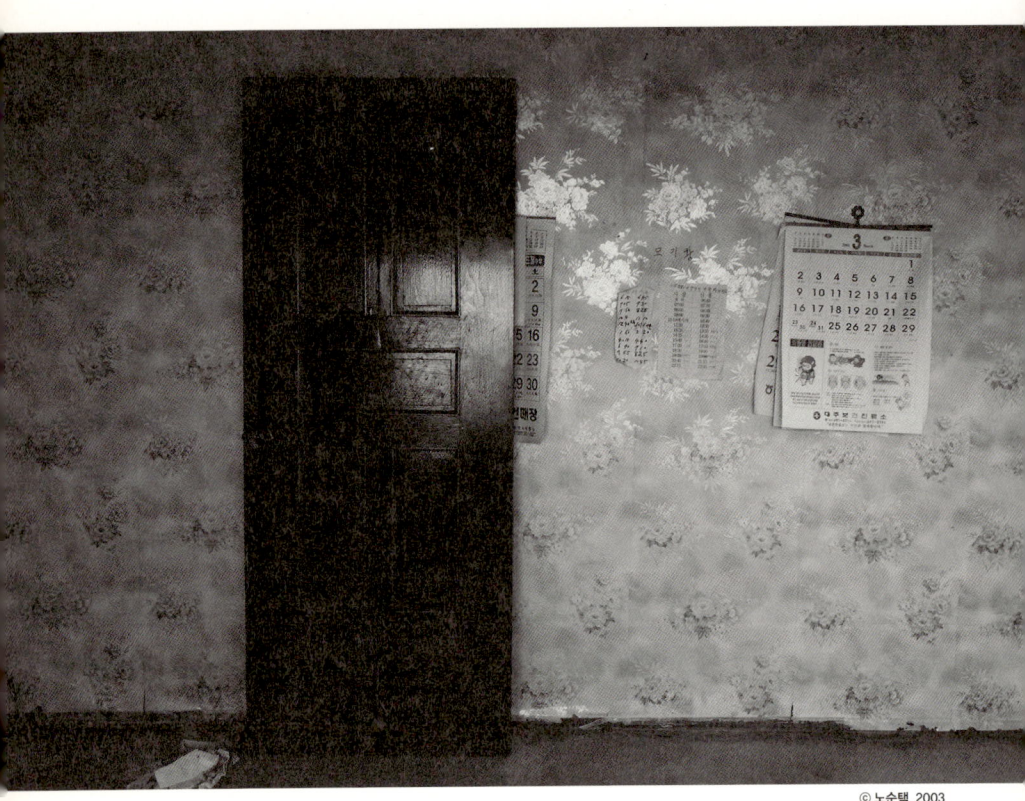

092

달력

달력의 구성은 판에 박혔습니다. 일곱 칸짜리 바둑판 위로 아라비아 숫자가 기입되고, 보기 좋은 그림을 여기에 결합하는 형식. 달력의 매 장마다 '그림 좋은' 장면이 부록처럼 가세하는 것은 30일 동안 숫자 바둑판만 쳐다보기가 너무 따분해서이지요. 경직된 네모 칸 속에 결박된 개별 숫자는 당일 처리해야 할 어떤 일정을 시각적으로 명시합니다. 달력 숫자 칸이 깨알 같은 메모로 더럽혀지는 까닭은 달력과 다이어리의 기본 골격이 유사해서입니다. 틀 지워진 달력의 구성만큼이나 그걸 대하는 우리의 정서도 판에 박힌 구조를 닮아 갑니다. 때로 달력은 감정이입의 대상인데 특정 날짜를 손꼽아 기다리는 간절함은 일과의 종료와 함께 숫자 위에 X자를 긋는 것으로 표현됩니다. 동일한 재질의 12장이건만 보편적으로 제일 의미심장한 페이지는 늘 처음 1월과 마지막 12월입니다. 시작과 마무리라는 상징성 때문이겠지요. 그러나 돌이켜볼 때 처음과 끝 장에 얽힌 남다른 추억이나 포부를 이행한 경험은 매우 희소하게 기억됩니다. 오히려 무분별한 중대 결심과 이행 못 할 언약이 남발된 달이 바로 1월과 12월입니다.

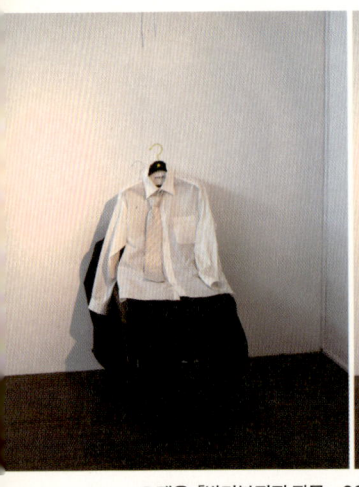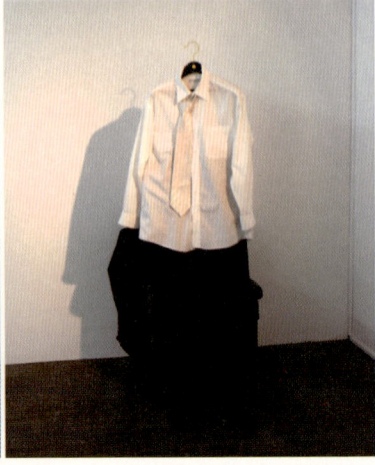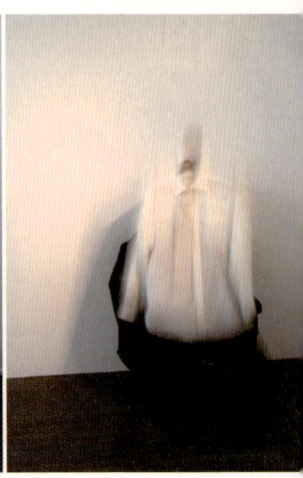

오재우, 「발기부전적 질문」, 2009

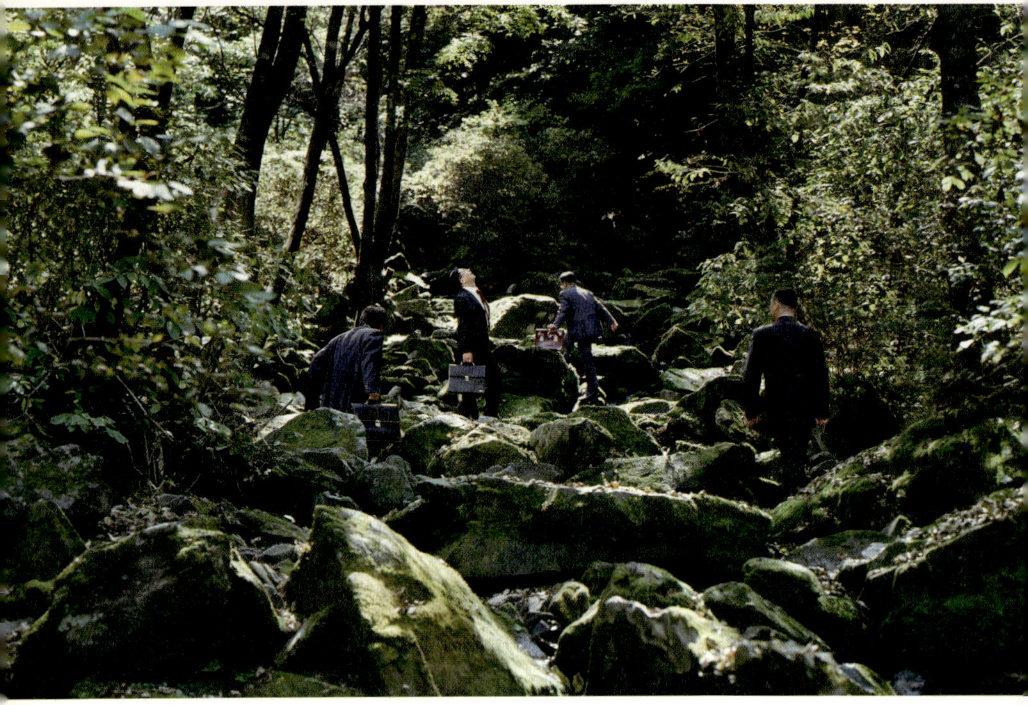

오상택, 「모험」, 2006

093

정장

선물이 알몸 그대로 전해지는 예는 드뭅니다. 포장이라는 격식을 통과할 때 주는 이의 성의가 선물에 담긴다고 믿어지기 때문입니다. 하지만 실제 그런지 입증할 길은 없습니다. 다만 포장지 안 싼 물건, 봉투에 안 담긴 현찰이 무례하다고 믿어지는 관례만 입증될 뿐입니다. 크고 작은 대인관계를 유지하려면 육신의 포장도 요구되며 이때 쓰이는 의상을 흔히 정장이라 부릅니다. 사회생활 입봉용 인체 포장지랄까요. 관혼상제와 입사 면접 자리에서 정장을 거부하는 행위는 전통적 가치관에 대한 도전을 넘어 무례로 간주되곤 합니다. 긴급 상황에 대처하기로는 스판덱스 추리닝이 더 어울릴 성싶은 경호원과 조폭마저 정장을 챙겨 입는 걸 보면 정장은 내용보다 형식을 중시하는 보수주의를 대변하는 복장 같습니다. 조직 부적응과 정장 혐오는 유사한 취향이며 고액 연봉을 포기한 자유직 종사자는 평상복으로 보상받습니다. 정장 완성의 화룡점정 넥타이는 조직에 목이 낚이는 모습을 표상하는 액세서리처럼 보입니다.

◀ 양복 정장은 사내의 나약함을 가리는 정중한 가면입니다. 오재우는 근사한 정장 차림 회사원의 무력한 내면을 폭로하는 것 같고, 양복 차림 등산객을 연출한 오상택은 정장 권하는 사회의 획일화를 지적하는 것 같습니다. 정장의 부조리는 불편한 내면을 근사한 표면으로 가린다는 점입니다.

———

미신들

094

서가

사물의 성질이 사물 소장자의 성품까지 좌우하는 경우를 많이 봅니다. 음반 수집가와 커피 애호가는 필시 해당 분야에서 방대한 지식을 자랑하리라 추정됩니다. 음반 수집가는 명반 목록을 암송할 만큼 해박하겠지요. 커피 애호가는 명가의 원두와 로스팅의 미학을 빼곡히 파악해야 애호가의 체면을 얻겠지요. 지식을 활자로 모은 서책의 경우를 봅시다. 벽 한 면을 채운 장서가 소장자가 지닌 학식의 바로미터로 의심 없이 믿어지는 경향도 같은 사례겠지요. 그렇지만 서가를 수놓는 장서는 책등만 드러낼 뿐이고 안의 내용은 거기 적힌 제목과 저자로 유추할 따름입니다. 방송 인터뷰에 임하는 학자의 배경에는 어김없이 서가가 등장합니다. 그의 등 뒤에 쌓인 책을 그가 죄다 완독했는지 파악할 길은 없지요. 때론 당사자조차 늘 가까이 꽂아 둔 책을 다 읽은 양 착각에 빠질 겁니다. 장서의 목적이 수납보다 지적 과시로 오용되기도 하는데, 이는 비단 오늘의 현상이 아닙니다. 18세기 민화 책가도冊架圖는 선비의 사랑방에 쌓인 책 더미를 보여 주는 그림인데, 이는 조선 시대 식자들이 즐긴 풍류의 본질과, 이들의 속물적 신분 과시를 예증하는 도판처럼 이해되거든요.

◀ 홍경택, 「서재2」, 2001
신성한 종교 도상을 정중앙에 두고 좌우로 책을 빼곡히 쌓은 이 그림은, 장서로 채워진
서가의 고압적인 모습과 닮아 보입니다.

———

미신들

김지은, 「무지개떡 프로젝트1」, 2004

095

줄무늬

동일 패턴 선들의 평행 배치와 반복. 이 단조롭고 지루한 조형 원리가 시신경을 장악합니다. 호랑이가 위협적으로 보이는 것도 결국 호피 줄무늬 덕인지도 모르지요. 패션계에서 스트라이프의 군림은 거의 장기 집권인데, 이는 지지자의 불변하는 충성도와 맹신이 떠받쳐 준 결과입니다. 어느 프랑스 문장학紋章學 전문가는 줄무늬의 매력을 '악마의 무늬'로 빗댑니다. 용이한 제작 원리와 시각적 호소력이 수요를 촉발합니다. 적지 않은 나라의 국기 디자인이 줄무늬입니다. 예술도 예외는 아닙니다. 일군의 추상회화는 줄무늬로 일관합니다. 온통 줄무늬로 가득 찬 대형 화면 앞에 선 관람객은 어떤 서사적 단서도 얻지 못한 채, 다만 심각한 메시지가 있으리라는 근거 없는 숭배에 빠지기도 합니다. 진실이든 사기든 그 작동 원리는 단조롭습니다. 줄무늬가 주입하는 무한 반복은 안락합니다. 줄무늬를 닮은 일상의 지루함을 박차고 나서는 이가 드물게 등장하지만 공권력은 이들을 감옥에 가둬 다시금 '줄무늬' 수의를 입힙니다. 그렇지만 이런 외부의 핍박과 내부의 안주에도 불구하고 줄무늬 중독의 단조로운 굴레에서 탈출해 새 길을 떠나야만 합니다.

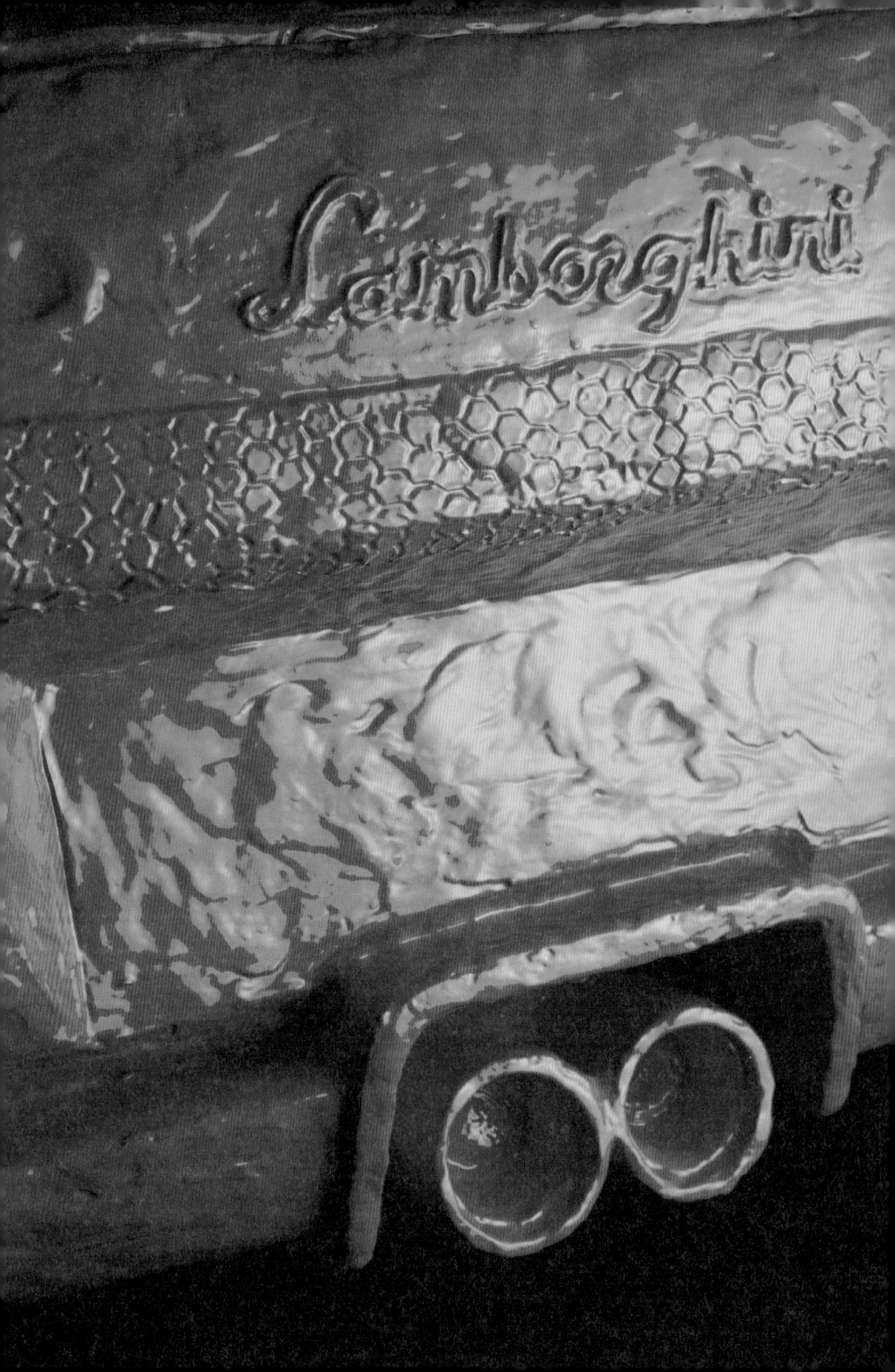

2인승 스포츠카

세단의 구조는 탑승인원 4~5인용으로 설계됩니다. 더러 경차 한 대에 최대 10여 명을 승차시키는 위험천만한 근검절약족이 외신으로 보도되지만, 경제적으로 풍족하면서도 구조적으로 단 둘만 허용하는 비경제적 얌체 차들도 드물게 눈에 띕니다. 흔히 슈퍼카 또는 스포츠카로 통칭되며 2인승만 고집하는 쿠페와 로드스터도 매한가지입니다. 2인승 스포츠카는 모든 면에서 비효율 덩어리입니다. 문짝과 좌석을 단 두 개만 부착해 '나와 그녀' 이외 훼방꾼의 합승을 따돌립니다. 1000마력을 자랑하는 엔진의 최대 성능도 현실적 도로 환경에선 구현할 기회가 희박합니다. 스포츠카는 그 명칭과 달리 스포츠와는 별 연관이 없으며, 필요 이상 무게 잡고 단순 무식한 점에선 스포츠머리와 기묘한 공통점이 있습니다. 2인승 차량의 비효율성과 무모한 비용 투자는 단 하나의 목표만을 향해 시동을 겁니다. 구애 작전이지요. 본디 구애에서 이별까지 연애의 전 과정은 비효율과 무모한 비용 투자로 점철되니까요.

◀ 권오상, 「더 스컬프쳐 II」(부분), 2005

슈퍼카 람보르기니를 채색된 모노톤 브론즈 덩어리로 옮긴 조각입니다. 실제 차체 표면은 군더더기 없이 매끄러울 테지만 이 작품의 표면은 거친 질감을 유지하고 있는데요. 아마 조각가만이 아는 재료 질감의 표현이자 물성을 제어하는 조각가의 자치권 행사처럼 보입니다.

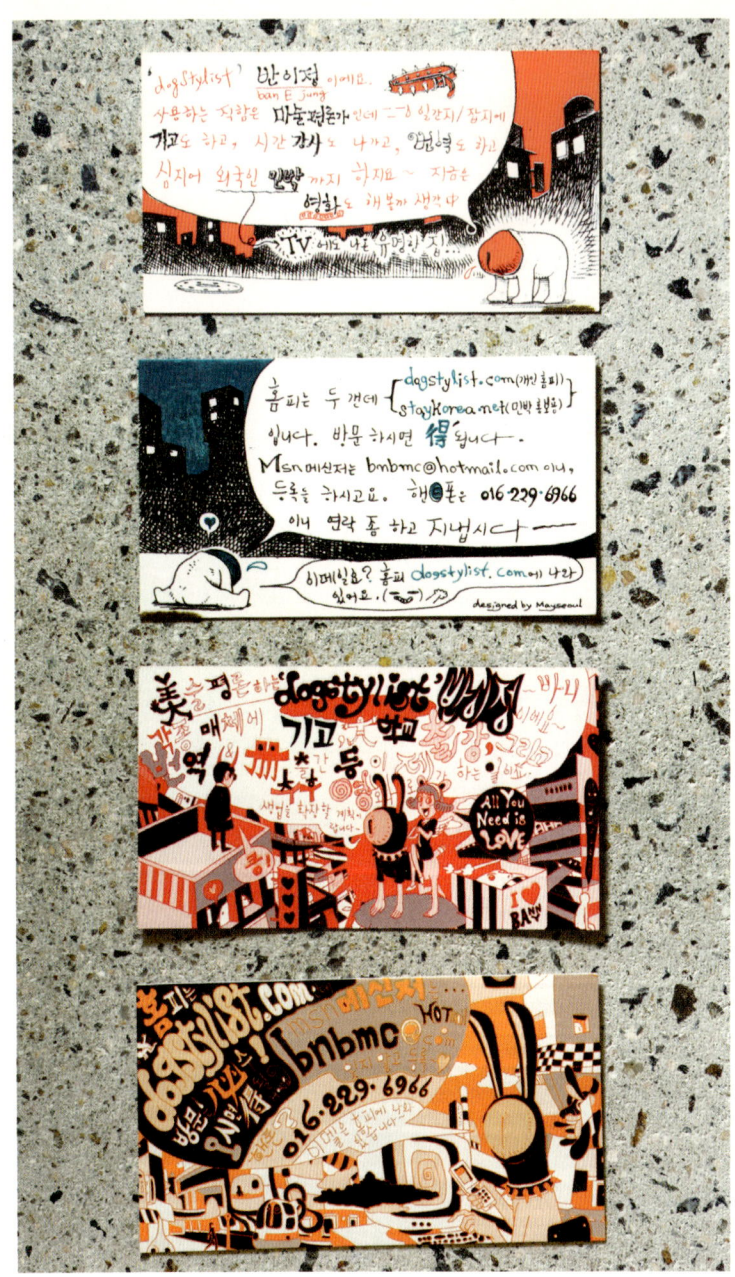

097

명함

생업과 사교 생활이 남긴 잔해, 그것은 수북하게 쌓인 흰색 직사각형 종이들이지요. 스쳐간 인연은 각양각색이건만 명함의 모양새는 큰 차이가 없습니다. 손바닥에 눕혀지는 부담 없는 사이즈(한 손에 움켜쥤다가 쓰레기통으로 투척하기에도 유리한!), 촘촘히 기입하려면 할 수도 있을 텐데 이름과 연락처만 무표정하게 적힌 포맷, 몇 년 새 달라진 점이라곤 한자 표기-집 주소-집 전화에서 영어 표기-이메일-휴대전화로 변화했다는 정도. 스마트폰에 모든 개인정보가 저장되는 시대지만 인쇄된 종이 명함은 여전히 유통됩니다. 프린터가 가정에 널리 보급되던 초반에는 가정용 프린터로 인쇄한 초간편 명함이 유행하기도 했지요. 하지만 '싼 티'가 너무 심해서 환영받지 못한 채 소멸했다죠. 다기능 휴대전화가 포터블 명함집을 대체하는 마당에, 별 노력 없이 얼굴 도장 찍기에만 능한 이를 칭하는 "명함 돌린다"는 고약한 수사까지 등장합니다. 한없이 실추된 명함의 체면! 자기홍보의 발명품인 점을 감안해서 기발한 명함 디자인을 궁리해 보세요. 명함은 어쩌면 아직 작은 가능성이 남아 있는 이름표입니다.

◀ 성명, 전화번호, 이메일 주소를 기계적으로 나열하는 명함의 프레임에서 벗어나고 싶어서 주문 제작한 필자의 지난날 명함들입니다. 저를 인터뷰한 《한겨레》 구본준 기자는 "사회생활 시작한 이래 받은 명함 가운데 가장 현란하고 개성적인 것"이라고 표현하기도 했지요. 모르는 사람과의 첫 만남에서 주고받는 구어체 인사말을 고스란히 명함에 옮겼습니다. 재미 삼아 집어넣은 삽화는 만화가 김대중이 그렸습니다.

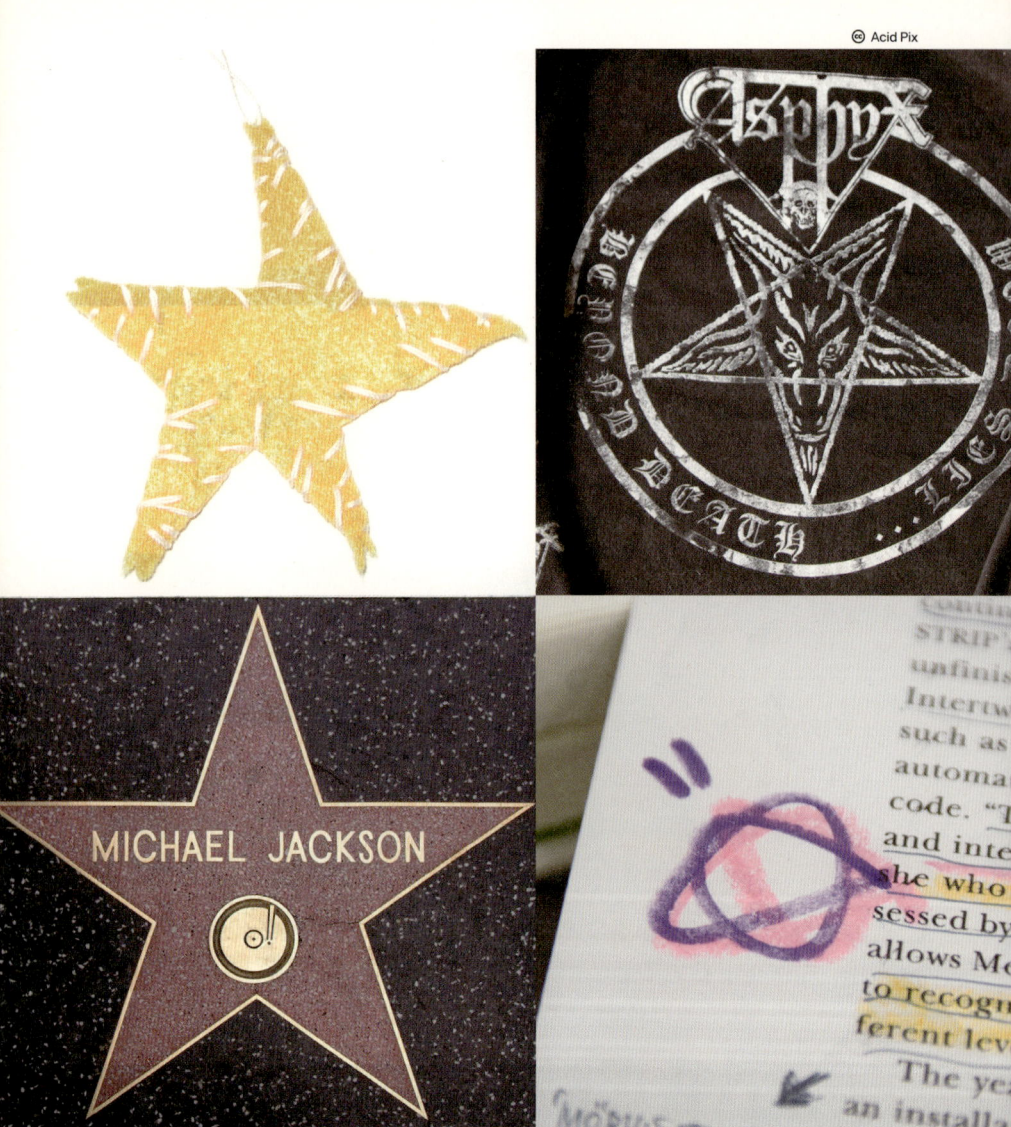

MICHAEL JACKSON

098

오각형 별

오각형 별 안에 포개진 인체로 극의 도입부가 시작되는 소설 『다빈치 코드』의 미스터리는 별의 다섯 방향과 인체 형상 간의 유사성 때문에 그럴 듯한 추리극이었습니다. 기원전 3000년 메소포타미아 문헌에도 기록될 만큼 오각형 별은 유서 깊은 기호입니다. 황금비율을 내재한 까닭에 그 자체로 완전성을 상징했습니다. 이러한 유구한 역사적 유래를 아는지 모르는지, 가산점과 영화 총평 등급에도 오각형 별이 출동합니다. 최상급 호텔과 장군의 직급 또한 이것의 개수로 가늠됩니다. 일상에서 오각형 별은 더 흔합니다. 문장에서 중요한 부분 옆에는 어김없이 별표를 그려 넣습니다. 사각형도 육각형도 아닌 오각형이 편애되는 원인은 어쩌면 한 번도 선을 끊지 않고 신속하게 표시할 수 있는 필기상의 편의 때문인지도 모릅니다. 메모지에서 곧잘 발견되는 손으로 그려 넣은 별표는 황금 비율이고 뭐고 없습니다. 다섯 날개는 서로 불균등하며 오각형은 그저 '통통'합니다. 이때부터 유구한 상징 따위는 안중에 없습니다. 더군다나 인생사의 불명예로 여겨지는 전과 기록에 대한 냉소적 반어법은 '별 달았다' 아닙니까? 완전성은 얼어 죽을!

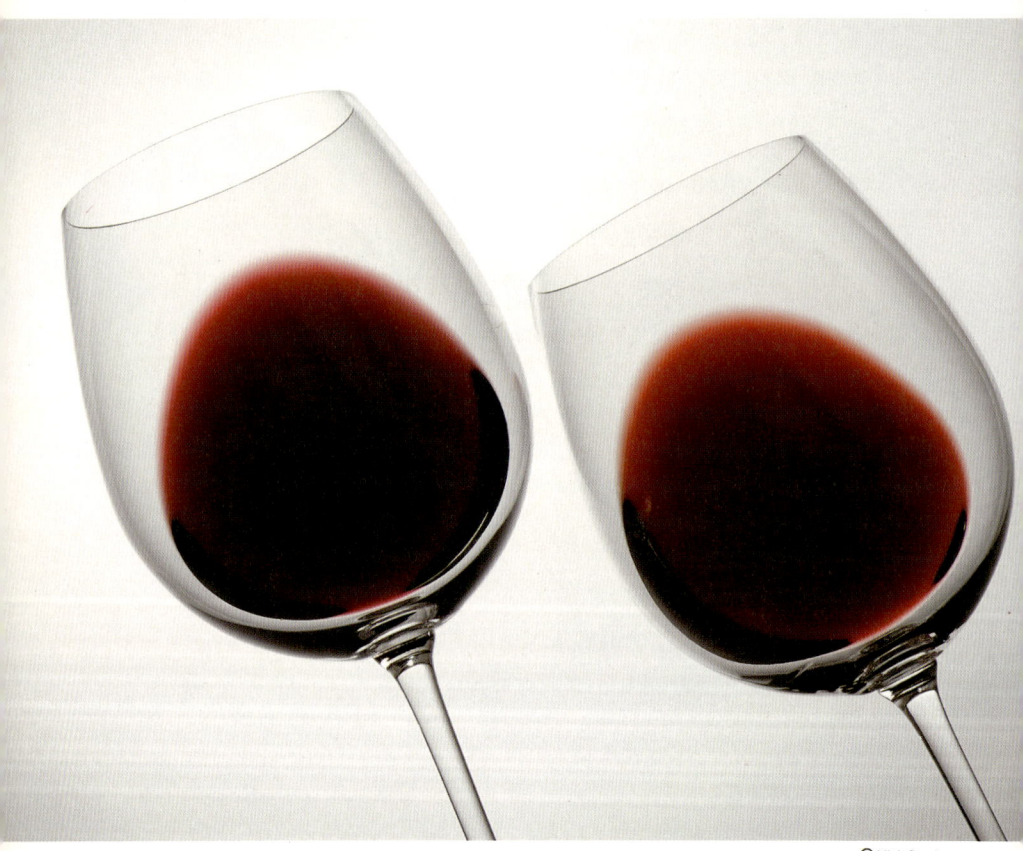

099

와인

시음 직전 잔 쥐는 법, 부풀린 글라스에 3분의 1만 채우는 매너 등 까다로운 예절과 주문이 내장된 술. 감미로운 색과 향을 음미하는 연미복 선남선녀의 파티에서나 만날 법한 술. 주는 이와 받는 이의 품격을 함께 배려하는 선물 1호인 이 술. "단 맛은 싫고 드라이한 걸 선호한다"고 말해야 어쩐지 중간은 갈 것 같은 술. 붉은 고기는 레드에, 생선은 화이트에 매치된다고 굳게 믿어지는 술. 맨 정신을 유지하면서 품위까지 보장받는 적당한 도수의 술. 이상이 와인을 둘러싼 이상화된 연상들.

　때때로 종이컵에 5분의 4 이상 채워 원샷으로 들이키는 술. 문외한은 일단 "메독Medoc 주세요"라고 주문해야 손해 보지 않을 것 같은 술. 벌컥벌컥 마시다 보니 쓴맛 단맛 분간 못 하는 술. 품위는 고사하고 과음으로 두통이 수반되는 술. 만찬장에서 제공된 김밥과 인절미를 전천후 안주로 삼기도 하는 술. 술과 주스의 중간 어딘가에 놓인 듯한 술. 감미로운 향과 늦게 찾아오는 술기운을 악용해 흔히 여자 꼬일 목적으로 남성이 '품위 있게' 강권하는 술. 이상이 와인을 둘러싼 구태의연한 실상들.

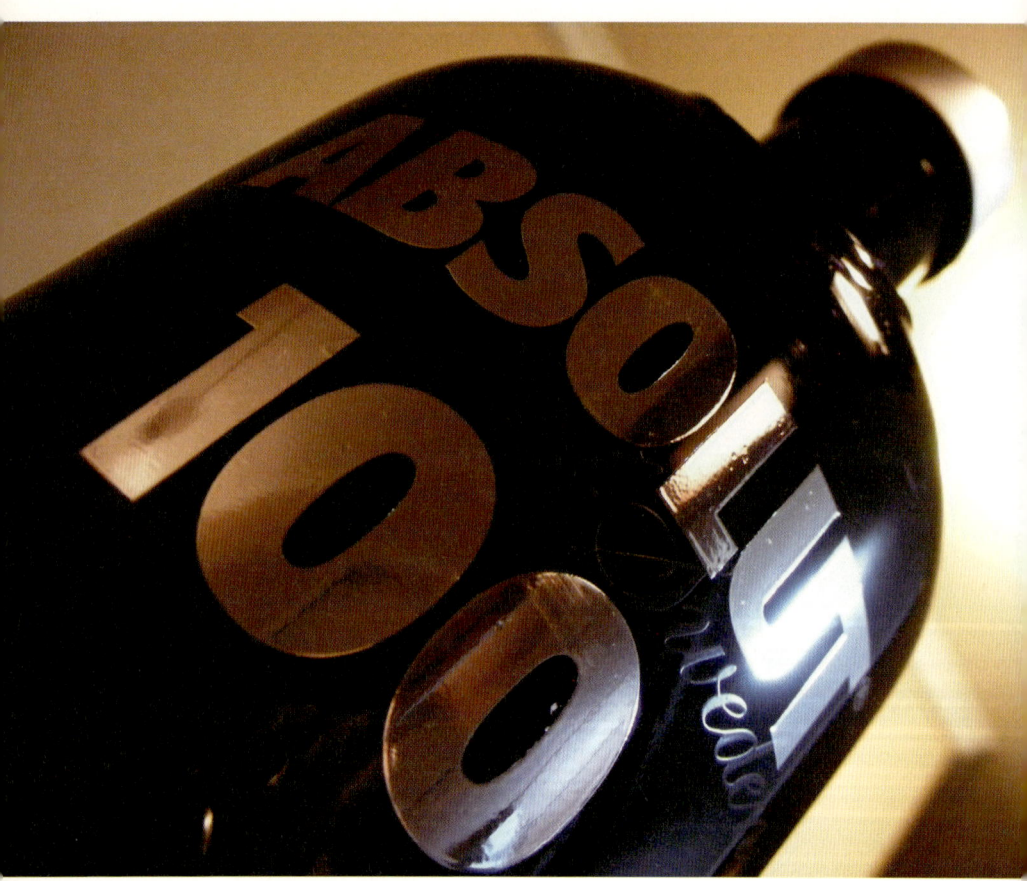

© Pablo Viojo

100

하나 부족한 99보다, 하나 넘치는 101보다, 100은 몇 갑절 힘세고 신성한 수입니다. 사물이 지닌 순도의 최대치, 성적 만점의 표기법도 그래서 백분율을 따릅니다. 발에 밟힐 만큼 숱한 100주년, 100일 기념, 100회 특집 등은 신성한 수에 이르려는 지난 노고를 치하하고 격려하는 행사입니다. 100주년 하면 기념관, 심포지엄, 식장에 앉아 조는 백발성성한 내빈이 떠오릅니다. 그것은 매우 따분하고 정형화된 행사이기 마련인데, 때에 따라 100주년 행사는 나이든 관계자들이 모여 권력을 나누고 서열을 재확인하고 점검하는 자리일 때도 흔합니다. 한편 100에 대한 호감은 거꾸로, 인정받은 서열의 순번 혹은 개수로 쓰일 때도 있지요. 빌보드 차트 100순위, 포브스가 정한 세계 부자 100위, 혹은 반드시 읽어야 할 100권의 책 따위가 그런 예지요. 100을 둘러싼 동서고금의 일치된 신격화에는 인간의 평균 수명이 아직 도달하지 못한 100세에 대한 염원과 경외가 배후에서 작용한 것 같습니다. 그렇지만 관건은 역시 "100살까지 과연 떳떳했느냐"가 아닐까요. 밑줄 자리에 100주년, 100주기, 100일, 100순위, 100퍼센트, 100권, 그 무엇을 대입해도 의미는 같습니다.

'미신'에 대한 긴 댓글

호날두와 볼트의 페라리

정상에 서서 아래를 내려 보는 부감俯瞰은 주인공에게만 허용되는 특별한 시야입니다. 「미션 임파서블2」(2000)의 특수 요원 헌트가 비밀지령을 받는 곳은 데드 호스 포인트 주립공원의 협곡 비경이 보이는 암벽 정상이고, 「리니지2」(2005)의 도입부는 중세풍 기암절벽 꼭대기에서 아덴 성을 내려다보며 복수심을 불태우는 세리엘의 모습으로 시작되며, 「공각기동대」(1995)에서 아이의 몸으로 정신을 옮겨 부활한 구사나기 소령의 마지막 대사 "자, 어디로 갈까. 네트는 광대하니까."도 심야의 시가지가 내려다 보이는 정상에서 하죠. 주역들은 전망 확보를 위해 투쟁합니다.

전망 쟁투는 허구가 아닌 현실에서 몇 갑절 치열합니다. 허구에서 승자였던 장동건도 현실의 전망 싸움에선 패자입니다. 동료 배우 임창정과의 조망권 소송에서 연이어 패소했으니까요. 세상 모든 걸 다 얻은 장동건에게 전망 확보는 명예 회복과 등가일 겁니다. 탁 트인 시야를 향한 갈증은 '원초적 본능'에 가깝죠. 조망과 피신 이론prospect and refuge은 '전망 좋은 방' 쏠림 현상을 생물의 진화 이론으로 풀이합니다. 좋은 전망이 포식자의 접근을 '조망'하고 '피신'하기에 유리하다는 거죠.

완파된 슈퍼카 사진 한 장은 인터넷을 뜨겁게 달구는 괴력을 지닙니다. 숫제 슈퍼카 완파 뉴스만 주週 단위로 업데이트하는 웹사이트까지 성업 중일 정도로요. 남의 비보에 묘한 쾌감을 맛보는 이들을 위한 온라인 공동체랄까요.

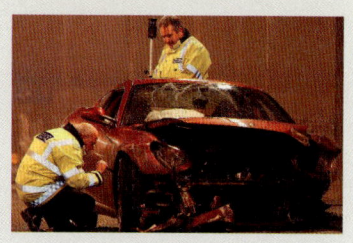

반파된 호날두의 페라리

　레알 마드리드의 스트라이커 크리스티아누 호날두Cristiano Ronaldo는 운전 미숙으로 2억 원대 페라리 599GTB를 한순간에 박살내고 그 자리에서 폐차장에 보내 버렸습니다(참고로 2013년 현재 호날두의 연봉은 240억 원대). 2009년 남자 육상 100미터, 200미터 세계신기록 보유자인 자메이카 스프린터 우사인 볼트Usain Bolt가 새로 장만한 페라리 캘리포니아 앞에서 포즈를 취한 사진이 있습니다. 바로 얼마 전 BMW M3를 운전 미숙으로 박살냈기 때문에 새로 구입했다는군요. 이에 반해 부주의한 차선 변경으로 상대방의 람보르기니를 파손시킨 어느 월급쟁이는 평생 4억 원을 갚아야 할 처지에 놓이기도 했죠.(이쯤 되면 더는 살고 싶지 않을 겁니다.) 슈퍼카 완파는 명사들에게만 허용된 제한적인 호사입니다.

　솔직하다upfront. 저명한 와인 감식가가 내놓은 시음 평가입니다. 떫다astringent, 단맛이 적다dry, 씹힌다chewy처럼 대략 감을 잡을 수 있는 평가는 봤지만 '솔직하다'는 격이 다른 비평 같습니다. 와인은 마시기 전에 준수해야 할 꽤 장황한 격식이 요구되는 술입니다. 코르크 스크류 선택, 플라스틱 실 제거, 라벨을 통한 포도 품종 및 수확 연도와 산지 등급 확인, 잔 선택 등등. 명품 감상의 대가로 복잡한 통과의례를 요구하는 거죠. 관례가 된 품격의 어색함은 와인 예절뿐 아니라 예술 감상에서도 왕왕 관찰됩니다. 격식은 미덕이지만 격식 때문에 흥이 깨진다면 옆으로 치워야 하는 게 진짜 격식입니다. 어떤 소믈리에의 조언. "흥을 깨는 엄숙한 시음 순서를 따르느니 맘 편히 마시라."

미신들

명품과 브랜드를 향한 욕망을 "아주 수준 낮은 힘겨루기"라 깎아내린 사회학자 우에노 치즈코上野千鶴子는 신분을 명품으로 보장받으려는 세간의 믿음을 '명품 신앙'이라 조롱했지요.

원님의 옷 법칙

2008년 백악관 집무실의 주인이 교체되자 변화된 풍경 하나. 조지 부시 전前 대통령의 집무실은 넥타이와 재킷을 착용하지 않으면 입장불가였죠. 그 규율이 깨졌습니다. 전임자의 예법은 까다로운 뉴욕 고급 레스토랑의 그것과 같았는데요. 목을 죄는 넥타이에 팔과 어깨의 움직임을 제약하는 양복 차림으로 음식이 잘 넘어갈까요?

의복 동조성Clothing Conformity이란 소속된 조직의 의복 규범을 따름으로써, 자신의 충성도를 입증하는 태도를 말합니다. 조지 부시 시절 백악관과 고급 레스토랑이 고수하는 엄격한 복식 예절은 손님과 자신을 종과 속의 관계로 보는 시각입니다. "조직의 일원이 되었으니 문신을 새기라"는 조폭과 차이가 적죠.

사람 됨됨이를 능력이나 품성보다 그가 걸친 의복으로 판단하는 정서 '원님의 옷 법칙'은 제 2의 피부인 의복을 인품으로 간주합니다. 인체와 옷이 밀착되었기에 의복이 곧 사람이라고 믿는 신앙입니다. 속옷을 훔쳐 욕망을 채우는 변태성욕자의 집착과 닮았죠.

2003년 4월 한국 국회 본회의장에 초선으로 등원한 유시민 의원은 의원 선서도 못하고 단상에서 내려왔습니다. 흰 면바지에 티셔츠를 입은 그를 현역 의원들이 일원으로 받아들이지 못한 거죠. 선서를 보이콧한 의원들은 항의의 표시로 집단 퇴장까지 했습니다. 평상복 차림이 국민에 대한 모독이라나요. 복장 불량으로 의원 선서가 연기된 건 의정 사상 전례가 없었죠. 본회의 상습적인 지각, 금품 수수, 불성실한 의정 활동보다 집단 동조성을 위협하는 게 더 위험하다고 간주하는 집단이 국회의원인 거죠. 유시민 의원은 소란이 있은 다음날 정장 차림으로 선서에 임했습니다.

애플의 CEO 스티브 잡스Steve Jobs는 신제품 발표회마다 청바지를 입고 청중 앞에 섭니다. 청바지의 분방함이 애플 제품의 독보적 인터페이스 그리고 디자인과 통했지요. 반면 IBM은 세일즈맨의 복장을 흰색 드레스 셔츠로 규정하고 있습니다. 주요 기업 최고 경영자에게 설문한 결과도 면접시험에 넥타이를 안 맨 응시자는 당연히 탈락이라는 답이 압도적이었죠. 하지만 애플과 IBM의 차이는 청바지와 정장의 차이를 넘어섭니다.

2009년 4월 아프가니스탄 수도 카불에서 평화시위를 하던 300명의 여성들에게 남성들의 돌팔매질이 시작됐습니다. 이유는 시위자들이 몸매가 드러나는 청바지에 부르카를 쓰지 않았다는 것. 동조성 위반!

"형식이 내용을 지배한다." 이 유구한 모더니스트의 미학 선언이 2005년 국정 감사 회의장에서 재현되었습니다. 여야 의원이 각기 개량한복과 전통한복을 착용한 걸 두고 이계진 한나라당 의원이 던진 촌평입니다. 2009년 12월 18일 MBC 100분 토론 400회 특집에 보수 패널은 정장을, 진보 패널은 평상복을 입고 출연합니다. 이를 두고 "복장부터가 양쪽이 상당히 다르시네요."라고 당시 진행자 손석희 앵커가 말했습니다. 모두스 비벤디Modus vivendi. 의복은 삶의 태도를 투영합니다.

"넥타이 하나만으로도 그가 어떤 사람이고 어떤 사람이 되려 하는지 알 수 있다." 한 의상 컨설턴트의 넥타이 예찬입니다. 넥타이는 남성 정장에서 가슴 부위를 장식하기 위해 V존 정중앙에 놓입니다. 넥타이는 얼핏 검투사의 양날의 검을 닮았습니다. 한쪽 날은 남성미를, 다른 쪽 날은 조직사회가 그의 목에 매단 줄입니다.

넥타이 찬미자는 너덜거리는 셔츠나 현란한 넥타이는 출세를 가로막고 베이지색 레인코트는 중상류층의 동조성과 어울린다고 조언합니다. 항상 계급을 의식해서 복장을 고르라는 뜻이죠. 아내나 여자친구가 골라 주는 옷이 아닌, 조사 결과에 근거해서 옷을 선택하라고 충고합니다. 그의 조언을 따라 출세가도에 들어섰다고 치죠. 넥타이에 목 졸린 그에게 선택의 지평이 얼마나 남아 있을까요? 승진을 거듭해 대리-과장-부장-상무로 올라선 이 가련한 양복쟁이에게 남은 가치는 무얼까요? 청바지보다 값진 그것은 무얼까요?

에스프리 드 코르

군대 열병식은 소름 돋게 아름답습니다. 병사 개인의 자기희생으로 성취

된 낭만주의를 집체화시킨 게 열병식입니다. 전체주의 사회가 개인의 자유를 희생한 대가로 에스프리 드 코르esprit de corps(단결심)의 미학을 보상받습니다. 열병 부대원들의 정체성은 대형隊形의 일부로 묻히고, 병사의 팔다리는 부품처럼 보입니다. 개인이 전체의 일부가 될 때 열병의 미학은 완성됩니다.

군대 열병식의 구성은 이렇습니다. 단상에 있는 사회 원로, 상이용사, 고위급 정부 관료는 구경꾼이죠. 각 잡힌 질서감을 유지한 20대 초반 열병 부대원과 달리, 지켜보는 사회 원로들은 흐트러지고 나른한 자태로 느긋하게 구경을 즐깁니다. 말하자면 구경도 하고 검열도 하는 거죠. 후대의 충성심에 흐트러짐은 없는지, 오와 열은 칼같이 맞는지.

군부대 행진을 사열하는 국가 지도자의 태도는 운동장 조회 시간에 한 시간 넘게 전교생을 운동장에 세워 둔 채 느지막이 등장하는 일선 학교 이사장에게서 반복됩니다.

히틀러가 사열한 제3제국 군대나 스탈린이 사열한 붉은 군대에 비해, 동아시아 사회주의 국가인 중국과 북한의 열병이 비교할 수 없이 절제미를 자랑하는 이유는, 황제와 신하 사이의 유구한 전통이 뿌리내린 동아시아의 위계질서 탓인지도 모릅니다.

전 세계 비보이가 자웅을 겨루는 국제 비보이 경연대회 BOTYBattle of the Year에서는 서양 출전자보다 동아시아의 크루crew들이 선전하곤 합니다. 그 이유는 가볍고 날랜 신체에 더해, 개인기보다 에스프리 드 코르를 중시하는 아시아의 집단주의가 비보이의 팀워크 문화에 가산점이 되어서일 겁니다.

에스프리 드 코르는 통치자와 피치자의 결속을 정당화하는 미화된 중재안입니다. 에스프리 드 코르는 수만 군중의 머리와 팔다리를 기계처럼 획일화시킵니다. 에스프리 드 코르의 장관 앞에선 섬뜩함과 동시에 숭고함도 느껴집니다. 북한 아리랑 공연의 카드섹션에서 보듯, 한 장의 카드로 예속된 개인은 참담하지만 개인이 총체가 된 카드 섹션은 경이로우니까요.

머리털을 제거한 민머리는 강한 남성성을 표상하며 근육질 배우와 공생합니다. 율 브리너 같은 고전적 할리우드 스타부터, 반 디젤, 존 말코비치, 이연걸로 이어지는 삭발의 계보는 정력이나 마초와도 한 쌍입니다. 반면 대머리도 긴 머리도 아닌 어중간한 '잔머리' 스포츠머리는 명칭에서처럼 극한의 육체 규율이 투영된 헤어스타일이죠. 수험생, 재소자, 기간사병, 운동선수, 폭력조직의 말단 행동대원까지 '타의로' 권장된 이 멋없는 헤어스타일의 수명은 역설적으로 무척 깁니다.

사도 바울은 젊은 남성의 짧은 머리를 하느님께 드리는 영광이라 믿었습니다. 사회학자 임지현은 "사람들을 자발적으로 굴종하게 만들어 일상생활의 미세한 국면에까지 지배권을 행사하는 보이지 않는 규율, 교묘하게 정신과 일상을 조작하는 고도화되고 숨겨진 권력 장치로서의 파시즘"을 '일상적 파시즘'이라 규정했는데 이에 빗대면 스포츠머리는 두

발 파시즘쯤 될 겁니다.

　스포츠머리가 지배한 사회 정서 때문에 염색머리나 장발에 대한 혐
오가 극성맞던 때가 있었습니다. 염색머리와 장발은 평화운동가, 생태주
의자, 히피의 머리 위에서 심심찮게 생존해 왔습니다. 이로부터 염색머리
와 장발의 반대편인 스포츠머리의 가치관을 역추적할 수 있을 겁니다.

도판 출처

앞표지……윤정미, 「핑크 프로젝트-서우와 서우의 핑크색 물건들」, 라이트젯 프린트, 2005

p14……윤석남, 「1025」, 나무 위에 아크릴 채색, 가변 설치, 2008

p15……박병춘, 「라면 풍경」, 모형 비행기와 집, 라면 9000봉지, 가변 설치, 2007

p23(위)……고승욱, 「하이서울」, 혼합매체(검정 비닐봉지), 400×1000cm, 2008

p23(아래)……고승욱, 「앗싸」, 혼합매체(검정 비닐봉지), 390×670cm, 2004

p24……박병춘, 「눈먼 정물」, 버려진 사물에 청테이프, 가변 설치, 2009

p25……염중호, 「수정할까요? #12」, 사진, 30x40cm, 2003

p34……염중호「수정할까요? #9」, 사진, 30x40cm, 2002

p38……구혜영, 「김밥의 천국」, 퍼포먼스, 2013

p44……김윤아, 「비 Rains」, 낚시줄, 가변 설치, 2010~2013. 모란 미술관 제공

p62……황권 감독, 「어느 날 그 길에서」 포스터, 2008. 시네마달 제공

p70……안창홍, 「가족사진」, 종이에 유채, 114×145cm, 1982

p94……박원주, 「희망봉」, 청동에 금은박, 나무, 각각 30×16×29cm , 30×16×26cm,
　　　　30×16×23cm, 2009

p98(위)……박정연, 「S-Republic」, 캔버스에 아크릴 채색, 151×227cm, 2007

p98(아래)……박정연, 「Nationright」, 캔버스에 아크릴 채색, 97×145cm, 1996

p100……김범, 「무제(뉴스)」, 단채널 비디오, 1분 42초, 2002

p112(위)……신은경, 「웨딩 캐슬」, 디지털 C 프린트, 120×150cm, 2005

p112(아래)- 신은경, 「임페리얼 웨딩홀」, 디지털 C 프린트, 120×150cm, 2005

p114……김도균, 「sf.M-1」, C 프린트, 150×185cm, 2005

p116……임자혁, 「도서관의 사람들」, 벽에 마스킹 테이프, 서울대학교 중앙도서관 설치 장면, 1998

p125……이중근, 「오감화五感花-설치」, 디지털 프린트 & 설치, 2006

p129……홍원석, 「별이 빛나는 밤에」('음모' 연작 중 왼쪽 패널), 캔버스에 유채, 130×476cm, 2009

p129……홍원석, 「음모」('음모' 연작 중 오른쪽 패널), 캔버스에 유채, 130×476cm, 2009

p132……양아치, 「밝은 비둘기 현숙 씨, CCTV 시선」(스틸컷), 싱글 채널, 20분 47초, 2010

p134(위)……정재호, 「청운동 기념비」, 한지에 먹, 목탄, 채색, 182×454cm, 2004,

p134(아래)……안세권, 「서울 뉴타운풍경, 월곡동 파노라마」, 디지털 C 프린트, 100×300cm, 2005

p148……토머스 게인즈버러, 「앤드류스 부부의 초상」, 캔버스에 유채, 69.08×119.04cm, 1750

———

p250······홍경택, 「서재2」, 캔버스에 유채, 227×181cm, 2001

p252······김지은, 「무지개떡 프로젝트1」, 캔버스에 아크릴 채색, 91×91cm, 2004

p254······권오상 「더 스컬프체II」, 브론즈에 채색, 462×220×113cm, 2005

사진

p18, 28, 30, 42, 58, 78, 80(위), 90, 118, 122, 130, 184, 186, 230, 232, 246 ⓒ 노순택 /
p26(아래), 36, 40, 60, 74, 86, 88, 95, 140, 188, 220, 227, 238, 242 ⓒ 차주용 / p.4, 15, 54, 110
ⓒ 반이정 / p.138, 256 ⓒ 곽명우 / p46, 63, 258(오른쪽아래) ⓒ 조혜영 / p20 진공 스튜디오 /
p52, 72, 80(아래), 84, 152 HELLO PHOTO / p120 한겨레

크리에이티브 커먼즈

p48 ⓒ① Peter Lindberg / p50 ⓒ①② Politikaner / p76 ⓒ① Simon Q /
p92 ⓒ① Kristaps B. / p96 ⓒ①② greeblie / p126 ⓒ①② goldenview /
p142 ⓒ① Zdenko Zivkovic / p145 ⓒ① popejon2 / p156 ⓒ① Frank Kovalchek /
p160 ⓒ① Zawezome / p190 ⓒ①② Adrian Clark / p192 ⓒ①② thisisbossi /
p200 ⓒ①② Rama / p236 ⓒ① Jason Rogers / p240 ⓒ①② redjar / p244 ⓒ①① Lisa Brank /
p258(오른쪽 위) ⓒ① Acid Pix / p258(왼쪽 아래) ⓒ①② R. Engelhardt /
p260 ⓒ①② Mick Stephenson / 262 ⓒ① Pablo Viojo / p65, 83 wikimedia commons

사물 판독기

미술평론가가 본 사물과 예술 사이

1판 1쇄 찍음 2013년 11월 25일
1판 1쇄 펴냄 2013년 12월 2일

지은이 반이정
펴낸이 박상준
펴낸곳 세미콜론

출판등록 1997. 3. 24. (제16-1444호)
135-887 서울시 강남구 신사동 506 강남출판문화센터
대표전화 02-515-2000 팩시밀리 02-515-2007
편집부 02-517-4263 팩시밀리 02-514-2329
www.semicolon.co.kr

ISBN 978-89-8371-634-7 03810

세미콜론은 이미지시대를 열어가는 (주)사이언스북스의 브랜드입니다.